종소리

종소리

인쇄 · 2021년 3월 5일
발행 · 2021년 3월 15일

지은이 · 찰스 디킨스
옮긴이 · 맹문재, 여국현
펴낸이 · 한봉숙
펴낸곳 · 푸른사상사

주간 · 맹문재 | 편집 · 지순이 | 교정 · 김수란, 노현정 | 마케팅 · 한정규
등록 · 1999년 7월 8일 제2-2876호
주소 · 경기도 파주시 회동길 337-16 푸른사상사
대표전화 · 031) 955-9111(2) | 팩시밀리 · 031) 955-9114
이메일 · prun21c@hanmail.net
홈페이지 · http://www.prun21c.com

ⓒ 맹문재 · 여국현, 2021

ISBN 979-11-308-1774-3 03840
값 16,500원

찰스 디킨스

종소리

—

맹문재 · 여국현 옮김

*The Chimes*_ *Charles Dickens*

푸른사상
PRUNSASANG

종소리

가는 해를 보내고 새해를 맞는 종들의 유령 이야기

제1장 첫 번째 15분

교회에서 자고 싶어 하는 사람들은 별로 없다. 이야기꾼과 독자 여러분이 가능한 한 서로를 잘 이해하는 것이 필요할 터이니 나는 이것이 젊은이들이나 어린애들뿐 아니라 덩치가 크거나 작거나 젊으나 늙으나 관계없이 모든 이들에게 통하는 것이 사실임을 알아주기를 청한다. 다시 말하지만 교회에서 자고 싶어 하는 사람들은 별로 없다. 내 말은 날 좋은 따뜻한 날 목사님의 설교 시간이 아니라─그런 때야 한두 번 안 그래본 사람이 있겠는가─한밤에 혼자 말이다. 환한 대낮에 이런 말을 하면 많은 사람들이 얼토당토않은 소리라고 소스라치게 놀라리라는 사실은 나도 안다. 내 말은 밤에만 해당되는 말이다. 밤이라면 틀림없이 그럴 것이다. 장담하지만 내 생각에 반대하는 누구라도 그러기에 딱 좋은 세찬 바람 몰아치는 겨울밤에 오래된 교회 마당의 낡은 문 앞에서 단 둘이 만나 동이 틀 때까지 그를 교회 안에 가둘 수 있는 권리만 내게 부여해준다면 나는 내 말을 책임지고 보증할 수 있다.

밤바람은 음산하게 교회 건물을 휘감고 윙윙 불어대면서 창이면 창, 문이면 문 죄다 열어젖히려 애를 쓰면서 조그만 틈이라도 있으면 비집고 들어오려 난리를 치다가 이윽고 건물 안으로 들어오면 뭘 찾는지도 모르면서 두리번거리는 사람처럼 고함을 치며 통로 쪽으로 성큼성큼 걸어가는 것으로도 성이 안 차는지 기둥을 미끄러지듯 지나 깊숙한 곳에 파묻히듯 있는 오르간을 한 번 쳐보고는 지붕으로 솟구쳐 올라 서까래라도 찢을 듯 기세등등하다가 그 아래 묘비를 향해 절망적으로 몸을 떨구고 투덜거리며 지하 창고로 간다. 하지만 이내 슬그머니 다시 올라와 벽을 타고 가면서 죽은 이들에게 바쳐진 비문을 읽기라도 하듯 중얼거리는데, 어떤 비문 앞에서는 날카로운 웃음을 터뜨리고 어떤 비문 앞에서는 탄식하듯 구슬피 운다. 제단 근처에서는 음산한 소리를 내는 모습이 마치 모세의 율법을 무시하고 저질러진 과오와 살인에 대해, 경배받는 그릇된 신들에 대해 제 나름의 격한 방식으로 송가를 부르는 것 같다. 사실 율법이라는 것이 겉보기에는 멋지고 유창해 보이지만 흠도 많고 엉망진창이긴 하다. 오! 하늘이시여, 화롯가에 편하게 둘러앉은 우리를 돌보소서. 한밤에 교회에서 윙윙대는 바람은 얼마나 오싹한지!

하지만 저 높은 뾰족탑 위! 그 위엔 거센 돌풍이 으르렁거리며 불어대고 있다. 저 높은 뾰족탑 위에서 바람은 하늘 높이 솟은 무수한 아치와 총안들을 제멋대로 오가고 아찔한 계단 주변을 비비꼬며 올라 삐걱거리는 풍향계를 돌리고 탑까지도 뒤흔들어 덜덜 떨게 만든다! 높은 뾰족탑 위에는 종루가 있는데, 쇠 난간은 녹이 슬어 너덜너덜하고 변덕스런 날씨에 뒤틀린 납과 구리판이 익숙하지 않은 발길에 딱딱거리며 신음 소리를 낸다. 낡은 참나무 들보와 기둥으로 된 모퉁이에는 새들이 허름한 둥지를 틀었다. 먼지는 칙칙하게 색이 바래가고 있고, 게으른 데다 오랫동안 안전하게 지내온 터라 몸이 통통해진 점박이 거미들은 종소리의 진동에 따라 이리저리 흔들리면서도 허공에 지은 자신들의 성채인 거미줄을 결코 놓치는 법이 없다. 때로는 갑작스러운 경고음에 놀란 선원처럼 기어오르거나 땅으로 떨어져 내리면서도 살겠다고 재빠르게 다리를 놀려댄다! 도시의 빛과 소음이 닿지 않을 정도로 높이, 그늘을 드리우며 흐르는 구름보다는 훨씬 아래에 자리 잡은 낡은 교회의 높은 뾰족탑은 밤이면 사납고 황량한 곳이다. 바로 그 낡은 교회의 뾰족탑에 내가 말하려고 하는 종들이 있다.

종들은 낡았다. 틀림없다. 몇 세기 전 이 종들은 아마 주교들로부터 세례를 받았을 것이다. 너무 오래전이라 세례 기록은 사람들이 기억조차 못 하는 까마득한 옛날에 사라져서 종들의 이름을 아는 이는 아무도 없다. 이들에게도 대부 대모가 있었고, (말이 났으니 말이지 나 같으면, 사내아이의 대부보다는 종의 대부가 되는 책임을 떠맡는 게 낫다고 생각한다.) 각자의 은잔도 있었다. 하지만 세월은 그들의 후원자들을 앗아가고 헨리 8세는 그들의 은잔을 녹여버렸다. 그들은 이제 이름도 없이 은잔도 없이 교회 탑 위에 댕그라니 걸려 있다.

그렇다고 종들이 목소리마저 잃은 것은 아니다. 천만에. 오히려 반대다. 종들은 맑고 크고 풍성하게 울리는 소리를 낸다. 그 소리들은 바람에 실려 아주 멀리까지 들릴 것이다. 게다가 아주 튼튼한 종이라 굳이 바람에 의지할 필요도 없을 정도이다. 바람이 변덕을 부려 역풍이 불 때도 굴하지 않고 씩씩하게 맞서 듣는 이들의 귀에 유쾌한 종소리를 당당하게 쏟아부었다. 폭풍우 치는 밤에 병든 아이를 돌보는 불쌍한 엄마나 남편이 바다로 나간 외로운 아낙의 귀에 아스라하게 들릴 때 그 종소리는 사납게 불어대는 북서풍에 맞춰 장단을 두드리는 것 같았다. "장단이 아주 잘도 맞네." 토비 벡이 중얼거렸다. 사람들은 그를 총총이 벡이라 불렀지만 그의 이름은 토비였다. 의회에서 특별 법령을 정하지 않는 한 아무도 그를 달리 부를 수는 없을 것이다. 토비아스라고 불러도 안 될 것은 없다. 종들이 그랬던 것처럼 그도 태어났을 때 합법적으로 세례를 받은 것이니 말이다. 뭐 엄숙함도 사람들의 환호도 그다지 없이 행해지긴 했지만 말이다.

나로서는 토비 벡을 믿는다는 사실을 고백해야겠다. 왜냐하면 그 사람이야말로 마음만 먹었다면 바로잡을 만한 충분한 기회가 있었다고 믿기 때문이다. 그래서 뭐라 말하건 나는 토비의 의견에 동의한다. 나는 토비 편이다. 그가 하루 종일 교회 문 바로 바깥에 서 있지만 말이다. 그건 정말 피곤한 일이다. 사실 그는 심부름꾼이고, 거기서 자기 일을 기다리고 있는 것이다.

토비야 아주 익숙하게 잘 알고 있듯이 겨울에 거기 서서 기다리다 보면 바람은 너무 휑하게 막힘없이 불어와 온몸에 소름이 돋고, 코는 새파랗게 얼어붙고, 눈은 빨갛게 충혈되는 데다 발까지 꽁꽁 얼어붙는다. 바람은, 특히 동풍이 그러한데, 모퉁이를 가로지르며 들이닥쳐 마치 저 멀리 땅 끝에서 기습공격이라도 하듯 토비를 강타한다. 가끔 바람은 예상보다 훨씬 더 빨리 엄습해오기도 한다. 모퉁이를 튕기듯 돌아 토비를 지나가다가 갑자기 다시 돌아와 "아, 저기 그가 있지!"라고 소리치는 것 같을 때도 있다. 개구쟁이 소년의 옷처럼 작은 앞치마가 손쓸 도리도 없이 제 멋대로 머리를 휘감는가 하면, 손에 들린 작고 가냘픈 지팡이는 바람에 맞서려고 애를 써보지만 소용도 없어 토비는 두 다리를 후들후들거리며 몸을 잔뜩 숙인 채 이쪽저쪽 두리번거리다가 때로는 바람에 강타당하면서 허위적허위적, 머리는 온통 헝클어지고 괴로운 모습으로 이리저리 떠밀리며 가까스로 발걸음을 옮긴다. 얼마나 더디게 움직이는지 한 걸음 한 걸음 옮기는 것이 기적처럼 보일 만큼 꼼짝 못 하고 정지한 것 같지만 개구리나 달팽이나 그런 족속들이 가끔 그러하듯 온몸이 허공으로 들려 올라갔다가 심부름꾼들이란 존재조차 모르는 낯선 세상의 모퉁이에 비처럼 쏟아져 내려 그곳 사람들을 화들짝 놀라게 할 것 같지는 않으니 그건 다행이라면 다행이라 할 수 있을까.

바람 부는 날이 그를 몹시 힘들게 하기는 하지만 어쨌건 토비에게는 일종의 휴일이었다. 사실이 그랬다. 다른 때와는 달리 바람 속에서는 6펜스를 얻겠다고 그리 오래 기다리지 않는 것 같았다. 그 거친 존재와 싸우는 일이 온통 그의 주의를 빼앗아가기도 하지만 다른 한편 원기왕성하게 만드는 면도 있어서 토비는 배고픔을 느끼면서 의기소침해지기도 한다. 서리가 심하게 내리거나 눈이 오는 것도 그에게는 특별한 행사가 된다. 사실 이런저런 이유로 그에겐 좋은 일인데 딱히 왜 그런지 말하기란 쉽지 않다! 하여튼 그런 이유로 바람과 서리와 눈, 맹렬한 우박 폭풍이 부는 날까지도 토비에게는 휴일이었다.

축축한 날이 최악이었다. 그런 날은 춥고 눅눅하고 습하고 축축한 기운이 물기 가득 머금은 토비의 유일한 외투라도 되는 것처럼 그를 휘감으며 안락한 기분을 흔적도 남김없이 앗아가버리니 말이다.

그런 날 비는 고집스럽게도 느릿느릿 주룩주룩 쏟아져 내려 거리의 좁은 통로들은 안개로 꽉 막힌 그의 목구멍처럼 막히고, 김을 뿜어내며 오가는 빼곡한 우산들이 팽이처럼 빙빙 돌다가 붐비는 길에서 부딪혀 서로를 불쾌하게 하는 빗방울들을 튕기는 통에 한바탕 소동을 불러일으키기도 한다. 낙수통은 요란스럽고 방수관도 가득 차 시끄럽다. 쑥 튀어나온 교회의 돌기둥과 선반에서 토비를 향해 뚝뚝 떨어진 빗물이 토비가 서 있는 짚단을 금방 진창으로 만들어버린다. 토비를 혹독하게 괴롭히는 날이 바로 그런 날이다. 그러면 여러분들은 교회 벽 모퉁이에 있는 자신의 쉼터에서─아! 그곳은 얼마나 허름한 곳인지 여름이면 뜨거운 햇볕이 내리쬐는 길 위의 지팡이 정도의 그늘 한 조각도 내려주지 못하는 곳이다─쓸쓸하게 수심에 잠긴 토비가 홀쭉한 얼굴을 하고 고개를 빼꼼 내밀다가 이내 좀 움직여서라도 몸을 따뜻하게 해볼 요량으로 그 자리에서 나와 수십 번 오르락내리락 종종걸음을 치는 모습을 볼 수 있을 것이다. 그때조차도 토비는 쾌활한 모습을 보이며 한결 더 밝은 모습으로 자기 자리로 돌아간다.

사람들은 걸음걸이 때문에 그를 총총이라고 불렀다. 아무리 애써도 목적지에 닿지 못하고 총총거리기만 한다는 것이다. 물론 더 빨리 걸을 수도 있었을 것이다. 충분히 그럴 수 있을 것 같다. 하지만 그에게서 총총걸음을 빼앗아버린다면 토비는 침대로 돌아가 그만 세상을 하직하게 될 것이다. 날씨가 지저분할 때 총총걸음은 그를 진흙투성이로 만들어 그에겐 아주 성가신 일이 된다. 물론 한없이 더 편안하게 걸을 수도 있었을 것이지만 사실 그럴 수 있다는 것이 그가 그토록 고집스럽게 총총걸음을 고수하는 이유이기도 하다. 약하고, 자그마한 데다 홀쭉하게 마른 노인이었지만 이 토비라는 인물은 선의에 있어서만큼은 헤라클레스 같은 인물이었다. 그는 돈 버는 것을 좋아했고, 제구실은 제대로 하고 있다고 기꺼이 믿었다. 사실 토비는 몹시 가난해서 그 믿음 없이는 살 수가 없었다. 1실링이나 18페니어치의 심부름이나 작은 꾸러미만 손에 들어와도 그는 언제나 용기백배해서 총총걸음을 치면서 앞에 가는 우편배달부에게 비키라고 소리치곤 했다. 그냥 그렇게 가다가는 틀림없이 그가 우편배달부를 앞지르는 바람에 치고 말 것이라고 단단히 믿었기 때문이다. 게다가 그는, 그다지 자주 입증된 바는 없지만, 사람이 들어 올릴 수 있는 것이라면 무엇이건 자기가 운반할 수 있다는 확고한 믿음을 갖고 있었다.

그러다 보니 축축하게 비 내리는 날 몸을 녹이려고 외진 자신의 쉼터에서 나올 때조차 그는 총총걸음을 쳤다. 물이 다 새는 신발로 진창 속에 구불구불 질척질척한 발자국을 남기며 시린 손을 입으로 연신 호호 불고 비벼대면서 온몸에 스며드는 추위는 다 해진 회색 모직 벙어리장갑으로 겨우 가리고 있었는데 엄지만 겨우 제 집이 있을 뿐 나머지 손가락들은 뭉툭한 주둥이 같은 한 방에 옹기종기 모여 있었다. 무릎은 굽히고 지팡이는 팔 아래에 낀 토비는 그럴 때도 여전히 총총걸음이었다. 종소리가 울려 종루의 종들을 올려다보려고 길가로 나설 때도 토비는 총총걸음을 쳤다.

토비는 하루에도 몇 번이고 종을 보러 나왔다. 종들은 그의 친구였다. 종소리를 들을 때면 토비는 종들이 있는 곳을 흥미롭게 올려다보며 종들이 어떻게 움직이는지, 어떤 쇠공이 종들을 두드려대는지 궁금해했다. 그가 이 종들에 대해 유독 호기심을 갖는 것은 종들이 자신과 닮은 점이 있기 때문이었는지도 모르겠다. 종들은 날씨가 궂으나 맑으나 거기 매달려 바람이 불어도 비가 몰아쳐도 묵묵히 수많은 집을 보면서 견디고 있었다. 창을 통해 빛나고 반짝이며 활활 타오르거나 굴뚝 꼭대기로 연기를 폭폭 풍기는 화로 곁으로 다가가지도 않고, 거리의 문과 난간들 사이로 덩치 큰 요리사들에게 끊임없이 건네지는 멋진 식사에 끼어들지도 못하면서. 무수한 창가에 사람들의 얼굴이 보였다 사라졌다. 때로는 젊고 명랑한 얼굴들, 때로는 그 반대의 나이 든 우울한 얼굴들. 하지만 사람들이 어디서 와서 어디로 가는지 혹은 입술이 달싹일 때 그 자신에 대한 친절한 말 한마디라도 하는지 어떤지는 종들과 마찬가지로 토비도 알 수 없었다. 물론 토비는 거리에 하릴없이 서 있을 때 종종 그런 사소한 일들에 대해 생각해보기는 했었다.

토비는 적어도 그 자신이 아는 한 궤변가는 아니었다. 그래서 그가 종들에게 걸음을 옮겨 그와 종들 사이의 변변치 못한 친분을 무언가 더 가깝고 훨씬 더 미묘한 얼개로 엮어보려는 첫 시도를 할 때 그가 이러한 생각들을 하나하나 떠올렸다거나 혹은 어떤 형식적 검토를 하거나 머릿속으로 대단하게 연구를 했다고 말하려는 것은 아니다. 그저 토비의 몸의 기능들, 예를 들어 소화기관들이 그 나름의 솜씨를 발휘했으며, 자기 자신도 전혀 모르고 있던 엄청난 작용에 의해, 또 알았더라면 그 스스로도 무지하게 놀랐을 어떤 생각에 의해 나름의 확고한 결론에 도달했다고 말하려는 것인데, 내 말은 틀림없을 것이다. 그래서 토비의 정신은 자신의 아무런 동의나 협력이 없이도 모든 바퀴와 스프링들을 다른 수많은 것들과 함께 작동시켜 마침내 그가 종들을 사랑하게 만들었다.

비록 내가 종들에 대한 그의 사랑을 언급하기는 했지만, 그 말을 꼭 떠올리지는 않아도 되었다. 사랑이라는 말은 토비가 느끼는 여러 감정을 표현할 수는 없는 말이다. 왜냐하면, 몹시 단순한 사람이었던 토비는 종들에게서 뭔가 좀 낯설면서도 엄숙하다고 생각되는 특성을 느끼고 있었기 때문이다. 종들은 너무나 신비하게도 소리는 자주 들렸지만 모습은 한 번도 드러낸 적이 없었다. 그토록 높이, 그토록 멀리 있으면서 그토록 깊고 강렬한 울림을 가득 담은 종들은 그에게 일종의 경이로운 존재였다. 그래서 때로 탑 위의 어두운 아치형 창문을 바라볼 때면 그는 종 자체가 아니라 종 안에 머물면서 엄청난 소리를 내는 어떤 존재가 자신을 부르는 것이 아닌가 하는 생각을 했다. 이 모든 것에도 불구하고 종들에 대해 떠도는 소문, 즉 어쩌면 종들이 악마와 한통속이라고 암시하거나 귀신이 들렸다고 떠도는 루머를 토비는 완강하게 거부했다. 한마디로 말하면, 토비는 종소리를 아주 자주 들었고, 종들에 대해 생각도 많이 했지만 언제나 호의를 품었던 것이다. 종들이 달린 뾰족탑을 입을 쩍 벌리고 올려다보느라 자주 목이 뻐근해져서 그걸 푸느라 한두 걸음 더 종종걸음을 치지 않을 수 없었던 것도 그 때문이었다.

어느 추운 날 열두 시를 알리는 종소리의 졸린 듯한 마지막 울림이 그치고 나서도 분주한 벌이 아니라 노래 부르는 거대한 괴물 같은 벌 소리처럼 종소리가 온 첨탑을 웅웅 울릴 때도 토비는 바로 그 행동을 하고 있었다.

"오 이런, 밥 먹을 때가 되었군!" 교회 앞을 종종걸음으로 오가며 토비가 중얼거렸다.

코는 새빨갛고 눈꺼풀도 붉게 상기된 토비가 눈을 자주 깜빡이며 어깨가 거의 귀에 닿을 정도로 몸을 옹크리고 다리는 뻣뻣하게 굳은 걸로 봐서 틀림없이 꽁꽁 얼어붙을 듯한 추위 속에 서 있었던 게 틀림없다.

"밥 먹을 때구나, 아!" 토비는 같은 말을 한 번 더 되풀이하며 오른쪽 장갑을 아동용 복싱 글러브처럼 사용해 얼어붙은 가슴을 두들겼다. "아……!" 그러더니 말없이 일이 분 종종걸음을 쳤다.

"아무것도 없지." 갑자기 말문을 연 토비가 이렇게 말하며 종종걸음을 멈추더니 엄청난 호기심과 함께 조금 걱정스러운 표정을 하고 조심스럽게 고개를 들어 올렸다. 아니 그저 조금 쳐들었다가 말았다.

'내 코가 사라진 줄 알았군.' 토비는 다시 종종걸음을 치기 시작했다. '하지만 괜찮아. 내 코가 사라진다 해도 탓할 순 없지. 이렇게 고약한 날씨에는 저도 얼마나 힘든 일이겠어. 냄새를 맡는다는 건 기대하기도 힘든 일이지. 나라도 안 맡을걸. 좋은 날에도 엄청나게 힘든 일이지, 가엾은 것. 어디 좋은 냄새를 맡으면, 뭐 자주 일어나는 일도 아니지만, 대개 그건 빵집에 들렀다 나온 누군가에게서 나는 냄새지.'

그 생각을 하자 미처 다 끝나지 않았던 다른 생각이 꼬리에 꼬리를 물고 떠올랐다.

'밥때만큼 꼬박꼬박 돌아오는 것은 아무것도 없어. 물론 밥보다 꼬박꼬박 안 오는 것도 아무것도 없고 말이야. 둘 사이의 엄청난 차이가 바로 그거야. 그걸 알아내는 데 참 오래도 걸렸지. 그런데 애써 그런 생각을 한다고 해도 신문사나 의회에 제공할 만한 가치가 있는 걸까!'

토비는 그저 농담을 하고 있었지만 스스로 느끼는 모멸감으로 심각하게 고개를 흔들었다.

"오! 주여! 신문에는 글자 그대로 주장들만 가득해. 의회도 똑같아. 지난 주 신문이 있었지." 그는 주머니에서 몹시 지저분한 신문을 꺼내 쫙 펼쳤다. "온통 주장뿐이군! 온통 주장뿐이야! 물론 나도 누구 못지않게 뉴스를 알고 싶기는 하지만." 토비는 신문을 접어 다시 주머니에 넣으며 말했다. "요즘 신문을 읽는 일은

통 내 성격에는 맞지 않아. 겁만 난다니까. 우리 같은 가난뱅이들은 어떻게 될지 모르겠어. 새해에는 우리 형편이 좀 나아질 수 있도록 주님께서 살펴주시길!"

그때 "아빠, 아빠!" 쾌활하게 부르는 소리가 들렸다. 하지만 토비는 그 소리를 듣지 못한 채 계속 이리저리 총총거리며 생각에 잠겨 혼잣말을 하고 있었다.

"우리는 똑바로 나아갈 수도 올바르게 행동할 수도 없고, 누가 바로잡아줄 수도 없을 것 같단 말이지. 나도 어릴 때 교육이라고는 받지 못했지. 그러니 도대체 이 세상에서 우리가 할 수 있는 일이 있기나 한지 당최 알 수가 없어. 어느 때는 뭔가 조금이라도 할 일을 가져야만 한다고 생각하다가, 또 어떤 때는 우리가 훼방 놓고 있다는 생각도 든단 말이야. 어떤 때는 너무 혼란스러워서 도통 모르겠고. 우리에게도 선한 면이 있기나 한 건지 아니면 우리는 태어날 때부터 악하게 태어난 건지. 끔찍한 존재들처럼 보이기도 하고 엄청난 혼란을 일으키는 것 같기도 해. 누구나 우리에 대해 불평을 하고 경계를 하고, 이런저런 이유로 우리는 신문에 나곤 하지. 그런데 새해에 이런 이야기나 하고 있다니!" 토비는 쓸쓸하게 중얼거렸다. "다른 사람들 못지않게 나도 참을성은 있어. 아니 대부분의 사람들보다 잘 참지. 나는 사자처럼 강하지만 다른 사람들은 그러지 않잖아. 그런데 만약에 우리가 진짜 새해를 맞을 아무 권리가 없다면, 우리가 진짜 방해나 하고 있는 거라면……."

"아빠, 아빠!" 다시 쾌활하게 그를 부르는 소리가 들렸다.

토비는 그제야 그 소리를 듣고 깜짝 놀라 멈춰 섰다. 다가오는 새해의 한가운데서 밝은 빛을 찾느라 멀리 바라보고 있던 눈을 가늘게 뜨고 바로 앞에 와 있는 딸아이를 발견한 그는 그녀의 눈을 뚫어지게 바라봤다.

밝게 빛나는 눈이었다. 깊이를 알 수 없는 그 깊은 눈에 온 세상이 담겨 비치고 있었다. 지나치게 반짝이지도 않고 고집을 드러내지도 않으며 맑고 차분하며 정직하고 인내심 있는, 천국의 빛이라고 해도 좋을 그런 광채를 띤 눈이었다. 희망으로, 너무나 젊고 신선한 희망으로 반짝이는 아름답고 진실한 눈이었다. 지난 이십 년 동안 노동과 가난을 지켜보았음에도 불구하고 그토록 기운차고 활기 넘치며 빛나는 희망이 가득한 눈이었다. 그 눈이 목소리가 되어 총총이 벡에게 말을 걸었다. '우리도 여기 이 세상에서 할 일이 좀 있다고 생각해요!'

총총이는 눈동자의 주인에게 입맞춤을 하고 환하게 피어나는 얼굴을 두 손으로 감싸 안았다.

"그래, 얘야, 무슨 일이니? 오늘 올 거란 예상은 못했구나, 멕."

"저도 생각하지 못했던 일이에요, 아빠." 고개를 끄덕이며 답하는 그녀의 얼굴에 미소가 번졌다. "하지만 왔어요! 게다가 혼자가 아니에요. 혼자 온 게 아니에요!"

"설마 너……" 토비는 말을 다 마치지도 못하고 그녀가 들고 있는 덮개가 덮인 바구니를 호기심 어린 눈으로 바라보았다.

"냄새 맡아보세요, 아빠. 우선 냄새만 맡아보세요!" 멕이 말했다.

총총이가 서둘러 덮개를 벗기려는데 그녀가 손을 뻗으며 쾌활한 목소리로 막았다.

"안 돼요, 안 돼요, 안 돼요." 말리는 멕은 아이처럼 즐거워했다. "조금만 더 기다려요. 귀퉁이만 살짝 들춰줄게요. 귀퉁이만 아주 조금, 아셨죠." 멕은 그 말과 함께 더할 수 없이 부드러운 동작으로 덮개를 들추며 아주 부드럽게, 바구니 안에 들어 있는 뭔가의 소리가 들릴까 봐 걱정이라도 하듯 조심스럽게 말했다. "자, 여기 있는 게 뭘까요?"

토비는 바구니의 가장자리에 코를 대고 아주 짧게 코를 킁킁거리며 냄새를 맡더니 기쁨에 넘쳐 소리쳤다.

"야, 이거 따뜻하구나!"

"엄청 뜨거워요! 호, 호, 호! 손을 델 정도로 뜨거워요!"

"하, 하, 하!" 유쾌한 즐거움을 드러내며 토비가 호탕하게 웃었다.

"자, 이게 뭘까요, 아빠?" 멕이 물었다. "자, 어서요. 아직 아빠는 이게 뭔지 짐작도 못 하실 거예요. 이게 뭔지 맞히셔야 해요. 뭔지 맞히시기 전까지 저는 꺼낼 생각도 안 할 거예요. 너무 서두르지는 마세요! 잠깐만요! 제가 덮개를 조금만 더 벗겨드릴 테니 한번 맞혀보세요! 자!"

멕은 그가 너무 빨리 맞혀버리지나 않을까 조바심을 내면서 바구니를 앞으로 내밀 때 조금 멈칫거리며 예쁜 두 어깨를 움츠리고 토비의 입에서 정답이 나오는 것을 막기라도 하듯 손으로 귀를 가렸다. 그러는 내내 그녀는 즐겁게 웃고 있었다.

한편, 토비는 한 손은 무릎에 대고 코를 바구니에 대더니 덮개 앞에서 길게 숨을 들이마셨다. 마시면 웃음 짓는 가스를 마시기라도 한 것처럼 생기 없는 그의 얼굴에 웃음이 씩 번져갔다.

"아! 좋구나. 그런데 이거 돼지고기 훈제 소시지는 아니지?"

"아니에요, 아니에요, 아니에요!" 멕이 즐거워하며 소리쳤다. "전혀 아니에요!"

"그래." 토비가 한 번 더 킁킁거린 뒤 대답했다. "훈제 소시지보다는 달콤하구나. 아주 좋아. 순간순간 더 좋아지는걸. 족발하고도 분명히 다르구나, 그렇지?"

멕은 좋아서 어쩔 줄을 몰랐다. 토비는 훈제 소시지가 아니면 족발 말고는 다른 특징을 짚어낼 수 없었을 것이다.

"간인가?" 토비가 혼잣말하듯 물었다. "아니야. 간이라고 하기에는 좀 부드러운 느낌이 있어. 간은 아니야. 그럼, 작은 족발인가? 아니야. 그렇게 독하진 않아. 수탉의 볏에서 나는 끈적끈적한 느낌도 없어. 그러니 소시지가 아닌 것은 알겠어. 그래, 뭔지 말해주지. 이건 돼지 소장이야!"

"아니요, 틀렸어요!" 참을 수 없다는 듯 잔뜩 들뜬 목소리로 멕이 소리쳤다. "아니에요, 그게 아니에요!"

"음, 내 생각엔 말이다!" 토비가 갑자기 가능한 한 꼿꼿한 자세를 취하며 말했다. "이러다 다음번엔 내 이름도 잊겠구나! 그래 이건 내장이다!"

그랬다. 그건 내장이었다. 멕은 몹시 기뻐하더니 한 삼십 초쯤 지나 그냥 내장이 아니라 가장 잘 요리된 내장이라고 말했어야

했다고 항변했다.

"당장 저 천을 깔게요, 아빠. 내장을 양동이에 담아 손수건으로 싸서 가져왔거든요." 멕은 부지런히 손을 놀려 손수건을 풀며 기쁜 표정으로 말했다. "제가 한 번 더 자랑하고 싶어 한다고, 저 손수건을 식탁보 대신 편다고, 저 손수건을 식탁보라 부른다고 그걸 못 하게 막는 법은 없겠죠. 그렇죠, 아빠?"

"그럼, 내가 아는 한 그런 법은 없다, 얘야." 토비가 답했다. "하지만 언제나 새로운 법이 생겨나곤 하지."

"게다가 어제 제가 읽어드렸던 신문 기사에 따르면, 아빠, 판사가 했던 말 아빠도 아시잖아요. 우리처럼 가난한 사람들은 그 법들을 모두 다 알아야 한다고 했지요. 참! 그런 말도 안 되는 소리가 어디 있어요! 도대체 그 사람들은 우리가 얼마나 똑똑하다고 생각하는 건지 모르겠어요!"

"그래, 얘야. 어디 그뿐이니. 그 사람들은 우리들 가운데 그 법을 다 아는 사람을 특히 좋아하지. 그런 사람은 일을 얻어 살이 찌고 이웃 신사들에게 인기도 많지. 늘 그런 식이지!" 총총이가 큰 소리로 떠들었다.

"누가 됐건 그런 사람도 이렇게 군침 도는 맛있는 냄새가 나는 음식이라면 맛있게 먹을 거예요!" 멕이 즐겁게 말했다. "어서 드세요. 저기 뜨거운 감자도 있고 금방 담아온 맥주 반 파인트도 병에 있어요. 어디서 드실 거예요, 아빠? 기둥에서요, 아니면 층계참에서요? 아, 정말 우린 대단한 부자예요. 선택할 곳이 두 곳이나 되잖아요!"

"애야, 오늘 같은 날은 층계참이 좋다." 그가 말했다. "이렇게 마른날엔 층계참이지. 비 오는 날엔 기둥이고. 앉을 수 있으니 층계참이 언제나 훨씬 더 편하긴 하지만 축축한 날에는 류머티즘 걸리기 딱 좋지." "그럼, 여기, 오늘은 여기서 드세요." 멕이 잠깐 부산하게 움직이더니 박수를 치며 말했다. "자, 준비 다 되었어요! 얼마나 멋져요! 자, 오세요. 아빠! 어서요."

바구니 안의 내용물을 본 순간부터 총총이는 그녀를 바라보고 이야기를 하며 멍하게 서 있기는 했지만, 눈앞의 내장도 까맣게 잊은 채 그가 생각하고 떠올리는 것은 지금 바로 이 순간 눈앞에 있는 모습 그대로의 그녀가 아니라 그가 머릿속으로 대충 짐작해보는, 앞으로 그녀가 살아갈 삶이라고 상상하는 바로 그 모습이라는 게 분명해 보였다. 멕이 명랑하게 부르는 소리에 생각에서 깨어난 그는 방금 그에게 엄습했던 우울하고 어두운 생각을 머리에서 떨쳐내며 종종걸음으로 그녀 옆으로 다가갔다. 그가 막 앉으려는 순간 종들이 울리기 시작했다.

"아멘." 그가 모자를 벗고 종을 올려다보며 말했다.

"종들에게 아멘 하시는 거예요, 아빠?" 멕이 큰 소리로 물었다.

"은총처럼 울리잖니, 애야." 자리에 앉으며 그가 말했다. "할 수만 있다면 종들은 좋은 말을 해줄 거란다. 틀림없어. 나한테 좋은 말을 얼마나 많이 해주는지 모른다."

"아, 종들이 그런 말을 해주는군요, 아빠!" 멕이 양푼과 칼과 포크를 놓으며 웃었다. "다행이예요!"

"내가 보기엔 그렇단다, 애야!" 그가 털썩 주저앉으며 말했다.

"하지만 무슨 차이가 있겠니? 내가 듣는다면 종들이 말을 하건 안 하건 그게 뭐가 중요한 일이겠니? 축복을 빈다, 얘야." 먹을 것을 앞에 둔 탓인지 포크로 종탑을 가리키며 말하는 토비의 모습에 생기가 넘쳤다. "저 종들이 말하는 소리를 얼마나 많이 들었는지 아니? '토비 벡, 토비 벡, 착한 마음을 지녀야 해, 토비! 토비 벡, 토비 벡, 착한 마음을 지녀야 해, 토비!' 백만 번? 아니, 그보다 더 했지!"

"음, 아니요, 저는 한 번도 들은 적이 없어요!" 멕이 큰 소리로 대꾸했다.

사실 그녀는 듣고 또 들었다. 토비가 끊임없이 말한 것이었기 때문이다.

"형편이 몹시 안 좋을 때, 진짜 안 좋을 때, 최악일 때 말이다. 그때는 '토비 벡, 토비 벡, 곧 일거리가 생길 거야, 토비! 토비 벡, 토비 벡, 곧 일거리가 생길 거야, 토비!' 그랬지. 그런 식이었지."

"그러면 일거리가 마침내 들어왔고요, 아빠." 멕이 명랑하지만 슬픈 기색이 묻어나는 소리로 대답했다.

"언제나 그랬지. 한 번도 틀린 적이 없단다." 정신은 딴 데 가 있는 토비가 답했다.

이런 이야기를 나누는 동안에도 총총이는 자기 앞에 놓인 그 맛 좋은 고기에 대한 공격을 멈추지 않았다. 자르고 먹고, 자르고 마시고, 자르고 씹으면서 내장에서 뜨거운 감자로, 뜨거운 감자에서 다시 내장으로 기름기 자르르 흐르는 변함없는 맛을 느끼며. 그러다가 혹시 어느 집 문이나 창문에서 누가 심부름꾼을 부를까 싶어 살피려고 거리를 쓱 살펴보고 돌아오던 그의 눈길이 팔짱을 끼고 행복한 표정을 띤 채 아버지가 부지런히 먹는 모습을 지켜보며 앞에 앉아 있던 멕과 마주쳤다.

"아, 이런, 주여 용서하소서!" 나이프와 포크를 놓으며 그가 말했다. "오, 내 귀염둥이, 멕! 내가 얼마나 짐승 같은지 왜 말을 안 한 거니?"

"그게 무슨 말이에요, 아빠?"

"여기 이렇게 앉아 입안 가득 음식을 처넣으며 나 혼자 게걸스럽게 배불리 먹고 있다니! 너는 거기 내 앞에서 잔뜩 배가 고프면서도 먹지도 않는데……."

"아니에요, 아빠. 저는 배고픈 것 싹 다 가셨어요." 딸이 말을 막으며 웃으며 대답했다. "저는 밥 먹었어요."

"말도 안 돼. 하루에 두 끼를 먹다니! 어떻게 그런 일이! 차라리 새해 첫날이 이틀 한꺼번에 온다거나 아니면 내가 평생 지혜로운 사람이었다고 거짓말하는 편이 더 낫겠구나."

"아니에요, 저는 먹었어요. 아빠." 그에게 다가오며 멕이 말했다. "드시던 것 계속 드시면 제가 다 말씀드릴게요. 아빠 음식 가져온 것도, 그리고 또 다른 드릴 말씀도 있어요."

토비는 여전히 믿을 수 없다는 표정이었다. 하지만 그녀는 맑은 눈으로 빤히 쳐다보면서 그의 어깨에 손을 얹고 따뜻할 때 어서 드시라는 몸짓을 했다. 총총이는 나이프와 포크를 다시 들고 먹기 시작했다. 하지만 전보다는 훨씬 먹는 속도가 느려졌고 마치 그 식사가 전혀 즐겁지 않다는 듯 머리를 절레절레 흔들기도

했다.

"저는 먹었어요, 아빠." 잠시 망설이던 멕이 다시 말했다. "리처드와 함께 먹었어요. 그 사람은 밥을 일찍 먹잖아요. 그래서 날 만나러 올 때 그 사람 먹을 걸 가지고 와서 같이 먹었어요, 아빠."

총총이는 작은 맥주를 들고 입맛을 다셨다. 그러고는 "아!" 하고 말했다. 그녀가 대답을 기다리고 있었기 때문이다.

"그런데 아빠, 리처드 말이……" 멕이 다시 말을 시작하더니 멈췄다.

"그래 리처드가 뭐라고 그러던, 멕?"

"리처드 말이, 아빠……" 그러고는 다시 말이 끊겼다.

"리처드가 참 오래도 말을 했나 보구나." 토비가 말했다.

"아빠, 리처드가 또 한 해가 다 가는데, 그렇다고 지금보다 형편이 나아질 것 같지도 않은데, 한 해 한 해 이렇게 기다리는 게 무슨 소용이 있겠느냐는 거예요." 고개를 들어 말하는 그녀의 목소리는 떨렸지만 상당히 차분했다. "그 사람 말이 우리는 지금이나 나중이나 가난하기는 매한가지일 거래요. 지금은 우리가 젊기라도 하지만 세월이 지나면 우리도 모르는 사이 늙어버릴 거라고, 우리 같은 사람들은 기다리기만 하다 분명하게 알게 된다고, 우리에게 길은 결국 단 하나의 좁은 길, 누구나 다 가는 무덤으로 가는 길뿐이라는 걸요, 아빠."

총총이 벡이 보다 대담한 사람이었다면 틀림없이 그 말을 용기 있게 부정했을 것이다. 하지만 벡은 가만히 있었다.

"아빠, 늙고 죽어가면서 그때가 되어서야 우리가 서로 기쁘게

도울 수도 있었을 텐데 하고 돌이켜 생각하게 된다면 얼마나 가슴 아픈 일이겠어요? 서로 사랑하면서도 평생 떨어져 슬퍼하면서 죽도록 일만 하다 백발이 되어 늙어가는 것을 보는 일은 얼마나 가혹한 일이겠어요. 제가 그걸 이겨내고 (절대 그럴 수는 없는 일이지만) 그 사람을 잊을 수 있다 하더라도, 아빠, 그 사람으로 가득했던 제 마음속 사랑이 살아가면서 한 방울 한 방울 천천히 빠져나간다면, 여자로서 누릴 수 있는 행복한 삶에 대한 기억도 없이, 저를 지탱해주고 위로해주면서 더 나은 사람으로 만들어줄 그런 순간에 대한 기억도 하나 없이 사랑하는 마음이 다 새어 나가버린다면 그건 얼마나 견디기 힘든 일이겠어요!"

총총이는 가만히 앉아 있었다. 멕은 눈물을 닦으며 조금은 더 쾌활한 목소리로 말했다. 어떤 때는 웃고, 어떤 때는 울고, 어떤 때는 웃고 울면서.

"리처드가 그랬어요, 아빠. 어제부터 그 사람의 일거리도 한동안은 안정적으로 들어오게 되었고, 제가 그를 사랑하니, 꼬박 삼 년 동안이나 사랑해왔으니 ─ 오! 그 사람이 몰라서 그렇지 실은 더 되었지만요 ─ 새해 첫날에 결혼하는 게 어떻겠느냐고요. 새해 첫날이야말로 일 년 중 최고로 행복한 날이고 거의 틀림없이 행운이 따르는 날일 테니 말이에요. 조금 촉박하긴 해요, 그렇죠? 하지만 어차피 다른 부잣집 아가씨들처럼 집 마련할 돈도, 웨딩드레스 만들어 입을 돈도 없잖아요? 리처드는 자기 식대로 많은 말을 했어요. 단호하고 진지하게. 그러면서도 내내 친절하고 상냥하게 말이죠. 그래서 제가 가서 아빠와 상의해보겠다고 했어요. 게다가 오늘 아침에 제 품삯도 받았고(전혀 생각도 못 한 일이었지요!), 아빠는 일주일 내내 힘들게 지내셨으니, 오늘 같은 이런 날에 아빠에게는 휴식이 되고 저에게는 소중하고도 행복한 날이 되게 해주는 뭔가가 있었으면 하는 소망을 갖지 않을 수 없었어요. 그래서 음식이라도 조금 만들어 가져와 아빠를 깜짝 놀라게 해드리고 싶었어요."

그때 또 다른 목소리가 들려왔다.

"계단 위에 먹을 걸 올려놓고 그냥 식히고 있다니요!"

리처드였다. 두 사람이 낌새도 채지 못하는 사이에 다가와 두 부녀 사이에 선 그가 단단한 쇠망치로 매일 꽝꽝 울리도록 두들겨대는 쇠처럼 벌겋게 빛나는 얼굴을 하고 두 사람을 내려다보고 있었다. 잘생긴 얼굴에 힘세고 체격 좋은 젊은이였다. 용광로에서 떨어지는 쇳물처럼 작열하듯 반짝이는 눈, 거무스름한 관자놀이 부근에서 멋지게 곱슬거리는 검은 머리카락, 그리고 그 미소! 그가 말하는 모습에 대한 멕의 찬사가 거짓이 아님을 입증해주는 바로 그 미소가 있었다.

"음식을 계단에 두고 그냥 식히고 있다니!" 리처드가 말했다. "멕은 아버님이 뭘 좋아하는지 몰라. 모른다고!"

총총이는 반가운 마음을 온몸으로 드러내며 리처드에게 손을 뻗으며 서둘러 그에게 말을 걸려고 했다. 그때 그 집의 문이 예고도 없이 벌컥 열리며 불쑥 나온 하인이 그가 먹을 음식인 내장을 거의 밟을 뻔했다.

"비켜, 방해하지 말고, 제발! 왜 늘 우리 계단에 와 앉아 있는 거야! 이웃들을 이렇게 질겁하게 해서는 안 되지! 길 좀 비키지, 응?"

솔직하게 말해, 마지막 요청은 소용이 없는 것이었다. 그들은 이미 몸을 비켜 일어섰기 때문이다.

"웬 소란인가, 웬 소란이야!" 안에서 나오던 신사가 물었다. 그 신사의 경쾌하면서도 육중한 걸음은, 인생 후반에 접어든 부드러운 삶의 내리막길에서 소리 나는 장화를 신고, 시곗줄이 달린 깨끗한 옷을 입고 그런 집에서 나오는 사람 특유의 걸음으로, 걷는 것과 느릿느릿 규칙적인 속보의 중간쯤 되는 독특한 속도로 자신의 위엄은 조금도 손상하지 않으면서 어딘가 다른 곳에 큰돈이 오가는 중요한 약속이 있다는 인상을 안겨주는 그런 태도를 보여주고 있었다. "웬 소란인가, 웬 소란이야!"

하인은 특히 총총이 백을 꼭 집어 지적하며 소리를 질렀다. "이봐 문 앞 계단 좀 깨끗하게 내버려둬 달라고 그렇게 부탁하고 간청했는데! 왜 말을 안 듣나? 정말 이렇게 말 안 들을 셈인가?"

"어허! 그만해! 그만하면 됐어!" 신사가 대답했다. "이봐, 거기, 심부름꾼!" 그는 머리를 까닥여 총총이 백을 불렀다. "이리 와 봐. 그게 뭐지? 먹는 건가?"

"예, 나리." 음식을 자기 뒤 모퉁이에 내려놓으며 총총이가 답했다.

"그걸 거기 두면 어떡해!" 신사가 소리를 질렀다. "이리 가져와 봐. 이리 가져와 봐. 그래, 이게 자네 끼니란 말이지, 그렇지?"

"예, 나리." 총총이가 다시 대답하며 마지막 한 입 거리로 남겨

둔 내장 조각 하나를 뚫어지게 쳐다보며 입맛을 다셨다. 신사는 바로 그 음식을 포크 끝에 찔러 이리저리 돌려보는 중이었다.

다른 신사 둘이 그와 함께 나왔다. 한 사람은 의기소침한 중년의 사내로 야위고 수심에 잠긴 얼굴을 하고 있었는데, 양손은 끝단이 접혀 올라가 있고 세탁도 솔질도 잘 안 돼 볼품없이 헐렁한 희끗희끗한 바지 주머니 속에서 나올 줄을 몰랐다. 다른 사람은 흰 크라바트[1]에 푸른색 외투를 말쑥하게 차려입은 건강해 보이는 보통 체구의 신사였다. 이 신사는 얼굴이 아주 붉었는데 몸에 흐르는 과도한 피가 온통 얼굴로 몰려 올라간 것 같았다. 그로 보아 아마 가슴은 싸늘한 사람일 것이라는 짐작을 할 수 있겠다.

토비가 먹으려던 것을 포크에 찔러 들고 있는 신사는 이 두 신사 중 첫 번째 사람을 서류 담당이라 불렀다. 둘은 가까이 서 있었다. 서류 담당은 엄청난 근시라 토비가 먹다 남긴 음식에 코를 박을 정도로 가까이 다가가서야 그게 뭔지 알아볼 수 있었다. 토비가 혼비백산했지만 다행히 서류 담당은 그걸 먹지는 않았다.

"이건 동물성 식품의 일종이지요, 의원님." 서류 담당이 연필통으로 쿡쿡 찌르며 말했다. "이 나라의 노동자들에게 내장이라는 이름으로 흔히 알려져 있지요."

시의원은 웃으며 눈을 찡긋했다. 그는 명랑한 사람, 똑똑이 의원이었다. 오, 게다가 교활하고 빈틈이 없었다. 모든 면에 그랬다. 절대 누구에게도 속아 넘어가지 않는 사람이었다. 사람들 마

---

1 넥타이처럼 매는 남성용 스카프 – 역자 주

음속에 들어앉은 것 같은, 사람들의 마음을 너무도 잘 아는 사람이었다. 정말 그랬다. 암, 그렇고말고!

"누가 내장을 먹을까?" 서류 담당이 주변을 둘러보며 묻는 듯하고는 곧장 자기가 답했다. "내장은 예외 없이 이윤이 가장 적은, 어쩌면 이 나라의 장터에서 생산할 수 있는 가장 쓰레기 같은 품목이지요. 전체적으로 볼 때 1파운드의 내장당 손실은 동물의 다른 부속물 1파운드당 손실에 비해 5분의 1 중 8분의 7만큼 더 많은 것으로 알려져 있습니다. 제대로 이해하면 내장은 온실에서 재배되는 파인애플보다 더 비쌉니다. 매년 가축 도축 통계표에 집계되는 도살되는 동물들 수와 효율적으로 도살된 동물들의 사체에서 생산되는 얼마 안 되는 내장의 양을 고려한다면 말이지요. 끓인다고 가정해볼 때, 낭비되는 내장은 수비대 병사 오백 명에게 다섯 달 하고도 28일이나 더 식량을 공급할 수 있는 분량이지요. 정말 낭비입니다! 낭비이고말고요!"

총총이는 소스라치게 놀라 두 다리를 벌벌 떨었다. 자기가 먹는 것 때문에 오백 명의 수비대를 굶긴 것 같다는 생각이 들었다.

"이 내장 누가 먹을 거지?" 서류 담당이 흥분하며 물었다. "대체 누가 이 내장을 먹지?"

총총이가 불쌍한 표정을 지으며 고개를 숙였다.

"당신이지, 그렇지?" 서류 담당이 말했다. "내 말 잘 들어. 이보게, 당신은 말이야 과부들과 고아들이 먹을 걸 지금 낚아챈 거라고."

"그럴 리가요, 나리." 총총이가 맥없이 대꾸했다. "그럴 바엔 차라리 안 먹고 죽고 말 겁니다!"

"제가 방금 말씀드린 내장의 양을 기존 과부들과 고아들의 수로 나눠보면 의원님, 각각에게 1.55그램씩 돌아갈 수 있는 양이랍니다. 그러면 저 친구에게는 한 조각도 남지 않아야 되지요. 그러니 결과적으로 저 친구는 강도인 셈입니다."

총총이는 너무 큰 충격을 받아 의원이 자기 내장을 다 먹어치우는 것을 보고도 신경을 쓸 수 없을 정도였다. 걱정거리가 없어져서 차라리 안심이 되었다.

"그래, 자네 생각은 어때?" 의원이 익살맞은 표정으로 푸른 외투를 입고 있는 얼굴 붉은 신사에게 물었다. "자네도 서류 담당 저 친구가 말하는 것을 들었지. 자네 생각은 어때?"

"무슨 말을 할 수 있겠습니까? 무슨 말을 할까요?" 그가 총총이를 가리키며 말했다. "이렇게 타락한 시대에 누가 이런 친구에게 신경이나 쓰겠습니까? 저 사람을 보세요. 저 꼴하고는! 좋았던 옛 시절, 화려했던 옛 시절, 위대했던 옛 시절! 그런 시절이야말로 뻔뻔한 소작농 같은 이들을 위한 시대였지요. 사실 온갖 부류의 사람들을 위한 시대였지요. 그런데 요즘은 전혀 그렇지 않지요, 아!" 얼굴 붉은 사내가 한숨을 내쉬었다. "아, 그 좋았던 옛 시절, 좋았던 옛 시절!"

그 신사는 자신이 말하는 그 시절이 언제인가는 꼭 집어 언급하지 않았다. 또 지금 현재에 반대하는지 어떤지에 대해서도 말하지 않았다. 그저 그 시절이라는 것들이 자기가 이렇게 살아가는 것과는 아무런 특별한 상관도 없다는 무관심한 태도를 보였다.

"좋았던 옛 시절, 그 좋았던 옛 시절." 그는 그저 같은 말만 되풀이했다. "그때는 얼마나 좋은 시절이었는지요! 그때야말로 유일한 시기였지요. 다른 시절에 대해 왈가왈부하거나 요즘 사람들이 어떤지에 대해 논의하는 건 아무 소용이 없지요. 요즘은 시대라고 하지도 않잖아요, 그렇지요? 잔뜩 뽐내는 옷을 보세요. 어느 때라도 영국이 좋았던 옛 시절에 심부름꾼들이 어땠는지 보세요."

"최고로 형편이 좋을 때도 심부름꾼은 셔츠 하나, 스타킹 한 켤레 제대로 없었지요. 온 영국을 다 뒤져도 그 입에 들어갈 채소 하나 얻을 수 없었지요." 서류 담당이 끼어들었다. "내가 수치로 증명할 수 있어요."

하지만 얼굴 붉은 신사는 여전히 좋았던 옛 시절, 화려했던 옛 시절, 위대했던 옛 시절을 칭찬하고 있었다. 누가 무슨 말을 하건 그는 그 좋았던 시절과 연관된 일련의 단어들을 들이대고 또 들이댔다. 가엾은 다람쥐가 빙글빙글 돌아가는 쳇바퀴를 계속 돌려대듯. 다람쥐가 쳇바퀴를 돌리는 솜씨나 이 얼굴 붉은 신사가 사라진 자신의 천년 왕국에 대해 말하는 것이나 똑같아 보였다.

그 순간 스스로도 애매하게 느낀 모호하기 짝이 없는 그 옛 시절이란 것에 대한 가엾은 총총이의 믿음이 완전히 사라진 것은 아니었다. 하지만 그가 처한 곤경 속에서 한 가지는 명백했다. 즉 세세한 부분에서는 그 신사의 생각이 많이 다를지라도 그날 아침은 물론 다른 날에도 총총이가 느낀 불안이 충분히 근거 있는 사실이라는 것이다. "아냐, 우리는 올바로 살거나 올바로 행동할 수 없어." 그는 절망했다. "우리에겐 선이라고는 없어. 우리는 악하게 태어났어!"

하지만 총총이에겐 부정(父情)이 있었다. 자신이 내린 결정에도 불구하고 그는 아버지로서 딸을 생각하는 마음을 갖게 되었다. 잠깐 동안의 기쁨으로 홍조 띤 딸아이 멕이 이 현명한 신사들이 생각하는 운명처럼 된다는 것은 참을 수 없었다. '신이여, 멕을 도와주세요.' 불쌍한 그는 마음속으로 빌었다. '그 아이도 곧 알게 되겠지.'

그런 마음이 들자 그는 마음을 졸이며 젊은 대장장이에게 멕을 데리고 가라고 신호를 보냈다. 하지만 조금 떨어진 곳에서 멕과 소곤대느라 분주했던 그는 벡의 뜻을 알아차리긴 했지만 그뿐이었다. 똑똑이 의원도 그 신호를 알아차렸다. 그는 자기 이름으로 된 격언은 아직 없었지만 철학자였다, 그것도 아주 현실적인! 자기 말을 들어줄 청중을 잃고 싶지 않았던 그가 소리쳤다. "잠깐!"

그가 몸에 밴 만족스러운 미소를 띠며 두 친구들에게 말했다. "자네들도 알다시피 나는 아주 소박한 사람 아닌가. 그래서 명백하게 현실적인 방식으로 일을 처리하려고 하네. 그게 내 방식이기도 하고. 자네들이 저런 부류의 인간들을 제대로 이해하기만 한다면 저들을 다루거나 혹은 저들의 방식대로 말하는 데 무슨 비결이 필요하거나 곤란함을 느낄 필요는 눈곱만큼도 없지. 이봐, 자네 심부름꾼! 나나 또 다른 누구에게든 자네가 언제나 충분할 만큼 먹지 못한다고 말하지는 말아. 나는 그렇게 호락호락한 사람이 아니지. 자네가 먹는 내장도 먹어봤지. 그러니 나를 속일 수는 없을 거야. 자네 '속인다'는 말이 무슨 뜻인지 아나? 멋진 말이지, 그렇지? 하하하! 신의 축복이 있기를!" 의원은 이 말과 함께 다시 친구들에게로 몸을 돌려 말했다. "제대로 이해하기만 한다면 이런 인간들을 다루는 것이야말로 세상에서 가장 손쉬운 일이야."

보통 사람들에게는 유명한 똑똑이 의원! 그들에게 결코 화를 내지 않는 사람! 상냥하고, 붙임성 있고, 농담 잘 하고 아는 게 많은 신사!

"보게, 친구들." 의원이 말을 이었다. "자네들도 알다시피 궁핍, 그래 '쪼들림'에 관한 수많은 얼토당토않은 말들이 있지. 그렇게 말하는 거 맞지, 그렇지? 하! 하! 하! 나는 그걸 좀 깔아뭉개 버릴 작정이라네. 굶주림에 관해 마치 유행처럼 번지는 은어들이 있지. 나는 그걸 아주 깔아뭉개버릴 생각이야. 그게 전부야! 신의 가호가 자네들에게!" 의원은 다시 친구들을 보면서 말했다. "자네들도 시작하는 방법만 알면 이런 부류의 인간들에게서 무엇이라도 그렇게 깔아뭉개버릴 수 있을 거라네."

총총이는 멕의 손을 잡아 자기 겨드랑이에 꼈다. 물론 자기가 지금 무엇을 하고 있는지도 모르는 것 같았다.

"자네 딸인가, 응?" 의원이 물으면서 멕의 턱을 가볍게 건드렸다.

노동계층의 사람들에게 언제나 친절한 똑똑이 의원! 그들을 기쁘게 할 수 있는 방법을 알고 있는! 조금도 거만하지 않은!

"엄마는?"

"죽었습지요. 이 아이의 엄마는 천을 날랐는데, 이 아이가 태어날 때 하늘나라로 갔답니다."

"천 나르러 간 건 아니겠지, 물론." 의원이 쾌활하게 말했다.

토비는 하늘나라에 있는 아내를 천 나르는 일하고 떼어내 생각할 수도 생각하지 않을 수도 있었다. 하지만 궁금하기는 했다. 만약 똑똑이 의원의 부인이 하늘나라에 간다면 똑똑이 의원은 자기 아내가 그곳에서도 지금 같은 신분이나 지위를 누린다고 상상할 수 있을까?

"자네는 이 아가씨를 사랑하고, 그렇지?" 의원이 젊은 대장장이에게 물었다.

"예. 저희는 새해 첫날에 결혼하려고 합니다." 그 질문에 화가 난 리처드가 서둘러 대답했다.

"그게 무슨 말인가, 결혼이라니!" 서류 담당이 날카롭게 소리쳤다.

"예, 저희는 그럴까 생각하고 있습니다. 제일 먼저 그게 깔아뭉개질까 봐 걱정이 되어 좀 서두르고 있지요."

"아!" 서류 담당이 신음 소리를 내뱉더니 말을 이었다. "우선 저것부터 막으셔야겠어요. 그러시려면 뭔가 조치를 취하셔야겠습니다, 의원님. 정치경제학의 가장 중요한 원칙에 관한 저들의 무지 좀 보세요. 저 경솔함과 저 나약함이라니! 저런! 저 커플을 좀 보세요!"

뭐가 그렇단 말인가? 사실 두 사람은 충분히 봐줄 만했다. 그리고 결혼은 그들이 계획 중인 대로 합리적이고 합당한 행위였다.

"인간들은 므두셀라[2]만큼 오래 살면서 저런 작자들을 위해 평생 동안 일을 해야만 할 수도 있겠지요. 그렇게 사실에 숫자를 산만큼이나 높게 쌓고 쌓고 또 쌓아가면서 보여줘도 저들에게 이 세상에 태어날 하등의 권리나 이유가 없는 것과 마찬가지로 저들에게는 결혼할 어떤 이유와 권리도 없다는 사실을 납득시키지 못할 겁니다. 저들에겐 그런 권리가 없다는 걸 우리는 알고 있지요. 이미 오래전에 수학적으로 확실하게 증명도 했고 말입니다!"

이 말에 몹시 기분이 좋아진 똑똑이 의원은 오른손 집게손가락을 코 옆에 대고 두 친구들에게 말했다. "잘 봐, 날 잘 보라구! 실용적인 사람이 어떻게 하는지 잘 보라구!"

"이리 와봐, 아가씨!"

그 몇 분 사이에 그녀의 애인인 젊은 대장장이의 피는 분노로 끓어올랐다. 그래서 그녀가 그쪽으로 가는 것이 내키지 않았다. 하지만 감정을 억누르면서 멕이 다가설 때 그도 성큼 앞으로 나서 그녀 옆에 섰다. 총총이는 여전히 그녀의 팔을 잡고 마치 꿈꾸는 사람처럼 이 사람 저 사람 얼굴을 차례로 살펴보았다.

"자, 내가 한두 마디 충고를 하지, 아가씨." 의원이 아주 느긋하게 말을 이어갔다. "알다시피 충고하는 것, 그건 판사인 내 일이기도 하니 말이야. 알지, 내가 판사라는 건?"

멕은 겁에 질려 그렇노라고 대답했다. 어디 그걸 모르는 사람이 있는가! 오, 저토록 적극적인 판사라니! 사람들 눈에 저 얍삽

---

2 성서에 나오는 969세까지 살았다는 전설상의 인물—역자 주

한 판사만큼 반짝이는 티끌 같은 존재가 누가 또 있을까!

"결혼할 거라고, 음." 의원이 계속 말을 이어갔다. "그건 말이야 어떤 여성에게는 전혀 어울리지도 않고 상스러운 일이지! 하지만 신경 쓰지는 말게. 아가씨가 결혼한 다음엔 말이지 남편과 다투기나 하면서 가난한 아내가 되어갈 거야. 아가씨는 다를 거라고 생각할지도 모르지. 하지만 마찬가지야. 내 장담하지. 경고하지만 나는 가난한 부인들을 뭉개버리겠다고 결심했지. 그러니 내 눈에 띄지는 말도록. 아이들, 그래, 사내 녀석들도 낳겠지. 그 사내 녀석들은 커가면서 당연히 악당이 될 거고 신발이나 스타킹도 신지 않고 제멋대로 거리를 뛰어다니겠지. 명심하게, 젊은 친구! 나는 그 녀석들 모두에게 즉결심판을 내릴 테니. 왜냐하면 나는 신발과 스타킹을 신지 않은 사내 녀석들을 뭉개버리기로 결심했거든. 자네 남편은 젊을 때 세상을 뜨면서(다들 그렇거든.) 사생아를 남겨두겠지. 자네는 밖으로 나와 이리저리 거리를 헤매게 될 거야. 그런데 내 곁엔 오지 말도록. 나는 그렇게 거리를 헤매는 젊은 엄마들을 뭉개버리기로 결심을 했으니 말이야. 경우야 어찌 됐건 젊은 엄마들은 싹 다 뭉개버리려는 게 내 결심이거든. 나한테 병들었다는 핑계는 대지 않는 게 좋아. 아기 핑계도 통하지 않을 거고 말이야. 병든 사람들과 어린애들은(자네가 교회의 구빈원을 알 수 있으면 좋겠지만 그럴 것 같지도 않고.) 뭉개버리기로 결심했으니 말이야. 혹시 자포자기해서 불쾌하고 불경스럽고 부정하게도 물에 빠져 죽거나 목을 매 자살을 시도한다고 해도 나는 자네를 전혀 동정하지 않을 거야. 이유 여하를 막론하고 모든 자살을 뭉개버리려는 게 내 결심이니 말이야! 다른 무엇보다 가만두지 않겠다고 마음먹은 딱 한 가지가 있다면 그게 바로 자살이지." 의원은 만족스러운 미소를 띠며 말했다. "그러니 애초에 시도도 하지 말도록. 멋진 말이지, 그렇지 않나? 하, 하! 자, 이제 우리는 서로를 이해한 것 같네만."

토비는 마치 금방이라도 숨이 끊어질 것처럼 창백해진 멕이 애인의 손을 놓는 것을 보고 걱정해야 할지 기뻐해야 할지 갈피를 잡을 수가 없었다.

"그리고, 자네 혈기 왕성한 친구." 의원은 훨씬 더 기분 좋아진 품위 있는 모습으로 젊은 대장장이에게 몸을 돌려 말을 이어갔다. "자네는 결혼이라는 게 대체 뭐라고 생각하는 건가? 도대체 무엇 때문에 결혼을 하려는 거지? 어리석은 친구 같으니! 내가 만약 자네처럼 젊고 건장하고 잘생긴 청년이라면 말이야, 여자 앞치마 줄에 스스로를 묶어버릴 만큼 멍청하게 구는 걸 부끄럽게 여길 거야! 자네가 중년의 사내가 되기도 전에 저 여자는 쭈그렁 할망구가 되어 있을 거야! 게다가 어딜 가나 뒤에 졸졸 따라붙는 마누라와 시끄럽게 울어대는 주렁주렁 달린 애들 때문에 자네의 멋진 모습도 더 이상 남아 있지 않을 테고 말이야!"

오, 그는 보통 사람들을 조롱하는 방법을 제대로 알고 있었다, 똑똑이 의원!

"자! 당장 그만두게. 새해 첫날에 결혼하는 바보 같은 짓일랑 하지 말게. 후년 새해가 되기도 한참 전에 생각이 완전히 바뀔 테니까 말이야. 자네처럼 모든 아가씨들이 눈길을 주는 말쑥한 젊은이가 그런 바보 같은 결정을 하다니. 당장 그만두게!"

멕과 리처드 두 사람은 함께 떠났다. 팔짱을 끼지도 손을 맞잡지도 않고 반짝이는 눈길을 서로 주고받지도 않았다. 멕은 눈물을 흘리고, 리처드는 암울한 표정으로 땅을 바라보면서. 불과 얼마 전 늙은 토비의 가슴에서 무기력함을 몰아내고 두근거리게 하던 게 바로 이 두 사람의 가슴이었나? 아니다. 아니다. 의원은 (그교묘한 머리라니!) 그 모든 것을 깔아뭉개버렸다.

의원이 토비에게 말했다. "마침 여기 있으니 날 위해 편지 하나 전해주지. 빨리 전해줄 수 있겠나? 그렇게 늙은 몸으로."

멍하게 멕을 찾고 있던 토비는 금방 자기는 아주 빠르고 강하다고 중얼중얼 대답했다.

"나이는 몇이나 됐나?" 의원이 물었다.

"육십이 넘었습니다, 나리." 토비가 답했다.

"오! 이 노인은 평균 수명보다 훨씬 더 살았네그려." 참을 만큼 참았다는 듯 서류 담당이 끼어들었다. 하지만 이건 좀 지나친 말이었다.

"세상에 방해가 되고 있다는 느낌이 듭니다." 토비가 말했다. "저…… 저는 오늘 아침에는 그 사실을 의심하기도 했습니다만. 오, 이렇게나!"

의원이 주머니에서 편지를 꺼내 건네며 그의 말을 막았다. 토비는 1실링을 벌 수 있었다. 하지만 서류 담당은 그럴 경우 그가 한 편당 몇 명의 사람에게서 9펜스 30페니를 강탈하는 격이라는 사실을 까탈스럽게 지적하는 바람에 그는 겨우 6펜스를 벌었을

뿐이었다. 하지만 그는 그거라도 벌 수 있어서 운이 좋다고 생각
했다.

의원은 자신의 친구들 각각에게 팔을 맡기고 의기양양하게 걸
어갔다. 하지만 무언가를 잊어버리기라도 한 듯 서둘러 돌아왔
다.

"이봐, 심부름꾼!"

"예, 나리!"

"자네 딸 잘 지키게. 너무 예쁘단 말이야."

"그 아이의 예쁜 외모도 누군가로부터 훔친 걸 거야." 토비는
손에 들린 6펜스를 보고 내장도 떠올렸다. '멕은 활짝 피어나는
오백 명의 숙녀들에게서 미모를 조금씩 빼앗은 거야. 놀랍지도
않아. 너무나 두려운 일이야!'

"이보게, 그 아이는 말이야, 지나칠 정도로 예쁘더군." 의원은
조금 전 했던 말을 또 했다. "분명히 안 좋은 일이 생길 확률이 높
아. 내 말 명심하게. 그 아이를 잘 지키게!" 그 말을 남기고 의원
은 서둘러 떠났다.

"모든 게 다 잘못됐어. 모든 게 다 잘못됐어!" 두 손을 꼭 맞잡
으며 그가 말했다. "악하게 태어난 거야. 이 세상에 볼일이라곤
없어!"

이 말들을 막 쏟아내는데 종들이 울리기 시작했다. 온 힘을 다
해 울리는 웅장하고 메아리가 큰 소리였지만 거기엔 어떤 격려의
말도 담겨 있지 않았다. 단 한마디도.

"소리가 변했어." 종소리를 들으며 노인이 외쳤다. "저 종소리

에 담겨 들려오는 말이 한마디도 없어. 도대체 왜 저기 달려 있는 거지? 새해에는 저 오래된 종도 나하고는 아무 상관이 없어. 아, 차라리 죽어버렸으면!"

여전히 종들은 달라진 소리를 울려대며 공기를 진동시키고 있었다. 깔아뭉개버려! 깔아뭉개버려! 그 좋았던 옛 시절, 깔아뭉개버려! 사실과 숫자들, 사실과 숫자들! 깔아뭉개버려, 깔아뭉개버려! 종들이 무슨 말을 했다면 바로 이 말들이었다. 토비는 머리가 어질어질해졌다.

그는 양손으로 멍멍한 머리를 꼭 눌러 감싸 안았다. 그렇지 않으면 머리가 깨지기라도 할 것 같아 막기라도 하듯. 그런데 이 행동은 우연하게도 적절했다. 한 손에 들린 편지가 눈에 들어와 자신이 해야 할 일을 떠올린 그는 자기도 모르게 늘 하던 대로 종종걸음으로 멀어져갔다.

제2장 두 번째 15분

토비가 똑똑이 의원에게서 받은 편지는 런던의 번화가에 있는 유력 인사에게 가는 편지였다. 런던에서 가장 번화한 곳. 그곳에 사는 사람들이 '세상'이라고 흔히들 부르는 것으로 보아 과거부터 런던에서 가장 번화한 곳이었음에 틀림없다.

토비의 손에 들린 편지는 다른 어떤 편지보다 묵직하게 느껴졌다. 의원이 엄청나게 커다란 문장(紋章)으로 봉해서가 아니라 수취인 성명과 그 편지와 연관된 엄청난 돈의 무게 때문이었다.

'우리와는 달라도 참 달라!' 주소를 보면서 토비는 단순하면서도 진지하게 생각했다. '가축 도축 통계표에 있는 싱싱한 거북살을 그걸 살 수 있는 신사들 수로 나누면 그 사람은 대체 누구의 몫을 자기 몫으로 채가는 것인지! 그래놓고 내가 다른 사람의 입에서 내장을 채간다고 뭐라고 하다니!'

자기도 모르게 그런 대단한 신분에 대한 두려움과 부러움이 밀려들어 토비는 손가락과 편지 사이에 앞치마의 귀퉁이를 밀어 넣었다.

"그 사람의 자녀들은, 딸들은⋯⋯" 토비의 눈에 뿌옇게 안개가 서리기 시작했다. "신사들의 사랑을 받고 결혼을 하겠지. 행복한 아내와 어머니가 될 거야. 모두 사랑하는 나의 메⋯⋯처럼 아름답겠지⋯⋯."

그는 딸의 이름을 제대로 말할 수 없었다. 마지막 글자가 목에 걸려 나오지를 않았다.

"그래, 신경 쓰지 말아야지. 알잖아. 그것만으로도 내겐 과분한 거라고." 스스로 이렇게 위안하면서 그는 종종걸음을 쳤다.

그날은 서리가 잔뜩 내린 날이었다. 대기는 상쾌하고 서늘하면서 말끔했다. 겨울의 태양은 온기를 주기에는 부족했지만 그 빛으로는 녹일 수 없는 얼음 위에 밝게 비치며 광채를 발하고 있었다. 다른 때였다면 총총이는 겨울의 태양으로부터 가난한 사람이 배워야 할 교훈을 얻을 수도 있었을 것이다. 하지만 지금 그는 그럴 여유가 없었다.

그날 가는 해는 늙었다. 인내심 많은 늙은 해는 비방하는 이들의 비난과 오욕을 견디며 자신의 일을 충실하게 수행해왔다. 봄, 여름, 가을, 겨울의 그 시절들을. 정해진 행로를 힘들게 지나와 지친 머리를 숙이고 이제 임종을 앞두고 있다. 희망도, 대단한 충동도, 생생한 행복도 모두 사라지고 오직 다른 이들에게 전하는 수많은 기쁨의 전조만을 남긴 채 한 해가 저물어가며 힘들었던 날들과 참을성 있게 지나온 시간들을 기억해달라고, 평화롭게 떠나게 해달라고 호소하고 있었다. 총총이는 어쩌면 지는 해 속에서 가난한 이들의 비유를 읽어낼 수도 있었을 것이다. 하지만 지금 그는 그럴 여유가 없었다.

그만 그런가? 아니면 칠십 년의 세월이 영국인 노동자의 머리에 똑같은 호소를 동시에 했지만 헛될 뿐이었단 말인가!

거리는 활기로 가득 차고 상점들은 화려한 장식을 하고 있었다. 온 세상을 물려받는 어린 상속자 같은 새해가 환영과 선물과 환희 속에 다가오고 있었다. 새해 선물용 새 책과 장난감들이, 새해맞이용 반짝이는 장신구들이, 새 옷들과 운수를 점치는 책들이, 매혹적인 새 발명품들이 가득했다. 새해의 일생이 달력과 수첩에 나뉘어져 있었고, 달과 별, 조수의 오고 감이 사전에 공지되었다. 계절별 낮과 밤의 온갖 일들이 서류 담당이 남녀의 총수를 계산하듯 정확하게 계산되어 있었다.

새해, 새해, 온 사방에 새해! 늙어버린 가는 해는 이미 죽은 것처럼 여겨졌다. 가는 해의 물건들은 익사한 선원의 뱃짐처럼 헐값에 팔리고 있었다. 작년과 똑같았다. 숨넘어가기 전 팔리기. 아직 태어나지도 않은 후계자의 보물들 곁에서 늙어버린 가는 해의 보물들은 그저 쓰레기 취급을 받았다!

총총이는 새해나 가는 해나 어디에도 자기 몫은 하나도 없는 것 같다는 생각이 들었다. "깔아뭉개버려! 깔아뭉개버려! 사실과 숫자들, 사실과 숫자들! 좋았던 옛 시절, 좋았던 옛 시절! 깔아뭉개버려, 깔아뭉개버려!" 그의 총총걸음이 오직 그 박자에 맞춰 나아가고 있었다.

우울하기는 했지만 바로 그 걸음이 그의 여정을 제때에 마치게 해주었다. 마침내 국회의원인 조지프 바울리 경의 저택에 도착했던 것이다.

문지기가 문을 열어주었다. 아, 저런 문지기라니! 토비와는 수준이 다른 심부름꾼, 전혀 다른 존재였다. 토비와는 다른 진짜 심부름꾼이었다.

이 심부름꾼은 한참을 힘들게 숨을 헐떡이고 나서야 말을 할 수 있었다. 생각할 시간도 마음을 진정시킬 틈도 없이 앉았던 의자에서 경솔하게 서둘러 나오느라 숨이 찼던 것이다. 제 목소리를 찾았을 때―그러는 데 한참이 걸렸다. 왜냐하면 그 목소리가 아주 멀리 떨어져 있는 데다 고깃덩어리 아래 감춰져 있었기 때문에―그는 굼뜬 목소리로 나지막하게 물었다.

"누가 보낸 거요?"

토비가 보낸 사람의 이름을 말했다.

"직접 가져다 드리슈." 심부름꾼이 홀에서 이어진 긴 통로의 끝을 가리키며 말했다. "한 해 가운데 오늘은 모든 게 꼭 맞는군. 당신도 딱 맞춰 오고. 문밖에 마차가 대기 중인데, 그분들이 사업차 한두 시간 런던에 들르러 왔지."

토비는 이미 꽤 마른 발을 아주 조심스럽게 닦고 그가 말한 쪽으로 걸어갔다. 걸어가면서 보니 대단히 웅장한 집이긴 하지만 가족들은 모두 시골에 거주하는 듯 조용하고 가구들은 천에 덮여 있었다. 심부름꾼이 들어가라고 말해준 문을 노크하자 널찍한 서재가 나타났는데, 서류와 신문이 널린 탁자에는 보닛을 쓴 위엄 있는 여자와 검은 옷을 입고 여자가 불러주는 말을 받아 적고 있는 위엄이라고는 그다지 없어 보이는 한 신사가 있었다. 조금 더 늙고 훨씬 더 당당해 보이는 신사도 한 명 있었는데, 모자와 지팡이는 테이블에 얹어둔 채 한 손을 가슴에 얹고 왔다 갔다 걷고 있었다. 이따금씩 그는 자기 자신의 모습에 도취된 채 벽난로 위에 있는 자신의 전신 초상화를 만족스러운 표정으로 바라보았다.

"이게 뭔가? 피시, 자네가 좀 도와주겠나?" 그 신사가 입을 열었다.

피시가 토비로부터 편지를 받아들어 정중하게 그에게 건넸다.

"똑똑이 시의원께서 보내셨군요, 나리."

"이보게, 이게 전부인가? 다른 건 없었나?" 조지프 경이 물었다.

토비는 그렇다고 대답했다.

"내 이름은 바울리, 조지프 바울리 경인데, 다른 이로부터 어떤 청구서나 요구도 없는 것 맞지, 그렇지?" 조지프 경이 재차 물었다. "있다면 보여주게. 피시 옆에 수표책이 있지. 난 말이야, 어떤 것도 새해로 미루길 원치 않는단 말이지. 모든 계산은 올해가 끝나는 시점에 이 집에서 마무리되어야지. 그래서 만약 죽음이……"

"자르는 겁니다." 피시가 거들었다.

"아니, 목숨 줄을 절단하는 거라네." 조지프 경이 몹시 퉁명스럽게 말했다. "그때 내 상황이 준비된 상태이기를 바라네."

"아, 조지프 경! 놀라운 일이에요!" 신사보다 훨씬 더 젊어 보이는 여성이 끼어들었다.

"여보, 한 해 가운데 이런 때는 말이오." 조지프 경이 뭔가 깊은 생각이라도 하는 듯 가끔 더듬거리며 말했다. "우리 자신을 돌아보아야 한다오. 우리 장부를 들여다보아야 하오. 인간사에 매번 돌아오는 이토록 중대한 시기에는 자기 자신과 은행원 간의 아주 중요한 순간도 포함되어 있다는 사실을 잊지 말아야 하지."

이런 말을 하는 조지프 경은 자신이 하고 있는 말에 담긴 도덕적 의미를 온전히 음미하면서, 총총이가 자신의 말을 통해 마땅히 개선될 기회를 가졌으면 하고 느끼는 것 같았다. 편지의 봉인을 뜯지 않고 토비를 앞에 세워두고 잠깐만 기다려달라고 한 것도 다 이런 의도에서였던 것 같다.

"당신은 피시가 말하기를 바랐지, 여보……" 조지프 경이 부인에게 말했다.

"피시 씨가 전했는가 보군요." 부인이 편지를 힐끗 보며 대답했다. "하지만, 맹세컨대 조지프 경, 저는 그걸 그냥 내버려둘 수는 없어요. 그건 터무니없이 많은 돈이 드는 일이에요."

"뭐가 그리 터무니없다는 말이오?" 조지프 경이 물었다.

"그 자선 행위 말이에요, 여보. 그들은 5파운드 기부금에 고작 두 표만 허용하고 있어요. 정말 터무니없는 일이에요!"

"여보, 당신 놀랍구려." 조지프 경이 말을 받았다. "감정의 사치가 표수에 비례하는 것이오? 아니면, 올바른 정신을 가진 사람에게 청원자들의 수와 그들의 청원이 몰아갈 온전한 정신 상태에 비례하는 것이오? 오십 명 가운데 두 표나 행사할 수 있다는 사실에 대한 순수한 기쁨은 전혀 없소?"

"전 그렇지 않아요. 전 아주 진절머리가 나요. 게다가, 아는 사람에게 친절을 베풀어서는 안 되는 법이지요. 하지만 조지프 경,

당신은 가난한 자들의 친구니 달리 생각하시겠군요."

"그렇지. 나는 가난한 자의 친구지." 조지프 경은 바로 옆에 있는 가난한 사람을 보며 말했다.

"그런 이유로 비웃음을 살 수도 있겠지만. 아니 실제로 그래왔지만 말이오. 하지만 다른 호칭은 원치 않는다오."

'저 고귀한 신사분에게 축복을!' 총총이는 마음속으로 빌었다.

"그래서 이런 점에서는 나는 똑똑이와는 생각이 달라." 편지를 건네며 조지프 경이 말했다. "서류 담당 부류의 생각에 동의하지 않지. 어떤 입장에도 나는 동의하지 않아. 내 친구인 가난한 자들은 그런 부류와는 전혀 상관이 없지. 그 부류들도 가난한 자들과 아무 볼 일이 없는 건 마찬가지고. 내 구역에서는 내 친구 가난한 자들이 내 일이지. 누구도 어떤 사람도 내 친구와 나 사이에 끼어들 권리는 없어. 그게 바로 내 입장이야. 나는 내 친구들에게 아버지 같은 마음을 품고 있지. 나는 이렇게 말하지. '착한 친구들, 내가 아버지처럼 자네들을 대해주지.'"

토비는 아주 진지하게 그 말을 들으며 한결 더 편안함을 느끼기 시작했다.

조지프 경이 건성으로 토비를 바라보면서 계속 말을 이어갔다. "이보게 친구, 자네의 유일한 일은, 자네 평생의 유일한 일은 말이야, 나와 함께하는 것이라네. 뭔가를 생각하느라 괜한 고생을 할 필요가 없어. 내가 자네를 위해 대신 생각해줄 거니까. 어떻게 하는 것이 자네에게 좋은 일인지는 내가 알지. 나는 자네의 영원한 부모라네. 전지전능하신 신의 섭리가 명하신 것이 바로 그거야! 과음하고 게걸스럽게 먹어대며 짐승처럼 먹는 데만 탐닉하라는 것이 자네를 창조하신 신의 섭리가 아니야." 그때 토비는 내장을 생각하며 양심의 가책을 크게 느끼고 있었다. "자네는 노동의 존엄성을 느껴야만 해. 저 상쾌한 아침 공기 속으로 곧장 걸어 들어가 멈춰보게. 열심히 절제하며 살고, 존경할 줄 알고, 금욕하며, 근근이 가족을 보살피고, 시계처럼 정확하게 소작료를 지불하고, 거래에 있어서는 시간을 철석같이 지켜야 하지. (내 믿음직한 비서인 피시 씨야말로 더할 나위 없이 훌륭한 본보기 같은 사람이지. 항상 금고를 앞에 두고 있다네.) 그리고 무엇보다 자네는 나를 친구이자 아버지 같은 존재로 믿고 따라야만 해."

"아주 멋진 자식들이군요, 조지프 경!" 부인이 몸서리를 치며 말했다. "류머티즘에 열병에 굽은 다리에 천식에 게다가 온갖 끔찍한 모습이란 모습은 다 하고 있지요!"

"이봐요, 부인." 조지프 경이 엄숙하게 대꾸했다. "내가 바로 가난한 자들의 친구이자 아버지요. 가난한 자는 바로 나를 통해 용기를 얻는다오. 매 분기별 지급일[1]마다 그는 피시와 연락을 해야 할 거요. 매년 새해 첫날마다 나와 내 친구들은 그의 건강을 위해 축배를 들고, 매년 한 번은 나와 친구들이 깊은 감사의 마음을 가지고 그에게 인사를 할 거요. 평생 꼭 한 번 그도 받긴 할 거

---

1 영국에서 매 분기마다 정해진 날로 이날 전세 계약이나 이사를 한다. Lady Day(3월 25일), Midsummer Day(6월 24일), Michaelmas(9월 29일), Christmas(12월 25일)가 그날들이다. — 역자 주

요. 대중들 앞에서 귀족들이 있는 앞에서. 한 친구로부터 사소한 것[2]을 말이오. 그러다 이런 격려와 노동의 존엄성을 더 이상 지키지 못할 때 편안한 무덤 속으로 사라질 거요. 그러면 부인," 여기까지 말한 조지프 경은 코를 한 번 팽 풀더니 말을 이어갔다. "나는 그의 자식들에게도 똑같은 조건으로 친구이자 아버지 같은 존재가 되어줄 거요."

토비는 대단한 감동을 받았다.

"오! 그래서 당신은 감사할 줄 아는 가족이 있군요, 조지프 경!" 아내가 소리쳤다.

"여보, 배은망덕이 그런 계층의 죄라고 알려져 있소. 나는 어떤 보상도 기대하지 않는다오." 그가 아주 위엄 있는 어조로 말했다.

'아! 우리는 악하게 태어난 거야!' 토비는 속으로 생각했다. '세

---

2 'a Trifle from a Friend.' 토마스 그레이의 「교회 공동묘지에서 쓴 비가」에 "그는 불쌍한 이들에게 그가 가진 전부였던 눈물 한 방울을 주고,/천국에서 한 친구를 얻었다네. 그가 원하던 전부였다네.(He gave to Misery all he had, a tear,/He gain'd from Heaven, 'twas all he wish'd, a friend.)"라는 구절이 있다. 가진 것 없는 시인이 불쌍한 사람들을 보며 흘리는 공감의 눈물 한 방울은 다른 이들이 보기에는 그저 사소한 '한 방울의 눈물'에 불과할 수도 있다. 그러나 시인이 죽은 후 천국에 갔을 때 선한 자들의 '친구'인 하느님은 그런 시인의 마음을 헤아리고 하느님 자신의 '눈물'을 선물하는데, 이는 곧 하느님의 축복을 의미한다. 여기서 디킨스는 그레이의 이 시를 아이러닉하게 인유하면서, 가난한 이가 평생 한 번은 '친구'인 자신과 부자들로부터 '사소한' 눈물 한 방울을 받을 것이라고 말하는 것이다. 아이러닉한 것은 하느님의 '눈물'은 축복을 의미하지만, 이들의 '눈물'은 진짜 그저 한 방울의 (가식적인) 눈물일 뿐이다. – 역자 주

상 무엇도 우리를 순화시키지 못해.'

"인간이라면 할 수 있는 일을 내가 하는 거요." 조지프 경의 말
은 계속되었다. "가난한 이의 친구이자 아버지로서 내 의무를 다
하는 거지. 어떤 경우건 그 계층에게 요구되는 단 하나의 위대한
도덕적 교훈을 되풀이하여 가르쳐서 그 친구를 교육하기 위해 노
력하는 거지. 그건 말이오, 전적으로 나에게 의지하라는 것이지.
그들은 뭐가 되었건 그들 자신과는 아무런 상관이 없지. 사악하
고 간교한 자들이 그들에게 뭔가 다른 말을 한다면, 그들은 곧 참
을성을 잃고 불만에 가득 차 반항하면서 사악한 배은망덕의 죄를
짓게 되지. 틀림없이 그렇게 돼. 나는 영원히 그들의 친구이고 아
버지야. 그렇게 정해진 거야. 그게 세상의 이치지."

그처럼 대단히 흥분된 감정으로 그는 시의원의 편지를 펼쳐 읽
기 시작했다.

"아주 예의 바르고 공손하구만. 확실히 알겠어." 조지프 경이
큰 소리로 말했다. "여보, 이 시의원이 아주 친절하게도 우리가
다 같이 아는 은행가인 디들스 집에서 나를 만났던 '특별한 영광'
―아주 좋은 사람이야―에 대해 다시 언급하고 있소. 그러면서
윌 펀을 뭉개버리는 것에 내가 동의하는지를 물어보는 호의를 보
이는구려."

"친절하기도!" 바울리 부인이 맞장구를 쳤다. "그자야말로 그
들 가운데 최악의 작자지요! 강도짓을 했겠지요, 아마?"

"그렇지는 않소." 그 편지를 가리키며 그가 대답했다. "꼭 그런
것은 아니오. 하지만 거의 그렇다고 할 수 있지. 정확하지는 않지

만. 그 작자는 아마 일자리를 찾아 런던에 왔다가, 그 작자 말대로라면 좀 더 나아지려고 말이오, 헛간에서 자는 게 발각이 되어 구금된 것 같소. 내일 아침이면 시의원 앞에 끌려나갈 거요. 그 시의원은 그 비슷한 일들은 깡그리 없애버리겠다고 말했소. 이건 아주 적절한 태도요. 그러면서 윌 펀을 뭉개버리는 게 내 마음에도 흡족한 일이라면, 기꺼이 그 친구를 손보는 일을 시작하겠다는구려."

"무슨 수를 써서라도 그 작자를 본보기가 되도록 해야 해요." 부인이 덧붙였다. "지난겨울에 마을 사내들과 사내아이들에게 저녁 일거리로 핑킹 작업과 장식 구멍 작업을 소개하면서 일할 때 부르라고 다음과 같은 노래를 소개한 적이 있지요.

> 오 우리의 일을 사랑하면서,
> 지주와 그의 친척들에게 축복을,
> 하루하루 양식에 만족하며 살고,
> 언제나 우리의 합당한 처지를 잊지 말아요

그때 바로 그 펀이라는 작자가─이제야 제대로 알겠어요─자기 모자를 만지작거리면서 이렇게 말했어요. '외람되게 한 말씀 여쭙자면, 마님, 저는 귀족 아가씨와는 좀 다르지 않나요?' 물론 나도 당연히 예상은 했었지요. 그런 부류의 인간들에게서 무례함과 배은망덕 빼고 뭘 더 기대하겠어요! 하지만 그렇다 해도 그건 적절한 태도는 아니었지요. 조지프 경! 그 작자를 본보기 삼아요!"

"흠!" 조지프 경이 헛기침을 했다. "이보게 피시, 잠깐 좀 도와주겠나……."

피시 씨가 곧장 펜을 들고 조지프 경이 부르는 말을 받아 적었다.

"친전(親展). 친애하는 귀하께. 윌리엄 펀이란 자의 문제에 관하여 귀하께서 보여주신 호의에 깊이 감사드리며, 나는 그자에 대해 우호적으로 말씀드릴 것이 하나도 없다는 사실을 덧붙여 알려드립니다. 나는 언제나 변함없이 그자의 친구이자 아버지로 생각해왔지만 그자는 배은망덕할 뿐 아니라 (유감스럽지만 이런 일이야 흔하고 흔하지요.) 사사건건 내 계획에 반대만 하는 것으로 보답해왔지요. 그자는 불온한 자이며 폭동을 일으킬 성향이 다분한 자입니다. 성격상 조사도 받으려 하지 않을 것입니다. 뿐만 아니라 그 어떤 조치를 취해도 그자는 만족스러워하지 않을 것입니다. 내 생각에는 이러한 상황에서 그자가 다시 귀하 앞에 나타난다면, (귀하의 말씀대로라면 내일 아침 오기로 되어 있다지요. 귀하의 심문을 남겨두고 있다 하니 그 자리에는 오리라 믿어도 될 겁니다.) 부랑자라는 명목으로 그자를 단기 구속하는 것이 사회에 기여하는 바가 될 것이며, 그 어느 때보다 본보기가 필요한 작금의 이 나라에도 이로운 선례가 되겠습니다. 대체적으로 말해 잘못 인도되고 있는 계층의 사람들은 물론 선악의 평판을 동시에 받으며 가난한 이들의 친구이자 아버지 역할을 자임하는 나 같은 사람들을 위해서도 말입니다."

편지에 서명을 하고 피시가 봉하고 나자 조지프 경이 덧붙였다. "이건 운명 같군. 정말 그래. 한 해가 끝나가는 이때 셈을 다

마무리하고 윌리엄 편과도 깨끗하게 정리를 하다니 말이야!"

이미 오래전에 이전의 상태로 다시 돌아가 몹시 낙담하고 있던 총총이는 슬픈 얼굴을 하고 편지를 받으러 앞으로 걸음을 옮겼다.

"경의와 감사를" 하고 말하던 조지프 경이 "잠깐" 하고 그를 불러 세웠다.

"잠깐!" 피시가 한 번 더 반복했다.

"자네도 지금 내 말을 들었을 거야." 조지프 경이 웅변조로 말을 시작했다. "지금 우리가 도달한 이 엄숙한 시기에 관해 내가 했던 말들과 일을 다 정리하고 새해를 맞을 준비를 해야 한다는 의무에 대해서 말이지. 내가 더 나은 사회적 지위 뒤에 나 자신을 숨기지 않았다는 사실은 자네도 알 거야. 저기 저 신사, 피시 씨가 팔꿈치 안쪽에 수표책을 끼고 서서 내가 사실상 새 출발을 하도록, 그래서 완전히 깨끗한 장부를 가지고 우리 앞에 다가오는 새 시대로 들어가도록 돕고 있다는 사실도 봤을 거야. 자, 이보게, 친구. 자네도 가슴에 손을 얹고 새해를 맞을 준비가 됐다고 맹세할 수 있겠나?"

총총이는 얌전하게 그를 바라보며 조금 더듬거리며 대답했다. "나리, 유감스럽게도 저는 세상에 조, 조금 뒤처진 게 아닌가 합니다."

"세상에 뒤처졌다!" 조지프 경이 아주 또렷하게 또박또박 그의 말을 한 번 더 되풀이했다.

"유감스럽게도 10실링인지 12실링인지 하여튼 치킨스토커 부인에게 갚을 게 있습니다."

"치킨스토커 부인에게!" 조지프 경이 전과 똑같이 소리쳤다.

"잡화점에도 빌린 돈이 조금 있군요. 하지만 진짜 얼마 안 됩니다. 빚을 져서는 안 된다는 걸 저도 압니다만 견디기가 어려웠답니다, 정말입니다!"

조지프 경이 그의 부인과 피시를, 그리고 총총이를 차례차례 두 번 바라보았다. 그러더니 양손을 으쓱하며 어쩔 수 없다는 몸짓을 했다.

"어떻게 사람이, 아무리 앞일을 생각하지 못하는 어쩔 수 없는 부류라고 하더라도 말이지, 백발이 희끗희끗하게 나이 든 노인이, 이런 상태로 새해를 맞는다는 생각을 할 수가 있지! 그런 상태로 태평스럽게 밤에 잠을 자고 아침에 일어날 수 있다니! 참!" 그는 총총이에게 등을 돌리며 퉁명스럽게 말했다. "편지나 가져가, 편지나 가져가!"

"저도 진심으로 이런 상황이 아니길 빌었답니다, 나리." 총총이는 애써 핑계를 댔다. "우리는 나름대로 죽을 만큼 애를 쓰고 있답니다."

조지프 경은 여전히 "편지나 가져가! 편지가 가져가!"만 되풀이했고, 피시는 같은 말을 되풀이하는 것도 모자라 문 쪽으로 가라는 몸짓까지 하면서 그를 몰아내는 통에 총총이는 인사하고 떠나는 수밖에 달리 도리가 없었다. 거리에 나선 가엾은 총총이는 낡은 모자를 푹 눌러쓰고 자신은 새해를 맞을 자격이 없다는 슬픔을 애써 감추어보려고 했다.

돌아오는 길에 오래된 교회에 이르렀을 때 그는 고개를 들어 종탑을 올려다보지도 않았다. 습관처럼 잠깐 멈추기는 했지만 날도 어두워졌으니 어둑한 하늘 위로 한없이 높은 뾰족탑이 잘 보이지도 않을 것 같았다. 곧 종들이 울릴 것을 알았다. 그런 때면 종소리는 마치 구름 속에서 들려오는 것처럼 울려올 것도 알고 있었다. 하지만 그는 시의원에게 가는 편지를 전하기 위해 더 빨리 서둘러 종이 울리기 전에 그 길을 벗어났다. "친구이자 아버지, 친구이자 아버지"라는 운 맞춘 소리[3]가 부담으로 더해져 울릴까 봐 두려웠다.

토비는 가능한 한 서둘러 자신의 임무를 마치고 집으로 가려고 종종걸음을 쳤다. 하지만 거리에서는 기껏해야 거북하기만 한 그의 걷는 속도와 걷는 데 조금도 도움이 되지 않는 모자 때문에 이내 누군가와 부딪혀 비틀거리며 길 밖으로 내몰리고 말았다.

"죄송합니다, 정말 죄송합니다!" 토비가 혼비백산 모자를 끌어당기면서 모자와 다 해진 안감 사이의 벌집같이 헝클어진 머리를 추스르며 사과했다. "다친 데는 없길 바랍니다."

누군가를 다치게 한다는 점에 있어서라면 그는 결코 삼손 같은 존재라고는 할 수 없었다. 다친다면 토비 자신이 다치기 십상이었다. 실제로 그는 셔틀콕처럼 튕겨 길에 쓰러졌다. 하지만 자신이 엄청나게 강하다고 착각하고 있는 토비는 진심으로 상대방을 걱정하면서 다시 물었다.

---

3 '친구(Friends)'와 '아버지(Fathers)'는 모두 'F'로 시작함. —역자 주

"다치신 데는 없는지요?"

그와 부딪힌 상대방은 햇빛에 그을린 시골 사람 같은 근육질의 외모에 희끗희끗한 머리와 턱수염이 수북한 사내였다. 무슨 말도 안 되는 농담을 하는가 싶은 듯 한참 토비를 빤히 바라보던 그는 토비가 진심이란 걸 알아차렸다.

"아니요. 다친 데라곤 전혀 없습니다."

"아이도 괜찮은 거지요?" 토비가 다시 물었다.

"애도 괜찮습니다. 고맙습니다." 사내가 대답했다.

그 말과 함께 팔에 안겨 잠자고 있는 자그마한 소녀를 힐끗 한 번 보더니 자기 목에 감고 있던 낡은 손수건의 끝자락으로 아이의 얼굴을 가려주고는 천천히 걸음을 옮겼다.

"고맙습니다"라는 그 말의 울림이 총총이의 마음을 파고들었다. 너무도 지친 모습에 발에는 쓸린 상처가 나 있는 데다 길 위에서 보낸 시간 때문에 꾀죄죄한 모습을 하고 어찌나 쓸쓸하고 어리둥절한 모습으로 주변을 둘러보는지 누구에게 감사 인사라도 할 수 있다는 것 자체가 그에게는 위안이 될 것 같아 보였다. 토비는 지친 걸음을 옮기는 그와 그의 목을 꼭 껴안은 아이를 지켜보면서 서 있었다.

다 해진 신발―이제는 그저 모양만 신발 흉내를 내고 있는―에 거친 가죽 각반, 싸구려 작업복, 축 늘어진 챙 넓은 모자를 쓴 그 모습을 보면서 총총이는 그곳이 거리라는 사실도 까맣게 잊은 채 그렇게 서 있었다. 사내의 목을 꼭 끌어안고 있는 아이의 팔이 유난히 눈에 들었다.

어둠 속으로 사라지기 직전에 그 유랑자는 걸음을 멈췄다. 이리저리 둘러보다가 총총이가 여전히 그 자리에 서 있는 것을 보고는 다시 돌아올까 말까 고민하는 것처럼 보였다. 돌아올까 그냥 갈까 망설이던 그가 다시 돌아오고, 총총이도 그가 오는 쪽으로 걸어가 둘은 중간쯤에서 만났다.

"어쩌면," 사내는 엷은 미소를 띠면서 말을 시작했다. "혹시 말씀해주실 수도 있을 것 같습니다만 똑똑이 의원이 어디 사는지 여쭤봐도 될까요?"

"바로 이 근처라오." 토비가 대답했다. "기꺼이 알려드리지요."

"원래 내일 그분을 뵈러가기로 되어 있었습니다만 의심받고 있는 것이 불편해서 제 자신의 결백을 밝히고 어디서든 편하게 일자리를 찾으려고요. 그러니 오늘 밤에 찾아가는 걸 그분이 용서해주시겠지요." 나란히 걸어가며 그가 말했다.

깜짝 놀란 토비가 소리쳤다. "이런 말도 안 돼. 그럼 당신이 펀이겠구려!"

"예!" 그가 놀라 돌아서며 말했다.

"펀! 윌 펀!" 총총이가 다시 큰 소리로 그의 이름을 불렀다.

"예, 그게 바로 제 이름입니다." 그가 대답했다.

"아, 그렇다면," 토비가 그 사내의 팔을 잡고 조심스레 주위를 둘러보며 말을 이었다. "제발 그 사람에게 가지 마시오! 가지 말아요! 당신이 세상에 태어난 것만큼이나 확실하게 당신을 깔아뭉개버릴 거요. 자, 이 골목으로 갑시다. 내 다 말해줄 테니. 그 사람에게 가면 안 돼요."

새 친구는 제정신인가 하는 표정으로 토비를 바라보았다. 하지만 토비는 아랑곳하지 않고 사내를 끌고 갔다. 사람들 눈에 띄지 않는 어둑한 곳에 이르렀을 때 총총이는 자신이 알고 있는 것과 자신이 어떤 편지를 받았는지 하는 등 모든 이야기를 그에게 들려주었다.

정작 당사자인 사내는 너무 차분하게 그 모든 이야기를 들어서 놀란 것은 오히려 토비였다. 그는 단 한 번도 부인하거나 끼어들지 않았다. 이따금 고개를 끄덕이는 폼이 그 이야기를 반박한다기보다는 뻔하고 뻔한 이야기를 재차 확인하는 것처럼 보였다. 한두 번은 모자를 뒤로 젖히고 주근깨 많은 손으로 이마를 쓸어 넘기기도 하고 이마를 찌푸리기는 했지만 그뿐이었다. 그 이상의 반응은 보이지 않았다. 그는 별로 대수롭지 않게 여기는 것 같았다.

이윽고 그가 입을 뗐다. "대체로 사실입니다. 여기저기 좀 거른 부분도 있지만 그냥 두죠. 무슨 대수겠습니까? 나는 그분의 계획에 반대했지요. 그게 불행이라면 불행이지요. 그런데 어쩔 수 없습니다. 내일도 똑같이 할 겁니다. 내 성격에 대해서는 사람들이 샅샅이 찾고 캐고 해서 오점이나 얼룩에서 벗어나게 해주고 꾸밈없이 있는 그대로 좋은 말들을 해줄 겁니다! 어쨌든 사람들이 선의를 너무 쉽게 잊지는 않기를 바랄 뿐입니다. 그렇지 않다면 그들의 삶이야말로 가혹한 것이라 계속 살아갈 가치가 거의 없을 테니까요. 나 자신으로 말하자면, 어르신," 그가 손을 쑥 내밀었다. "나는 내 이 손으로 내 것이 아닌 것을 집은 적이 없지요. 아무리 힘들고 받는 돈이 적어도 일을 그만둔 적도 없고요. 누구라도 그 사실을 부정하는 사람이 있다면 내 이 손을 잘라버릴 수도 있지요! 하지만 아무리 일을 해도 사람답게 살 수 없을 때, 생활이 너무나 형편없어서 안에서나 밖에서나 배고픔이 가시지 않을 때, 노동하며 살아가는 삶이 그렇게 시작해서 그렇게 가다가 아무런 기회도 변화도 없이 그렇게 끝장나고 마는 것을 볼 때, 그 신분 높은 사람들에게 가서 말하지요. '제발 나 좀 내버려둬요! 내 집은 좀 내버려둬요. 당신이 더 비참하게 하지 않아도 이미 내 집 문은 충분히 비참하니까. 생일 파티나 멋진 연설 같은 것들이 있을 때 그 행사가 돋보이도록 내가 공연에 참석해달라 기대하지 말아요. 나 빼고 당신들끼리 연극하고 놀아요. 환호하며 즐겨요. 우리는 서로 아무 상관없어요. 나는 그냥 가만 놔두는 게 최선입니다.'"

팔에 안긴 아이가 눈을 떠 놀란 표정으로 그를 바라보는 것을 알고 그는 말을 멈추더니 아이의 귀에 대고 한두 마디 허튼 혀짤배기소리를 하고는 아이를 내려 자기 옆에 세웠다. 그러더니 아이의 긴 머리카락 가운데 하나를 거친 집게손가락으로 반지처럼 동그랗게 말았다. 아이는 먼지가 잔뜩 묻은 그의 다리에 매달려 있었고, 사내는 총총이에게 계속 자기 이야기를 했다.

"나는 천성적으로 타고난 외고집은 아닙니다. 확실하죠. 게다가 쉽게 만족하는 사람이지요. 분명합니다. 나는 그들 누구에게도 나쁜 마음을 먹지 않아요. 그저 전지전능하신 하느님의 자손들 가운데 한 명처럼 그렇게 살아가기를 원할 뿐입니다. 그러나 그럴 수 없고 그러지 못해요. 그래서 그들과 나 사이엔 골이 있지요. 그들은 그럴 수 있고 실제로 그러잖아요. 반면 나와 같은 사람들이 있어요. 하나하나 세느니 수백, 수천 세어야 할 그런 사람들이요."

총총이는 그가 진실을 말하고 있다는 것을 알고 있었기에 고개를 끄덕여 자신의 뜻을 전달했다.

"그런 식으로 악명을 얻었지요." 편은 계속 이어갔다. "두렵지만 나는 더 나아질 것 같지 않습니다. 기분이 나쁜 것은 불법이 아니지요. 나는 기분이 나빠요. 물론 신은 아십니다. 할 수만 있다면 나도 쾌활한 마음을 가질 수 있다는 것은 하늘도 다 알 겁니다. 자! 그 시의원이 생각하는 것처럼 나를 감옥에 가둔다고 해서 나에게 큰 상처가 될 것 같지도 않아요. 나를 위해 한마디 해줄 친구 하나 없다면, 그가 그럴 수도 있을지 모르지요. 그런데 보다시피……" 그가 손가락으로 아래에 있는 아이를 가리켰다.

"아주 예쁜 얼굴이오." 총총이가 말했다.

"예, 그렇지요!" 두 손으로 아이를 부드럽게 자기 쪽으로 돌려 세우고 아이를 빤히 쳐다보며 사내가 말했다. "그 생각을 나도 많이 했습니다. 마음이 싸늘해지고 수중엔 돈 한 푼 없을 때면 그 생각을 하곤 했지요. 우리 둘이 도둑이라도 되는 것처럼 붙들렸던 바로 어젯밤에도 그랬지요. 하지만 그들이, 그들이 저 어린것을 법정에 세워서는 안 돼요, 그렇지 릴리언? 인간에게 옳은 일이 아니지요!"

그의 목소리가 낮게 가라앉으며 너무도 괴롭고 이상한 태도로 아이를 바라보고 있어서 토비는 그의 어두운 생각을 좀 바꿔보려고 아내는 살아 있는지 물었다.

"애초에 아내는 없었습니다." 고개를 가로저으며 사내가 답했다. "저 아이는 형님의 딸입니다. 고아지요. 아홉 살인데 전혀 그렇게 안 보일 겁니다. 지금은 지치고 피곤해서 그렇지요. 우리가 살고 있는 곳에서 28마일이나 떨어진 사방이 벽으로 막힌 구빈원에서 돌보고 있었는데, 아버지가 더 이상 일을 할 수 없게 되었을 때, 그리 오래는 아니었지만 어쨌든 거기서 아버지를 돌봐드렸던 것처럼 말입니다, 내가 대신 맡아서 그 뒤로는 죽 나와 함께 살았지요. 여기 런던에 한때 이 아이 엄마의 친구가 한 명 있었지요. 우리는 지금 그녀를 찾으려고 애를 쓰는 중입니다. 물론 일자리도 찾고 있는 중이지요. 하지만 런던은 너무 크고 넓은 곳입니다. 염려 말거라, 릴리! 돌아다닐 곳이야 많으니까!"

눈물보다 더 마음을 녹이는 미소를 머금은 아이의 눈과 마주친 토비가 그 남자의 손을 잡았다.

"당신의 이름도 모르지만 선의와 고마운 마음으로 인해 당신에게 내 마음이 저절로 열리는군요. 당신 충고를 따라 그⋯⋯를 가까이 하지 않겠습니다."

"판사라오." 토비가 제안했다.

"아! 그 사람을 사람들이 판사라고 부르는군요. 판사라. 내일 런던 근교 어딘가에서 더 좋은 운을 만날 수 있을지 시험해봐야겠군요. 굿 나잇. 해피 뉴 이어!"

"잠깐 기다려요!" 그가 손을 놓으려 할 때 총총이가 그의 손을 낚아채며 말했다. "잠깐만 기다려요! 우리가 이렇게 헤어지면 새해에 나는 결코 행복할 수 없을 것 같소. 당신과 저 아이가 머리 누일 곳도 없이 어딘지도 모르는 곳에서 여기저기 헤매는 걸 본다면 나는 새해를 결코 행복하게 맞을 수 없을 거요. 나와 함께 내 집으로 갑시다! 나는 가난한 사람이고 누추한 곳에서 산다오. 하지만 하룻밤 정도 묵을 곳을 마련할 수는 있어요. 놓치고 싶지 않소. 나와 함께 갑시다! 자! 아이는 내가 안지요." 총총이가 아이를 안아 올리며 말했다. "예쁜 아이요! 애 몸무게보다 스무 배나 더 나가도 안았다는 느낌 하나도 없이 안아 옮길 수 있겠소. 내가 너무 빨리 가면 알려줘요. 나는 정말 걸음이 빠르다오. 항상 그랬다오!" 총총이가 말했다. 지친 사내가 한 걸음 옮길 때 여섯 걸음이나 종종거리면서. 비쩍 마른 그의 두 다리는 안고 있는 아이 무게 때문에 후들거리고 있었다.

"아, 애가 정말 가볍소." 걸음처럼 말도 종종거렸다. 잠시라도 틈을 주면 사내로부터 감사 인사를 받을 텐데 그게 싫은 듯했다. "깃털처럼 가볍구려. 공작새 깃털보다 더 가벼워. 훨씬 더 가벼워. 자, 여기서 계속 가면 돼요. 첫 번째 골목에서 오른쪽으로, 월, 그 다음엔 펌프를 지나고 왼쪽, 술집 맞은편 쪽으로 서둘러야 한다오. 자 여기서 또 계속 가요! 이젠 길을 건너서 모퉁이에 콩팥 파이를 파는 남자를 조심하고. 자, 여기서 또 계속 가요. 이제 마구간 아래로 가서, 월, 그래요. 저기 판자에 '심부름꾼, T. 백'이라는 문패가 있는 저 검은 문 앞, 그래 바로 여기. 여기가 바로 소중한 내 집이라오. 멕, 깜짝 선물이다!"

이 말과 함께, 숨도 못 쉴 만큼 헐떡이며 안고 있던 아이를 바닥 한가운데 자신의 딸 앞에 내려놓았다. 꼬마 손님은 멕을 한 번 쳐다보더니 철석같은 믿음이 생겼는지 눈곱만큼의 의심도 없이 곧장 그녀 품으로 달려갔다.

"자, 이제 또 갑시다!" 총총이가 방을 달려가며 숨 차는 소리가 다 들리게 소리쳤다. "이보시오, 윌. 여기 화롯불이 있다오. 이리 와서 몸 좀 녹여요! 자, 다 왔으니 또 가볼까! 멕, 애야, 주전자는 어디 있지? 아, 여기 있군. 자, 그럼 또 가볼까. 금방 끓을 거야!"

총총이는 전속력으로 쫓아다니며 어딘가에서 주전자를 찾아 들더니 화롯불 위에 얹었다. 그러는 동안 멕은 따뜻한 한쪽 구석 에 아이를 앉히고 아이 앞에 무릎을 꿇고 앉아 신발을 벗긴 뒤 젖 은 발을 수건으로 닦아주고 있었다. 아, 그녀가 자신을 보고 얼마 나 기쁘고 환하게 웃는지 총총이는 그녀가 무릎 꿇고 앉은 바로 그 자리에서 그녀에게 축복을 빌어주고 싶은 마음이었다. 조금 전 집에 들어올 때 그녀가 눈물을 흘리며 화롯가에 앉아 있는 것 을 보았기 때문이다.

"아빠! 오늘 밤 아빠는 제정신이 아닌 것 같아요. 종들이 아빠 를 보면 뭐라고 말할지 모르겠어요. 요 가엾은 작은 발. 얼마나 추웠을까!"

"아, 지금은 따뜻해요!" 아이가 큰 소리로 말했다. "지금은 훨 씬 따뜻해요!"

"아니야, 아니야, 아니야. 아직 반도 덜 닦았는걸. 부지런히 닦 아야지. 서둘러야지! 발 다 닦고 나면 젖은 머리를 빗을 거야. 머 리를 다 빗은 다음에는 깨끗한 물로 요 창백한 얼굴을 씻어 발그

스레하게 해줄 거야. 그럼 기쁜 마음으로 기운도 나고 행복해질 거야!"

아이는 울음을 터뜨리며 멕의 목을 끌어안고 그녀의 뺨을 손으로 어루만지며 말했다. "오, 멕! 멕, 예쁜 멕!"

그보다 더한 축복을 토비가 바랄 수 있었을까. 어느 누가 그보다 더한 축복을 줄 수 있었을까!

"아빠!" 조금 뒤에 멕이 아빠를 소리쳐 불렀다.

"나 여기 있다, 금방 간다!"

"이런! 아빠, 정말 제정신이 아니네요! 아이의 모자를 주전자에 올려놓다니요. 뚜껑은 문 뒤에 걸어놓고!" 멕이 소리쳤다.

"그러려던 건 아니었다, 애야." 총총이가 서둘러 실수를 바로잡으며 대답하더니 멕을 불렀다. "멕, 애야!"

멕이 고개를 들어 봤더니 그가 남자 손님이 앉은 의자 뒤에 조심스럽게 서서 오늘 벌었던 6펜스의 돈을 들고 흔들며 알 수 없는 몸짓을 계속 보내고 있었다.

"애야, 들어오면서 계단 어딘가에 차 반 온스가 놓여 있는 걸 봤다. 베이컨도 조금 있더라, 분명히. 정확한 위치는 기억이 안 난다만 가서 내가 한번 찾아보마."

이렇게 알 수 없는 묘한 말을 남기고 토비는 손에 쥔 돈으로 방금 자기가 말한 것들을 사러 치킨스토커 부인 가게로 가더니 금방 돌아와 처음에는 어두워서 못 찾은 척했다.

토비는 "마침내 내가 찾았지." 하면서 차를 내밀었다. "다 맞았어! 차와 베이컨 조각일 거라고 확신했었지. 정말 그렇더구나.

멕, 우리 예쁜이. 애야, 네가 차를 끓이고 부족한 이 아빠가 베이컨을 구우면 식사 준비가 금방 될 거야. 좀 이상한 상황이긴 하다만." 빵 굽는 기다란 포크로 베이컨을 굽기 시작하면서 토비가 말을 이어갔다. "좀 이상하기 하다만 날 아는 사람들은 내가 얇게 썬 베이컨도 차도 좋아하지 않는다는 걸 너무 잘 알고 있지. 나는 다른 사람들이 즐겁게 먹는 걸 보는 게 더 좋단다." 토비는 손님들이 들으라는 듯 일부러 더 크게 말했다. "음식으로는 나한테 잘 안 맞는단다."

하지만 총총이는 칙칙 소리를 내며 구워지고 있는 베이컨의 냄새를 킁킁거리며 맡으며 좋아했고, 차 주전자에 끓는 물을 부을 때는 애정 가득한 눈으로 넉넉한 큰 냄비의 깊은 속을 들여다보면서 코로 밀려드는 향긋한 김 내음을 느끼며 짙게 피어오르는 증기 속에 얼굴과 머리를 들이밀었다. 그럼에도 불구하고 그는 처음에 아주 조금만, 그것도 그저 맛보는 흉내만 냈을 뿐 그 외에는 아무것도 먹지도 마시지도 않았다. 얼마 안 되는 그것도 말로 표현할 수도 없을 만큼 맛있게 먹는 것 같았지만 말로는 그랬다. 전혀 자기 입맛에 맞지 않다고.

그랬다. 총총이는 윌 펀과 릴리언이 베이컨을 먹고 차를 마시는 모습을 보는 것이 좋았다. 그건 멕도 마찬가지였다. 어떤 도시의 만찬이나 궁정의 연회에 참석한 사람이라도 다른 사람들의 진수성찬을 보면서 이 두 사람처럼 기뻐한 사람은 없었을 것이다. 왕이나 교황이었다 해도 그날 밤 두 사람처럼 그렇게 기뻐하지는 않았을 것이다. 멕은 아빠를 보고 웃었고, 그는 딸을 보고 웃었다. 멕이 고개를 가로저으며 아빠를 칭찬하는 손뼉을 쳐보였다. 총총이도 말없이 행동으로만 멕에게 언제 어디서 어떻게 저 손님들을 만났는지를 전했다. 두 사람은 행복했다. 너무나 행복했다.

그때 멕의 얼굴을 본 총총이는 슬픈 생각이 밀려왔다. '결혼이 깨졌구나. 말 안 해도 알겠어!'

차를 다 마신 뒤 그가 말했다. "자, 꼬마 아가씨는 멕과 같이 자야지."

"착한 멕하고 잘래요!" 아이가 멕을 쓰다듬으며 기뻐 소리쳤다. "멕하고!"

"그렇단다." 그가 답했다. "꼬마 아가씨가 멕의 아빠에게도 입맞춤을 해줄까 궁금한걸? 내가 멕의 아빠란다."

아이가 조심스럽게 다가와 입맞춤을 하고 다시 멕에게 돌아가자 총총이는 말할 수 없이 기뻤다.

"솔로몬처럼 지혜롭구나. 자, 이제……. 아니, 우리, 아니 그러니까 내가 하려는 말은, 멕, 얘야?"

멕이 손님 쪽으로 고개를 돌렸다. 그는 의자에 기대고 얼굴은 그녀 쪽을 향한 채 무릎에 폭 싸인 아이의 머리를 어루만지고 있었다. 그는 한마디도 하지 않았지만 아이의 금발을 쥐었다 폈다 하는 거칠고 투박한 손가락들이 이미 충분히 표현하고 있었다.

"그래, 그래! 내가 지금 무슨 이야기를 하는 건지 모르겠어. 내가 좀 멍한 것 같아. 윌 편, 나와 같이 갑시다. 보아하니 죽을 만큼 피곤해 보이는 데다 좀 쉬지 않으면 큰일 날 것 같소. 당신은 나와 함께 갑시다."

"그래, 그래." 총총이는 자기도 모르게 딸의 얼굴에 그대로 드러나 보이는 대답을 자기가 했다. "그 아이를 데려가거라, 멕. 가서 좀 재우거라. 자! 이제, 윌, 당신 잠자리를 알려주겠소. 장소라 하긴 좀 그렇고 다락에 불과한 곳이긴 하지만. 그래도 나는 늘 말한다오. 다락이 있다는 건 마구간에 거주하는 가장 편리한 점 가운데 하나라고 말이오. 이 마차 보관소와 마구간에 세들 사람이 나타나기 전에는 아주 편안하게 살 수 있다오. 게다가 이웃들 것이긴 하지만 저 위에 아주 신선한 건초도 많이 있다오. 멕과 내가 최선을 다해 건사한 최고로 깨끗한 건초라오. 자, 힘냅시다! 포기하지 말고. 새해는 언제나 새로운 마음으로!"

사내가 아이의 머리를 쓰다듬던 손을 떨구고 총총이의 손을 잡았다. 떨리고 있었다. 총총이는 뭐라고 계속 이야기를 하면서 마치 아이를 대하듯 그를 부드럽고 편안하게 이끌어갔다. 다시 멕에게 돌아오면서 그는 옆방인 멕의 작은 방에 잠깐 귀를 대고 들었다. 아이는 잠들기 전 중얼중얼 소박한 기도를 올리고 있었다. 멕의 이름을 기억해내고, "소중하고 소중한"이라는 말을 붙이고 기도를 하다 멈추고 그의 이름을 묻는 소리가 들렸다.

시간이 조금 지나고 나서야 이 바보 같은 자그만 노인은 마음을 진정시키고 화롯불을 지피고 의자를 끌어당겨 따뜻한 온기를 쬐기 시작했다. 그러더니 불을 좀 조절하고는 이윽고 주머니에서 신문을 꺼내 읽기 시작했다. 처음에는 그저 멍하게 큰 기사 제목들만 대충 훑었지만 금방 진지하면서도 좀 슬픈 표정으로 집중하여 읽어갔다.

이 끔찍한 신문이 하루 내내 그를 사로잡고 있던, 그리고 그날의 일들이 너무도 뚜렷하게 새겨놓았던 생각을 다시 불러왔다. 길을 헤매던 두 사람에 대한 관심이 생각의 흐름을 바꿔 한동안은 더 행복한 생각을 떠올리기도 했었다. 하지만, 다시 혼자가 되어 범죄와 폭력으로 가득 찬 신문을 읽게 되자, 이전의 생각 속으로 다시 빠져들었다.

기분도 그런데 자기 자신의 목숨뿐 아니라 어린아이의 목숨까지 빼앗은 한 여인의 기사를 접하게 되었다. 이런 기사를 처음 읽은 것도 아니었지만, 너무도 끔찍하고 혐오스러운 그 범죄가 멕에 대한 사랑을 더 크게 불러일으키는 바람에 그는 신문을 내려놓고 두려운 마음으로 다시 의자에 주저앉고 말았다!

"이렇게 무정할 수가! 이렇게 잔인할 수가!" 토비가 소리쳤다. "이렇게 무정할 수가! 이렇게 잔인할 수가! 태어날 때부터 천성이 악해 이 세상에 아무 쓸모도 없는 사람 말고 대체 누가 이런 짓을 할 수 있을까! 오늘 내가 들었던 말들은 모두 사실인 거야. 증거가 이렇게 차고 넘치는걸. 우린 정말 악한 존재들이야!"

종들이 그 소리를 듣기나 한 것처럼 곧바로 울리기 시작했다. 얼마나 크고 또렷하게 울려 퍼지는지 의자에 앉아 있던 그를 곧장 강타하는 것 같았다.

그런데 뭐라고 말하는 거지?

"토비 벡, 토비 벡, 널 기다린다. 토비 벡, 토비 벡, 널 기다리고 있다! 우릴 보러 와. 우릴 보러 와. 그를 우리에게 끌고 와, 그를 우리에게 끌고 와, 꿈속에 나타나 그를 쫓아, 꿈속에 나타나 그를 쫓아, 그의 잠을 깨워, 그의 잠을 깨워! 토비 벡, 토비 벡, 문을 활짝 열어, 토비 벡, 토비 벡, 토비 벡, 문을 활짝 열어." 그러더니 종소리들이 회반죽된 벽돌로 쌓은 벽에 격렬하게 울리기 시작했다.

토비는 가만히 듣고 있었다. 환상, 환상! 그날 오후 종들에게서 달아났던 것이 후회되었다. 아니, 아니, 그런 게 아니었다. 또다시 열두 번 종이 울렸다. "꿈속에 나타나 그를 쫓아, 꿈속에 나타나 그를 쫓아, 꿈속에 나타나 그를 쫓아, 우리에게 끌고 와, 우리에게 끌고 와!" 온 마을 사람들의 귀를 멍하게 할 정도의 종소리였다!

그가 딸의 문을 두드리며 부드럽게 물었다. "멕, 무슨 소리 들었니?"

"종소리를 들었지요, 아빠. 오늘 밤은 유난히 시끄럽네요."

"애는 자니?" 토비가 핑계처럼 물었다.

"얼마나 평화롭고 행복하게 자는지 몰라요! 하지만 아이 곁을 떠날 수 없어요, 아빠. 제 손을 얼마나 꼭 잡고 있는지 보세요."

"멕, 종소리 좀 들어봐." 토비가 조용히 말했다.

멕은 토비 쪽을 보며 종소리에 귀를 기울였다. 하지만 그녀는 아무런 표정의 변화도 보이지 않았다. 그녀는 종소리의 의미를 이해할 수 없었다.

총총이는 물러나 화롯가 옆 자기 자리에 다시 앉았다. 그리고 다시 한번 혼자 그 소리를 들었다.

참기가 어려웠다. 종들이 뿜어내는 에너지는 두려울 정도였다.

"만약 저 종탑의 문이 실제로 열려 있다면, 내가 쫓아 올라가 첨탑에 들어가서 확인하는 걸 막을 수 있는 게 뭐겠어? 만약 문이 닫혀 있다면, 그보다 더 만족스러울 일도 없을 거야. 그걸로 충분해."

그는 조용히 거리로 빠져나오면서 종탑의 문이 닫힌 채 잠겨 있을 것이라고 확신했다. 그는 문에 대해 아주 잘 알았는데, 열려 있는 걸 본 적이 거의 없었다. 다 해봐야 세 번도 안 되었을 것이다. 교회 밖 기둥 뒤의 어두운 구석에 있는 나지막한 아치형 정문에는 엄청나게 큰 쇠로 된 경첩들과 거대한 자물쇠가 달려 있어서 문보다 경첩과 자물쇠가 더 많았다.

하지만 그를 진짜 놀라게 한 건 모자도 쓰지 않고 교회로 가서 혹 누가 휙 잡아채지나 않을까 하는 불안한 마음으로 덜덜 떨며 어두운 구석으로 손을 밀어 넣었다 뺐을 때, 밖을 향해 열린 그 문이 그전에 이미 조금 열려 있었다는 사실이었다!

처음엔 너무 놀라 되돌아가거나 불을 좀 가져오거나 아니면 누구라도 데려오고 싶은 생각마저 들었다. 하지만 그는 이내 용기를 내 혼자 올라가기로 결심했다.

"내가 겁낼 게 뭐 있지? 여긴 교회라고! 게다가 종지기들이 있을지도 모르고, 문 닫는 것도 깜빡했잖아." 그는 눈먼 사람처럼 더듬더듬 길을 찾아 들어갔다. 아주 깜깜한 데다 종들이 울리지 않으니 고요하기까지 했다.

거리의 먼지가 이 후미진 곳까지 날아와 모여 쌓이면서 발에 부드럽고 푹신푹신한 벨벳같이 느껴지는 것조차 놀라웠다. 좁은 계단이 문에 너무 가까이 닿아 있어 처음부터 비틀거리다 자기 발로 문을 걷어차 그 문이 육중하게 뒤로 튕겨 닫히는 통에 다시 그 문을 열 엄두도 낼 수 없었다.

그렇기 때문에 또 계속 가야만 했다. 총총이는 길을 더듬어 나아갔다. 위로, 위로, 위로 오르고, 돌고, 돌고, 다시 위로, 위로, 위로. 그리고 더 위로, 더 위로, 더 위로 올라갔다!

그렇게 더듬어 올라가기엔 참 불편한 계단이었다. 너무 낮고 좁아서 더듬거리는 그의 손은 언제나 무엇인가를 만지게 되었다. 사람이나 유령 같은 존재가 들키지 않으려고 몸을 똑바로 편 채 서서 그가 지나가도록 봐주는 것 같은 느낌이 자주 들어, 그는 그 존재의 얼굴을 찾기라도 하듯 부드러운 벽면에 손을 대고 위쪽으로 쓸기도 하고 다리를 만질 수 있을까 싶어 아래쪽으로 쓸어보기도 했지만 그러는 내내 온몸에 소름이 돋았다. 두세 번쯤 문인지 벽감인지 모르는 무엇 때문에 단조로운 흐름이 끊기기라도 하면 그 빈틈이 마치 교회 전부인 듯 넓게 느껴졌다. 그러면 그 심연의 끝을 더듬어 나가는 동안은 마치 거꾸로 곤두박질치는 것 같은 느낌이 들기도 하다가 다시 벽이 느껴지면 그때서야 다시 조금 안심이 되었다. 그렇게 위로, 위로, 위로, 다시 돌고, 돌고, 또 다시 위로, 위로, 위로, 더 높이, 더 높이 계속 올라갔다!

마침내, 답답하고 숨 막힐 것 같던 공기가 신선해지기 시작하는가 싶더니 금방 또 세찬 바람이 느껴졌다. 너무 강한 바람이 불어와 다리를 가눌 수도 없을 정도로 몸이 휘청거렸다. 하지만 이때 이미 가슴 높이쯤 되는 탑의 아치형 창문에 가까이 도착한 터라 그 창문을 꼭 잡고 (멕이 그가 있는 곳인가 싶어 찾아왔던 방향으로 보이는) 지붕 꼭대기들과 연기가 피어오르는 굴뚝, 흐릿하게 얼룩처럼 비치는 불빛들을 내려다보고 있었다. 이 모든 것들이 안개와 어둠 속에 하나가 되어 뒤섞여 있었다.

이곳이 종지기들이 올라오는 종루였다. 그는 참나무 지붕에 난 틈 사이로 늘어진 낡고 닳은 밧줄 하나를 움켜쥐었다. 처음엔 머리카락인 줄 알고 깜짝 놀랐으나 다음 순간에는 깊게 잠든 종을 깨운다는 생각에 몸을 떨었다. 종들은 더 위에 있었다. 총총이는 홀린 것처럼 혹은 자신에게 맡겨진 마법을 수행해 나가는 것처럼 더 높은 곳으로 더듬으며 나아갔다. 사다리가 나타나 몹시 애를 먹기도 했는데, 너무 가파른 데다 발을 딛기에도 불안했다.

위로, 위로, 위로. 오르고 기어올랐다. 위로, 위로, 위로, 더 높이, 더 높이, 더 높이!

바닥을 지나 위로 올라가다가 기둥 위로 고개를 내민 채 잠시 쉬기도 하다가 마침내 그는 종들 사이에 도착했다. 어둠 속에서 커다란 종들의 형상을 한눈에 알아차리기는 쉽지 않았다. 하지만 거기 종들이 있었다. 그늘 속에 어두운 형상을 하고 말없이.

하늘 높이 솟은 돌과 쇠의 보금자리에 도착하는 순간 갑자기 엄청난 두려움과 외로움이 그를 엄습해왔다. 머리가 빙빙 돌았다. 그가 귀를 기울였다. 그때 "이봐! 이봐!" 하고 크게 부르는 소리가 애처로운 메아리가 되어 오래오래 울려 퍼졌다.

현기증이 나고 당황스럽고 숨이 턱 막힌 채 겁에 질린 토비는 멍하게 주변을 둘러보다가 기절해 쓰러지고 말았다.

제3장 세 번째 15분

검은 구름이 하늘을 뒤덮고 깊은 바다가 거칠게 일렁일 때면 처음에는 고요 속에서 솟아난 사념의 바다가 죽은 이들을 쏟아낸다. 기이하고 사나운 괴물들이 채 성숙하지도 않은 불완전한 상태로 부활한다. 서로 다른 존재들의 부분과 형상들이 제멋대로 서로 합치고 뒤섞인다. 인간이야말로 매일매일 이러한 유형의 거대한 신비로 가득한 상자면서도 언제, 어떻게, 얼마나 놀라울 정도로 이 정신의 감각과 대상이 서로에게서 분리되었다가 다시 일상의 모양을 취하고 살아가는지는 아무도 모른다.

그와 마찬가지로, 칠흑 같은 첨탑의 어둠이 언제 어떻게 환한 햇살로 바뀌었는지, 언제 어떻게 그 외로운 탑이 수많은 형상들로 붐비게 되었는지, 그리고 잠든 것인지 기절한 것인지 모를 몽롱한 상태에서 단조롭게 들려오던 "꿈속에 나타나 그를 쫓아"라는 속삭임이 대체 언제 어떻게 의식이 돌아오는 총총이의 귀에 "잠을 깨워"라고 외치는 소리가 되었는지, 언제 어떻게 그런 것들이 다른 무수한 존재들과 공존한다는 나른하고 혼란스러운 생각을 더 이상 하지 않게 되었는지, 도대체 언제 어떻게 그렇게 되었는지 알 수가 없었다. 하지만 분명한 것은 얼마 전까지만 해도 그가 뻗어 누워 있다가 지금은 일어나 두 발로 딛고 선 나무판자 위에서 총총이가 도깨비들로 가득한 다음과 같은 광경을 보았다는 사실이다.

마법이 걸린 그의 걸음이 도착한 종탑에는 종들의 유령이 가득했다. 난쟁이 유령, 혼령, 요정들이 가득했다. 종들에서 요정들이 쉴 없이 쏟아져 나와 뛰고, 날고, 떨어지고 있었다. 주변의 땅에도 위의 허공에도 그것들이 보였다. 아래에 묶인 밧줄을 타고 그에게 기어오르고, 쇠가 둘러쳐진 육중한 들보에서 그를 내려다보고 있었다. 위에서 벽에 난 틈과 구멍 사이로 그를 엿보기도 하고, 커다란 돌덩이가 물에 빠진 뒤 일렁이는 물결의 파문처럼 커다란 원 모양을 그리며 그로부터 점점 더 멀리멀리 멀어져 가기도 했다. 온갖 모습과 모양을 한 그것들을 보았다. 추악한 것, 잘생긴 것, 불구인 것, 절묘한 형상을 한 것까지 다양했다. 젊은 것, 늙은 것, 친절한 것, 잔인한 것, 명랑한 것, 냉혹한 것들도 있었다. 그것들이 춤추는 모습도 보고, 노래 부르는 소리도 들었으며, 제 머리를 잡아 뜯는 모습도 보고 고함지르는 소리도 들었다. 허공이 그것들로 가득했다. 그것들은 끊임없이 오고 갔다. 아래로 미끄러져 내리는 것들도 있었고, 하늘로 솟아오르는 것들도 있었고, 멀리 항해하듯 가는 것들도 있었으며, 가까이 내려앉는 것들도 보았다. 모두 하나같이 들떠 있는 데다 대단히 활발하게 움직이고 있었다. 돌이며 벽돌, 슬레이트와 타일이 그것들에게 그런 것처럼 그에게도 투명해 보였다. 잠자는 이의 침대 머리맡에서 부지런히 움직이는 것들도 보였다. 꿈속에서 사람들을 위무하는 것들도 있었다. 울퉁불퉁한 채찍으로 사람들을 매질하는 것들도, 귀에다 대고 고함을 쳐대는 것들도 있었다. 베갯머리에서 부드러운 음악을 들려주는 것들도 있었고, 새들의 지저귐과 꽃의 향기로 누군가를 격려하는 것들도 있었다. 어려움을 겪는 다른 사람들에게 손에 들고 다니는 마법의 거울로 그 무시무시한 얼굴을 비추는 것들도 보았다.

그는 도깨비들이 잠든 사람들뿐 아니라 깨어 있는 사람들에게도 서로서로 모순된 일을 행하면서 정반대의 본성을 소유하거나 취하는 것도 보았다. 어떤 것은 속도를 높이기 위해 엄청난 날개를 달았고, 어떤 것은 속도를 늦추려고 사슬과 무거운 물건으로 몸을 무겁게 했다. 어떤 것들은 시곗바늘을 앞으로, 어떤 것들은 뒤로 돌렸으며, 심지어 시계를 멈추려고 애쓰는 것들도 있었다. 여기서는 결혼식을, 저기서는 장례식을 하고 있었다. 이 방에서는 선거가, 저 방에서는 무도회가 열렸는데 어디서나 지치지도 않고 활발하게 움직였다.

그러는 동안 계속 울려대는 종소리는 물론이고 쉼 없이 변화하는 이 놀라운 무리들을 보고 당황한 총총이는 나무 기둥을 꼭 붙들고 버티면서 창백하게 질린 얼굴을 이리저리 돌리며 말도 못하고 금방 기절이라도 할 듯 놀라 어쩔 줄 몰랐다.

그가 정신없이 바라보고 있을 때, 종소리가 멎었다. 순식간의 변화였다! 모든 무리들이 흐릿해졌다! 형체는 사라지고 그들 몸에서 속도가 사라졌다. 날아가려고 애를 썼지만 떨어져 죽어가며 눈 녹듯 공기 속으로 사라져 갔다. 그들을 뒤따라 나올 새로운 것들이 하나도 없었다. 한 낙오자가 거대한 종의 표면에서 제법 팔팔하게 뛰어내려 자기 발로 섰지만 뒤도 돌아보기 전에 죽어 사라졌다. 종탑에서 장난치다 나중에 합류한 몇몇은 거기 남아 조금 더 오래 빙글빙글 돌았다. 하지만 매번 돌 때마다 힘이 무기력하게 약해지고 느려지더니 이내 다른 것들과 같은 운명을 맞았다. 마지막 남은 것은 메아리 울리는 모퉁이로 들어간 작은 곱사등이였는데, 그곳에서 빙글빙글 돌면서 참을성 있게 한참을 이리저리 움직이다가 마침내 발과 다리가 보일 만큼 점점 느려지더니 결국 지쳐 사라졌다. 그러자 종탑이 조용해졌다.

바로 그때 총총이는 모든 종에서 그 종과 덩치와 크기가 같은 수염 난 형상을 보았다. 불가사의할 정도로 똑같은 모양을 하고 있는 형상과 종이었다. 그가 땅에 뿌리박고 있기라도 한 듯 꼼짝도 못 하고 서 있을 때 거대하고 신중한 모습의 그 형상이 험악한 시선으로 그를 지켜보고 있었다.

신비하고도 무서운 형상들! 어디에도 기대지 않고 종탑의 밤공기 속에 균형을 유지하면서 주름 잡힌 천으로 된 두건을 쓴 머리는 어스름한 지붕과 뒤섞인 채 꼼짝도 하지 않고 그림자를 드리우고 있었다. 총총이는 그 형상들 자체가 내는 빛을 통해 그들이 도깨비 같은 입을 장갑 낀 손으로 가리고 있다는 것을 볼 수는 있었지만―사실 그들 말고는 다른 어떤 것도 보이지 않았다―다들 그림자를 드리운 어두운 모습이었다.

　그는 바닥에 뚫린 구멍으로 훌쩍 뛰어내릴 수가 없었다. 꼼짝도 할 수 없을 정도로 온몸의 힘이 다 빠졌다. 그렇지만 않았더라면, 생각하고 말 것도 없이 당연히 그랬을 것이다―아, 꼬마 유령들은 사라졌지만 자기를 깨워 빤히 바라보고 있는 그 유령들을 마주하느니 차라리 첨탑 꼭대기에서 곧장 몸을 던졌을 것이다.

　그 고즈넉한 곳, 그곳에 가득한 거칠고 무서운 밤의 두려움과 공포가 유령의 손처럼 자꾸만 그를 건드려왔다. 아무런 도움도 받을 수 없이 멀찍이 떨어진 곳, 그가 있는 곳과 사람들이 사는 세상 사이에 놓인 길고 어둡고 구불구불한 유령들에 둘러싸인 길, 낮에 나는 새를 보려고 올려다볼 때도 어질어질해지던 그 높은 곳까지 오르고 오르고 또 올라와 있는 자신, 그런 시간이면 편안하게 집에 있거나 이미 잠자리에 들었을 착한 사람들로부터 단절된 채 고립되어 있다는 사실, 이 모든 상황이 온몸으로 오싹하게 느껴졌다. 그저 생각만 그런 게 아니라 말 그대로 온몸의 감각 모두가 그 싸늘한 느낌을 감지했다. 그러는 사이에도 그의 눈도 생각도 자기를 지켜보는 형상들에 온통 고정되어 두려움에 떨고 있었다. 그 눈빛과 모양, 허공에 떠 있는 믿을 수 없는 모습, 게다가 그 주변에 가득한 짙은 어둠과 그늘 때문에 도저히 이 세상에 존재하는 것이라고는 믿을 수 없는 그 형상들이 종들을 지탱하고 있는 튼튼한 참나무 틀, 가로장, 빗장, 기둥들처럼 또렷하게 보였다. 그 형상들이 수많은 가로대와 대들보를 에워싸고, 유령들이 드나들도록 메마르고 황폐해진 죽은 나뭇가지들 사이에서 내다보듯 서로 뒤엉켜 복잡하게 얽힌 어두운 목재들 사이에서 눈도 한 번 깜빡이지 않고 알 수 없는 시선으로 그를 지켜보고 있었다.

한 줄기 돌풍이─얼마나 싸늘하고 오싹하게 느껴지는지!─종탑 사이로 음산한 소리를 내며 불어왔다. 그 바람이 잦아들자 가장 큰 종이, 아니 가장 큰 종의 유령이 말을 했다.

"이게 누군가!" 낮고 깊은 울림이 있는 소리였다. 다른 형상들에게서도 그 소리가 울리는 것 같았다.

"종들이 제 이름을 부르는 것 같았습니다." 그가 애원이나 하듯 손을 올리며 대답했다. "저도 제가 왜 여기 있는지 어떻게 왔는지 도대체 알 수가 없습니다. 여러 해 동안 종소리를 들어왔지요. 자주 저를 응원하는 소리였습니다."

"그래서, 종들에게 감사는 했고?" 그 종이 물었다.

"수천 번도 더 했지요!" 그가 큰 소리로 대답했다.

"어떻게 감사를 했지?"

"저는 가난한 사람입니다. 그저 말로만 감사할 수밖에 없었답니다." 더듬거리며 그가 답했다.

"늘 그랬단 말이지? 우리 험담을 한 적은 한 번도 없었나?" 종의 유령이 물었다.

"전혀 그런 일은 없습니다!" 총총이가 간절하게 대답했다.

"말로 우리를 험담하거나 부정하거나 악하게 한 일은 없단 말이지?" 다시 종의 유령이 캐물었다.

총총이가 곧장 "절대로!"라고 대답을 하려다 말을 멈췄다. 좀 혼란스러웠다.

유령이 말했다. "시간의 소리는 인간에게 외친다, 나아가라! 시간은 인간의 발전과 향상을 위해 있는 것이다. 더 나은 가치와, 더 나은 행복과 더 나은 삶을 위해 말이다. 시간이 부여하는 지식과 시간이 전해주는 견해 속에서 그 목표를 향해 나아가는 것, 그리하여 시간과 인간이 시작된 바로 그때에 자리 잡는 것, 그것이 시간이 존재하는 이유다. 인간 앞에 놓인 그 길을 알려주려고 어둠과 사악함과 폭력의 시대가 오고 갔다. 셀 수도 없이 많은 인간들이 고통스럽게 살다가 죽어갔다. 시간을 되돌리려거나 묶어두려고 시도하려는 자, 방해하려는 자는 누구나 쳐 죽이고 말 그 힘센 기계를 막으려고 시도하는 이들과, 단 한순간이라도 시간을 멈추기 위해 더 격렬하고 더 난폭해지려는 자들이!"

"제가 아는 한 저는 결코 그러지 않았습니다. 혹시 그런 적이 있다면 저도 모르게 우연히 그런 것입니다. 저는 추호도 그런 마음을 먹지 않을 겁니다. 확실합니다."

"그렇다면 누가 시간과 시간의 하인들의 입에 시련과 실패의 나날들에 대해 한탄하는 비명을, 눈먼 자라도 볼 수 있는 깊은 흔적을 남기는 비명을 쏟아부었느냐. 오직 그 한순간의 분풀이를 하느라고 귀가 있는 이라면 누구라도 들을 수 있도록 사람들에게 고통스러운 비명을 지르도록 만든 것이 다름 아닌 시간이라고 외쳐댄 자가 누구더냐? 누가 이런 잘못을 저지르더냐? 네가 우리 종들에게 바로 그런 잘못을 범했다."

총총이가 처음에 느꼈던 격심한 두려움은 이제 사라졌다. 사실 여러분들도 알다시피 그는 종들에게 친절함과 고마움을 느껴왔었다. 그런데 종들을 마음 상하게 한 사람처럼 추궁당하니 회오와 슬픔이 그의 가슴을 파고들었다.

"만약 당신이 얼마나 자주 저와 함께 있었는지를 아신다면, 어쩌면 이미 알고 계시겠지만요, 제가 낙담했을 때 얼마나 큰 힘이 되었는지를 아신다면, 제 어린 딸 멕이 제 엄마를 잃고 저와 단둘이 남겨지게 되었을 때 당신이 멕에게 ─ 그녀에게는 세상에서 유일한 ─ 놀이 동무였던 것을 아신다면, 그렇게 쉽게 악담을 하실 마음을 품지는 못하실 겁니다."

"누가 우리를 무시하거나 아니면 지나치게 단호하게 우리 종에게서 희망, 즐거움, 고통, 슬픔, 혹은 슬픔 가득한 무리의 소리를 듣더냐. 누가 우리 종소리를 인간의 열정과 인간의 감정을 측정하는 신념에 대한 반응으로 받아들이더냐. 마치 그 종소리가 인간이 먹고 수척하게 마르고 쇠약해질 수도 있는 볼품없는 음식의 양을 재는 것이기나 하듯 말이다. 누가 우리를 그렇게 잘못 대하더냐. 네가 바로 우리에게 그런 잘못을 행했다!" 종이 말했다.

"제가 그랬군요. 오, 저를 용서해주세요!" 총총이가 애원했다.

"누가 우리의 소리를 땅 위에서 메아리치는 우둔한 해충의 소리처럼 여기더냐. 구더기 같은 시간이 기어오르거나 이해할 수 있는 것보다 더 높이 올라가도록 된, 짓밟히고 일그러진 본성을 지닌 심부름꾼의 원한으로 듣는 자가 누구인가?" 종의 유령이 계속 추궁했다. "누가 그런 잘못을 우리에게 범하더냐. 바로 네가 그랬다!"

"그럴 생각은 없었답니다. 제가 무식해서 그런 것이지 본심은 아니었답니다!"

"마지막으로, 가장 중요한 것이 남았다. 누가 쓰러져 볼품없이 된 제 동료에게 등을 돌리고, 비열하게 그들을 포기하더냐. 누가 기댈 곳 하나 없는 위기―그들을 나락으로 떨어뜨린 바로 그 위기―에 처한 이들을 연민의 시선으로 좇아가면서 봐주지 않고 무시하더냐! 쓰러지면서도 잃어버린 땅의 덤불과 조각들을 움켜쥔 채, 그 나락의 심연에서 상처 입고 죽어가면서도 그것들을 붙들고 있던 그들을 말이다. 누가 하늘과 인간, 시간과 영원 모두에게 그런 잘못을 범하더냐! 네가, 바로 네가 그런 잘못을 범했다!"

"제발 저를 살려주세요!" 무릎을 꿇으며 그가 애원했다.

"내 말을 잘 들어라." 그 유령이 말했다.

"들어라!" 다른 유령들이 소리쳤다.

"들어라!" 어린아이 같은 맑은 목소리가 말했다. 총총이는 전에 그 목소리를 들은 적이 있다는 생각을 했다.

저 아래 교회에서 나지막하게 오르간 소리가 들려왔다. 그 소리는 점점 더 커지면서 지붕 위까지 울려 퍼지고 성가대석과 신도석을 가득 채우며 점점 더 멀리 위로 위로 위로 들려오고, 더 높이 더 높이 더 높이 솟아오르면서 굵고 튼튼한 참나무 기둥 안에서 들썩이는 심장들과 텅 빈 종들, 쇠로 된 테두리를 한 문들, 단단한 돌계단들까지 다 깨우고, 마침내 탑의 벽 안에만 갇혀 있을 수 없다는 듯 하늘 높이 날아올랐다.

노인의 가슴이 그토록 웅장하고 힘찬 소리를 담아낼 수 없다는 건 놀랄 일이 아니다. 그 연약한 가슴에 눈물이 복받쳐 올라 총총이는 두 손으로 얼굴을 감쌌다.

"들어라!" 그 유령이 말했다.

"들어라!" 다른 유령들이 따라 말했다.

"들어라!" 아이의 목소리도 가세했다.

그 목소리들이 뒤섞인 엄숙한 소리가 탑 위로 솟아올랐다.

아주 낮고 구슬픈 소리, 만가였다. 노래 부르는 목소리 속에서 총총이는 딸의 목소리를 들었다.

"그 아이가 죽었구나!" 노인이 외쳤다. "멕이 죽었어! 그 아이의 영혼이 나를 부르는구나!"

"네 딸의 영혼이 죽은 이들을 위해 통곡하며 죽은 이들과 함께 있다. 죽은 희망, 죽은 환상, 죽어버린 청춘의 상상과." 종이 대답했다. "하지만 그 아이는 살아 있다. 살아 있는 진리인 그 아이의 삶에서 배워라. 네 가슴에 가장 소중한 존재인 그 아이에게서 배워라. 악한 이들은 얼마나 악하게 태어나는가를. 모든 꽃봉오리와 잎이 하나하나 차례차례 아름다운 줄기에서 뜯겨져 나가는 것을 보고 그 가지가 얼마나 헐벗고 황량해질 수 있는지는 알기 바란다. 그녀를 따르라! 절망에 이르기까지!"

각각의 흐릿한 형상들이 오른팔을 뻗어 아래쪽을 가리켰다.

"종들의 유령이 너와 함께한다." 그 종의 형상이 말했다.

"가라! 종의 유령이 네 뒤에 있을 테니!"

총총이가 뒤를 돌아보니 그 아이가 있었다! 윌 펀이 데리고 있던 그 아이. 멕이 지켜보았던, 그러나 지금은 잠들어 있는 바로 그 아이가!

"오늘 밤 제가 그 아이를 안고 왔어요, 바로 제 이 두 팔에!" 총총이가 말했다.

"저자가 자신이라 부르는 존재를 보여주어라." 검은 형상들이 차례차례 말했다.

그의 발아래 탑이 열렸다. 총총이가 아래를 내려다보자 자신의 모습이 보였다. 짓이겨진 채 꼼짝도 하지 않고 길거리 바닥에 누워 있는 자신의 모습이.

"살아 있는 인간이 아니야! 죽었어!" 총총이가 소리쳤다.

"죽었다!" 모든 형상들이 일제히 소리쳤다.

"오, 이런! 그것도 새해 첫날에……."

"과거의 일이다." 그 형상들이 말했다.

"뭐라구요!" 그가 부들부들 떨며 소리쳤다. "어둠 속에 길을 벗어나 이 탑 밖으로 나가떨어진 적이 있었지요. 일 년 전이었지요?"

"구 년 전이다!" 형상들이 대답했다.

그 대답과 함께 형상들이 뻗었던 손을 다시 거둬들였다. 그러자 그 형상들은 사라지고 그 자리에 종들이 나타났다.

종들이 울리기 시작했다. 다시 종이 울릴 시간이 오고 있었다. 다시 한번 엄청나게 많은 유령들이 튀어나오기 시작했다. 유령들은 이전처럼 다시 한번 뒤죽박죽 뒤엉켰다가 종소리가 멈추자 또다시 깨끗하게 사라져 없어졌다.

"이것들은 뭐지?" 그가 안내자에게 물었다. "내 정신이 어떻게 된 게 아니라면 대체 이것들은 뭐지?"

"종들의 유령이에요. 허공에 울리는 종소리." 아이가 대답했다. "그것들은 인간들의 희망과 생각, 그리고 그들이 차곡차곡 쌓았던 회상이 그들에게 부여하는 모습을 하고 그에 맞는 할 일을 지니고 있지요."

"그럼 너는, 너는 누구지?" 총총이가 따지듯 물었다.

"쉿! 쉿!" 아이가 대답했다. "여기를 보세요!"

허름하고 초라한 방이었다. 종종 본 적이 있었던 바로 그 수를 놓고 있는 사랑하는 딸 멕이 눈앞에 보였다. 그는 멕의 얼굴에 입맞춤을 하려는 시도는 하지 않았다. 가슴에 꼭 끌어안으려고 애쓰지도 않았다. 그런 사랑의 표시는 그에게 더 이상 소용이 없음을 알고 있었다. 하지만 그는 떨리는 숨결을 가다듬으며 그녀를 보려고, 그저 그녀를 보기라도 해야겠다는 마음으로 눈앞을 가리는 눈물을 닦아냈다.

아! 얼마나 변했는지! 얼마나 변해버리고 말았는지! 맑고 빛나던 눈동자는 흐릿해지고 활짝 피어나던 뺨은 시들었다. 여전히 아름답기는 했지만, 희망, 희망, 그 희망은, 마치 목소리처럼 그에게 또렷하게 말해주던 그 생기 넘치던 희망은 어디로 가버렸는가!

그녀가 고개를 들어 함께 있는 사람을 쳐다보았다. 그녀의 시선을 따라가던 노인은 깜짝 놀라 뒷걸음질을 쳤다.

성숙한 여인의 모습에서 그는 한눈에 그녀를 알아보았다. 비단

같은 긴 머리에서 똑같은 곱슬머리를 보았다. 입가에는 그 아이의 표정이 여전히 어른거렸다. 보라! 그 눈동자, 마치 무언가를 묻는 듯 멕을 향한 그 눈동자에는 그가 처음 그 아이를 집으로 데려왔을 때 사람들을 훑어보던 바로 그 표정이 담겨 있었다.

그렇다면 지금 여기 있는 이 아이는 누구란 말인가!

두려운 마음으로 그 아이의 얼굴을 들여다보던 그는 뭔가를 발견했다. 뭐라고 꼭 집어 말할 수 없는 희미하지만 고귀한 무엇, 저기 저 형상이 그러하듯 그 아이를 기억나게 하는 무엇을. 그랬다. 그 아이는 똑같았다. 똑같았고, 같은 옷을 입고 있었다.

그들이 말을 하기 시작했다! 들어보자.

"멕," 릴리언이 망설이며 멕을 불렀다. "일하다 얼마나 자주 고개를 들어 나를 보는지 알아요!"

"내 표정이 너무 변해서 무섭니?" 멕이 물었다.

"아니에요! 하지만 웃으시잖아요! 저를 볼 때, 안 웃으시면 안 돼요?"

"정말 그렇구나. 그렇지?" 여전히 미소를 지으며 멕이 답했다.

"또 그러시네요." 릴리언이 대답했다. "하지만 늘 그런 건 아니죠. 제가 바빠서 당신을 볼 수 없다는 생각을 하실 때면 당신이 너무 걱정하고 의심하는 것도 같아 눈을 들 수가 없어요. 사는 게 이렇게 힘들고 어려우니 웃을 이유가 거의 없어요. 예전에 당신은 참 쾌활했는데요."

"그런데 지금은 그렇지 않다는 말이구나!" 멕이 좀 낯설고 놀란 목소리로 크게 말하며 일어나 그녀를 안으려 했다. "안 그래도 힘든데 내가 널 더 힘들게 하는구나, 릴리언!"

"힘든 삶이지만 이렇게라도 사는 것처럼 살게 해주는 유일한 이유가 당신이에요." 릴리언이 마음을 담아 그녀에게 입맞춤을 하면서 말했다. "때로는 그렇게 살 수 있게 해주는 유일한 존재이기도 하지요. 일! 일! 그 많은 시간, 그 많은 날들, 희망도 없고 즐거움도 없는, 그토록 길고 긴, 끝없이 이어지는 일. 그렇다고 돈이 모이는 것도 아니고 남 보란 듯 화려하게 즐겁게 사는 것도 아니고 아무리 힘들게 일해도 풍족하게 살지도 못하고 그저 가까스로 밥이나 먹고 살아갈 만큼만, 또 일하게 될 만큼만, 그래서 우리의 힘든 운명을 뼈저리게 느끼게 될 만큼만 겨우겨우 벌면서 사는 일! 오, 멕! 멕!" 그녀가 목소리를 높이며 고통스러운 듯 팔을 비비 꼬았다. "이 잔인한 세상은 어떻게 이런 삶을 지켜보며 멈추지도 않고 굴러갈 수가 있는 거죠!"

"릴리!" 멕이 눈물에 젖은 그녀의 얼굴에서 머리를 뒤로 쓸어 넘기며 달래주었다. "릴리! 애야! 이리도 아름답고 젊은 네가!"

"오, 멕!" 그녀가 말을 끊고 멕을 밀어내면서 애원하듯 바라보며 말했다. "그게 가장 나빠요! 최악이에요! 멕, 나를 늙어버리게 해줘요! 시들고 주름지게 만들어 내 젊음이 유혹하는 끔찍한 생각들에서 벗어나게 해줘요!"

총총이는 고개를 돌려 안내자를 보았다. 하지만 아이의 영혼은 이미 훌쩍 사라지고 없었다.

총총이 그 자신 또한 같은 곳에 있지 않았다. 조지프 바울리 경, 가난한 이들의 친구이자 아버지인 바로 그 사람이 자신의 저

택에서 바울리 부인의 생일을 축하하는 성대한 파티를 열고 있는 자리에 와 있었다. 바울리 부인이 새해 첫날에 태어났기 때문에 —지역신문들은 전지전능한 신의 손가락이 1이라는 숫자를 가리키는 것은 그 숫자가 바울리 부인이 창조된 운명적인 숫자를 의미하기 때문이라고 떠들어댔다—축연이 벌어진 날도 새해 첫날이었다.

바울리 저택의 홀은 방문객들로 가득했다. 얼굴 붉은 신사, 서류 담당, 똑똑이 시의원—똑똑이 시의원은 대단한 사람들과 교류하고 있었고, 사려 깊은 그 편지로 인하여 조지프 바울리 경과도 상당한 친분을 쌓아왔었다. 실제로 그 편지 이후 가족 모두가 친구가 되었다.—을 포함한 많은 하객들이 보였다. 총총이의 유령 또한 거기서 여기저기 기웃거리는 가엾은 유령이 되어 자신의 안내자를 찾고 있었다.

중앙 홀에서는 성대한 만찬이 있을 예정이었다. 바로 그 자리에서 조지프 바울리 경은 가난한 이들의 친구이자 아버지라는 그 저명한 인품에 어울리는 대단한 연설을 하기로 되어 있었다. 다른 홀에서는 그의 친구이자 자식인 가난한 이들이 건포도 푸딩을 먼저 먹을 예정이었다. 그런 다음 신호가 떨어지면 그들의 친구이자 아버지들 사이에 모여 있던 친구이며 자식인 이들이 가족 모임을 가질 예정이었다. 아무리 무정한 사람이라도 그 모습을 보고 감동의 눈물을 흘리지 않을 수는 없을 터였다.

하지만, 이것만이 아니었다. 이보다 훨씬 더한 일이 준비되어 있었다. 준남작이자 의회 의원인 조지프 바울리 경은 자신의 소작인들과 함께 구주희[1] 놀이 — 실제 구주희 놀이 — 를 할 것이다!

"이 광경을 보니 옛 헨리 왕 때가, 뚱뚱이 헨리 왕, 허풍쟁이 헨리 왕 때가 생각나는구만! 아, 멋진 인물이었지!"

"맞습니다." 서류 담당이 맞장구를 쳤다. "여러 명의 여인들과 결혼한 다음 그들을 살해했던 왕[2]이었지요. 말이 나왔으니 말이지 평균적인 아내 숫자보다 훨씬 더 많은 아내들을 취했지요."

"당신이라면 아름다운 숙녀들과 결혼하고 살해하지는 않겠지요?" 똑똑이 의원이 나이 열두 살에 불과한 바울리 경의 상속자에게 물었다. "귀여운 소년! 이제 이 꼬마 신사분을 조만간 의회에서 보게 되겠군." 시의원이 어린 신사의 어깨를 잡고 최대한 생각하는 듯한 모습을 보이며 말했다. "우리 주변을 둘러볼 틈도 없이 선거에서 그의 승리 소식을 듣고, 의회에서 그의 연설을 들으며, 정부로부터 직책을 제안받았다는 소식을 듣게 되겠지. 온갖 탁월한 성취의 소식을 듣게 될 거야! 아! 게다가 시의회에서 그를 위한 연설을 하게 될 거야, 틀림없지!"

"아, 저 신발과 스타킹 좀 봐!" 총총이는 속으로 생각했다. 하지만 그의 가슴은 신발도 스타킹도 신지 않은 똑같은 아이들, (그 시의원이) 나쁜 아이라고 결정해버린 바로 그 아이들, 어쩌면 가

1　Skittle. 볼링의 핀같이 생긴 아홉 개의 스키틀을 세워 놓고 공을 굴려 쓰러 뜨리는 경기 — 역자 주
2　엘리자베스 1세의 부친인 헨리 8세는 형수였던 첫 번째 왕비 캐서린을 포함해 모두 여섯 명의 아내를 맞이했다. — 역자 주

없은 멕의 아이가 될 수도 있었을 아이들에 대한 사랑으로 가득 차 그 아이를 그리워하고 있었다.

"리처드!" 총총이는 일행들 사이를 이리저리 헤매며 구슬픈 목소리로 찾았다. "리처드는 어디 있지? 리처드가 보이지 않아! 리처드는 어디 있지?" 아직 살아 있다 하더라도, 그곳에 있을 것 같지는 않았다! 하지만 총총이의 슬픔과 외로움이 그를 혼란스럽게 만드는 통에 그는 여전히 화려한 그 사람들 사이에서 자신의 안내자를 찾아다니며 말하고 있었다. "리처드는 어디 있지? 리처드를 보여줘!"

그렇게 헤매는 그 앞에 대단히 흥분한 상태의 비서 피시가 나타났다.

"오 이런! 똑똑이 시의원은 어디 있소? 혹시 본 사람 없소?" 그가 큰 소리로 물었다.

시의원을 봤냐고? 오, 이런! 시의원을 만나는 데 도움이란 걸 줄 수 있는 사람이 필요할까? 너무나 사려 깊고 붙임성 있는 데다가 본래 사람들이 그를 만나고 싶어 하는 욕망이 있다는 걸 알고 있는 그에게 단 하나의 잘못이 있다면 그것은 끊임없이 사람들 눈에 띈다는 것이었다. 그러니 비슷한 마음에 이끌린 대단한 사람들이 모인 곳이라면 어디에나 틀림없이 똑똑이가 있었다.

그가 조지프 경 주위에 몰려든 사람들 사이에 있다고 몇몇 목소리가 외쳤다. 피시가 거기 있는 그를 발견하고 남몰래 그를 잡아끌어 가까운 창가로 데려갔다. 총총이도 그들이 있는 곳에 함께 있었다. 가고 싶어 간 것은 아니었다. 자신의 발길이 그리 이

끌리는 것을 느꼈다.

"존경하는 똑똑이 의원 나리, 잠깐 이쪽으로 더. 너무도 끔찍한 사건이 발생하고 말았습니다. 방금 소식을 들었습니다만, 오늘은 조지프 경에게 그 소식을 전하지 않는 것이 최선일 것 같습니다. 의원님도 아시잖아요, 조지프 경이 어떤 분이신지. 어떻게 하면 좋을지 제게 알려주십시오. 너무도 두렵고 통탄할 사건입니다!"

"피시! 피시! 이보게, 무슨 문제인가? 폭동 같은 건 아니겠지? 그렇지? 말도 안 돼. 행정에 간섭하려는 시도는 아니겠지?" 의원이 물었다.

숨을 헐떡이며 비서가 대답했다. "디들스, 은행가 디들스 일입니다. 오늘 이 자리에 참석하기로 되어 있던 골드스미스 회사의 고위직인 디들스 형제 말입니다."

"그래? 멈추지 말고 어서 말해보게!"

"권총 자살을 했답니다."

"뭐라고? 저런!"

"자기 회계사무소에서 쌍발 권총을 입에 넣고 그랬답니다. 뇌가 다 날아갔답니다. 다른 동기는 없고 생활고 때문이랍니다!"

"생활고!" 시의원이 놀라 소리를 질렀다. "고귀한 운명의 사내가. 가장 존경받는 사람 중 한 사람이. 자기 손으로 목숨을 끊다니! 오, 피시, 어찌 그런 일이!"

"바로 오늘 아침에 벌어진 일이랍니다."

"그 영리한 친구가! 그 영리한 친구가!" 신앙심 깊은 의원이 양손을 들어 올리며 소리쳤다. "아, 이런, 가슴 아픈 일이, 이런 가슴 아픈 일이. 인간이란 존재의 불가사의란! 아, 그런 사소한 일이 마음을 그처럼 뒤흔들 수 있다니! 인간이란 얼마나 가엾은 존재인가! 어쩌면 만찬 때문이거나, 아들의 행실 때문이겠지. 그 아들 녀석이 제멋대로 굴면서 아무 권한도 없이 이 사람 저 사람에게 어음을 발행하고 다니는 버릇이 있다는 소리를 들은 적이 있지! 정말 존경하는 사람이었는데. 내가 아는 가장 존경할 만한 사람 가운데 하나였는데 말이지! 슬픈 일이구만, 피시. 공적인 재앙이야! 가장 슬픈 애도를 바쳐야겠어. 너무나 존경할 만한 사람이었는데! 하지만 저 하늘에 한 분이 계시지. 우리는 그분께 복종해야만 한다네, 피시. 복종해야만 해!"

아니, 뭐라구요, 의원님! 깔아뭉개버리겠다는 말은 한마디도 없네요! 판사님, 당신의 높은 도덕적 허풍과 오만을 기억해야지요. 오, 의원님! 공평성을 유지해야지요. 저는 먹을 것도 없이 텅 빈 곳에, 가난한 여인의 자연의 샘[3]에 던져둔 채 비참한 굶주림에 메말라가게 하고, 그녀의 자손이 신성한 어머니 이브의 품안에 있을 권위가 있다는 주장에 대해서는 냉혹하게 대하면서 말입니다.

오, 다니엘[4]이시여, 그 둘에 대하여 제가 심판의 날에 판단하게 하소서! 고통 받은 수천 명의 눈으로 당신이 연기하는 냉혹한 익살극을(무심하지 않게) 지켜보는 청중들의 눈으로 그들을 심판하

---

3 Nature's Founts : 여성(어머니)의 모유를 비유한다. - 역자 주
4 성 다니엘. 히브리의 예언자이며 구약성서 「다니엘서」의 주인공 - 역자 주

시기를. 만약 당신이 정신이 나가서 — 그 정도까지는 안 되겠지만, 그럴 수도 있는데 — 당신 목구멍에 손을 넣어(당신 친구가 있다면) 그들에게 경고한다면, 그들이 편안하게 생각하는 사악함을 머리는 미쳐가고 가슴은 비통함으로 가득한 사람들에게 꽥꽥 소리치며 퍼부어대고 있다고 경고한다면, 그렇다고 무슨 일이 벌어질까요?

이런 말들이 마치 그 내면의 다른 누군가가 말하기나 한 것처럼 총총이의 가슴까지 솟구쳐 올랐다. 똑똑이 의원은 그날이 지나면 조지프 경에게 그 우울한 재앙 같은 소식을 전하는 것을 돕겠노라고 피시에게 맹세했다. 그러고는 헤어지기 전에 비통한 마음으로 피시의 손을 쥐어짜듯 움켜쥐고 "가장 존경할 만한 분이었는데!"라는 말과 함께 대체 이 세상에는 왜 그런 고통이 있는 것인지 알 수 없다며 이렇게 덧붙였다.

"때때로 알 수는 없지만 모든 것을 뒤집어엎는 자연의 어떤 움직임이 이 세상에 작용하는 것이 아닌가 하는 생각을 갖게 만들기에 충분하지. 그 힘이 사회의 경제 구조 전반에 영향을 미치고 말이야. 디들리 형제라니!"

구주희 경기는 엄청난 성공을 거두었다. 조지프 경은 아홉 개의 핀을 굉장히 능숙하게 넘어뜨렸다. 바울리의 아들도 조금 짧은 거리의 게임에서 솜씨를 발휘할 기회를 잡았다. 그러자 모든 사람들이 준남작과 그의 아들이 구주희 게임을 하는 지금 이 나라가 아주 빠르게 다시 제자리로 돌아오고 있다고 말했다.

아주 적절한 때에 만찬이 차려졌다. 총총이는 나머지 일행들과 함께 자기도 모르게 홀로 다시 들어갔다. 자신의 의지보다 강한 어떤 충동이 그를 그리 이끄는 것 같은 느낌이 들었다. 눈앞에 더 할 나위 없는 즐거운 광경이 펼쳐지고 있었다. 여인들은 모두 아름다웠고 방문객들은 기쁘고 명랑하고 상냥했다. 더 낮은 쪽 문이 열리고 촌스러운 옷을 입은 사람들이 밀려들어 오면서 그 아름다운 장면은 절정에 이르렀다. 하지만 총총이는 그저 계속 이렇게 중얼거리고만 있었다. "리처드는 어디 있지! 와서 그녀를 도와주고 위로해주어야 할 텐데! 리처드를 볼 수가 없어!"

몇 번의 연설이 있었고, 몇몇 사람들이 바울리 부인의 건강을 기원했다. 바울리 경은 답사를 통해 자신이 가난한 이들의 친구이자 아버지로 타고났다는 다양한 증거를 과시하면서 장황한 연설을 하고 그의 친구이자 자녀들에게, 노동의 위엄을 위해 축배를 들었다. 그때 홀 아래쪽에서 작은 소동이 일어 토비의 눈길을 끌었다. 얼마간의 혼란과 소란, 누군가를 제지하는 소리가 나더니 한 사람이 나머지 사람들을 다 물리치고 앞으로 쑥 나왔다.

리처드는 아니었다. 전혀. 하지만 그가 여러 번 생각하고 찾던 사람이었다. 불빛이 조금 더 희미했더라면 그 늙고, 희끗희끗한 머리에 굽은 몸을 한 초라한 사내의 정체를 토비 자신도 의심했을 것이다. 하지만 비비 꼬이고 얽힌 그의 머리에 비치는 밝은 등잔불 덕분에 그는 앞으로 나선 그 사내가 월 펀임을 금방 알아보았다.

"무슨 일이야!" 조지프 경이 일어나며 소리쳤다. "누가 이자를 들어오게 했어? 이 작자는 교도소에서 나온 죄수다. 이보게, 피시, 자네가……"

"1분만," 윌 펀이 말했다. "1분만 부인, 부인은 오늘 새해 첫날과 함께 태어나셨지요. 1분만 이야기하게 해주십시오."

부인이 그를 위해 잠시 중재를 했다. 조지프 경이 본래의 위엄을 갖춘 채 다시 자리에 앉았다.

볼품없는 옷을 걸친 누추한 방문객은 사람들을 죽 둘러보더니 겸손하게 인사를 하며 경의를 표했다.

"신사 숙녀 여러분!" 그가 말했다. "여러분들은 노동자를 마셔버린 겁니다. 저를 보세요!"

"방금 감옥에서 나왔지." 피시가 말했다.

"방금 감옥에서 나왔지요. 처음도 아니고 두 번째도 아니고 세 번째도, 네 번째도 아닙니다."

듣고 있던 서류 담당이 네 번은 평균보다 많은 것이니 마땅히 부끄러워해야 한다고 성미 급하게 끼어들었다.

"신사 숙녀 여러분!" 윌 펀이 다시 한번 사람들을 불렀다. "저를 보세요! 보시다시피 저는 최악입니다. 어떤 상처나 해악보다 더 위험하고 해로운 존재지요. 여러분의 도움도 아무런 소용이 없습니다. 여러분의 친절한 말이나 행동이 저에게 도움이 될 수 있었던 때는," 여기까지 말한 그가 손으로 자기 가슴을 치고 고개를 가로저으며, "작년에 강낭콩이나 클로버 향기와 함께 날아갔습니다. 이들을 위해 한마디만 하게 해주십시오." 그는 손으로 홀에 모인 일꾼들을 가리키며 말했다. "여러분이 함께 모여 있는 이때 딱 한 번만 진정한 진실의 소리를 들어주십시오."

조지프 경이 말했다. "저 작자를 대변인으로 여길 사람은 여기 아무도 없어."

"충분히 그러고도 남을 겁니다, 조지프 경. 저도 믿지요. 하지만 어쩌면 제가 하는 말이 적잖이 사실일 겁니다. 그 증거가 바로 여기 있습니다. 신사 숙녀 여러분, 저는 이곳에서 여러 해를 살았습니다. 저 건너편 쑥 가라앉은 울타리 너머 오두막을 볼 수 있을 겁니다. 숙녀분들이 책에 그 집 그림을 그리는 걸 본 적도 있지요. 백 번은 봤을 겁니다. 그림으로 보면 정말 멋지다는 말을 하는 걸 들었지요. 하지만 그림에 날씨는 그려지지 않습니다. 그래서 그 오두막은 사람이 살기보다는 그림에 더 어울리는 곳일지도 몰라요. 어쨌건! 저는 거기에 살았습니다. 얼마나 어렵게, 얼마나 비참할 정도로 힘들게 살았는지는 말하지 않겠습니다. 한 해 중의 하루, 매일매일 어떤 날이라도 여러분 스스로 판단할 수 있을 테니까요."

그는 총총이가 거리에서 그를 만났을 때처럼 말하고 있었다. 목소리는 더 깊고 컬컬했으며, 이따금 떨리기도 했다. 하지만 결코 감정이 격해져 언성을 높이는 법이 없었고, 자신이 말하는 수수한 사실에 대해 확고하고도 엄격하게 믿는 그 이상의 과장을 하지 않았다.

"신사 숙녀 여러분, 그런 곳에서 남부끄럽지 않게, 그저 평범하고 남부끄럽지 않게 성장하는 것은 여러분이 생각하는 것보다 어렵습니다. 그때는 제가 짐승이 아닌 인간으로 성장할 수 있을 거라고 믿는 게 저에겐 아주 중요한 것이었지요. 하지만 지금은 말로도 행동으로도 저를 위해 할 수 있는 게 아무것도 없지요. 저는 이미 그런 상황은 지나버렸으니까요."

"저 작자가 들어온 게 기쁘군." 조지프 경이 차분하게 주위를 둘러보며 입을 열었다. "방해하지 말게. 운명 같으니. 저 작자는 하나의 본보기야. 살아 있는 본보기. 저 본보기를 여기 내 친구들이 놓치지 않기를 희망하고 그러리라 믿고 기대하네."

"어쨌든 그럭저럭 지내왔지요." 잠시 멈췄던 펀이 말을 계속했다. "저나 다른 누구나 어찌 그럴 수 있었는지 모르겠어요. 하지만 너무 힘들어서 얼굴에 밝은 표정을 띠거나 제가 아닌 다른 존재인 체할 수는 없었지요. 신사 여러분, 재판정에 앉은 신사 여러분, 여러분은 얼굴에 불만 가득한 사람을 볼 때면 서로 이렇게 말하지요. '저 작자는 의심스러워. 월 펀은 의심이 가. 저 작자를 잘 지켜봐!' 그게 자연스러운 것이 아니라고 말하려는 것은 아닙니다. 그렇다는 것이죠. 그 시간 이후 월 펀이 무엇을 하건, 아니면 혼자 가만히 있건―둘 다 매한가지죠―그는 사람들에게 위험한 존재가 됩니다."

똑똑이 의원은 양손의 엄지손가락을 조끼 주머니에 넣고 몸을 뒤로 젖혀 의자에 기댄 채 미소를 띠면서 가까이 있는 샹들리에를 향해 눈을 찡긋했다. 마치 "당연하고말고! 내가 그렇게 말했지. 흔히 듣는 비명이지! 신이 그대를 축복하기를. 우리가 이 모든 종류의 일을 감당하지, 내 자신과 인간의 본성까지 말이야."라고 말하는 듯했다.

"자, 신사 여러분," 월 펀이 손을 뻗더니 수척한 얼굴에 잠깐 홍

조를 띠면서 말을 이었다. "여러분이 만든 법이 이 지경이 된 우리를 얼마나 옭아매고 상처를 주는지를 보세요. 저는 다른 곳에서 살려고 애를 씁니다. 그러니 저는 부랑자입니다. 저자를 감옥에! 그래서 저는 다시 여기로 돌아왔지요. 제가 여러분의 숲에서 호두를 줍습니다. 그러다 보면 나뭇가지를 한둘 부러뜨립니다. 안 그럴 수 있는 사람이 누가 있겠습니까? 그러면 다시 저자를 감옥에! 여러분들의 문지기 한 명이 대낮에 제가 저의 집 마당 근처에서 총을 들고 있는 걸 봅니다. 저자를 감옥에! 제가 풀려났을 때 그 친구를 만나면 화를 내는 건 당연합니다. 그러면 또 저자를 감옥에! 지팡이를 부러뜨립니다. 저자를 감옥에! 썩은 사과나 순무를 먹습니다. 저자를 감옥에! 감옥은 이십 마일이나 떨어진 곳이지요. 그래서 출소 후 돌아오는 길에 길에서 누군가에게 사소한 부탁을 합니다. 저자를 감옥에! 마지막으로 경찰, 간수 등 누가 되었건 제가 어디서 무엇을 하건 보기만 하면 저자를 감옥에! 외쳐댑니다. 왜냐하면 저는 부랑자이고 잘 알려진 상습 전과자니까요. 그렇게 감옥은 저의 유일한 거처가 됩니다."

시의원은 기민하게 고개를 끄덕이며 말했다. "아주 훌륭한 집이지, 암!"

"이렇게 말하는 건 제 자신을 변호하기 위한 겁니다!" 펀이 목청을 높였다. "누가 저의 자유를 돌려줄 수 있습니까? 누가 제 온전한 이름을, 누가 제 무고한 조카딸을 돌려줄 수 있나요? 영국의 모든 신분 높으신 귀족분들이 아닙니다. 저와 같은 사람들을 다루는 신사분들, 신사분들이 처음부터 제대로 해야 합니다. 우리가 요람에 누워 있을 때부터 더 나은 가정을 주는 자비를 베풀어주십시오. 우리가 우리 자신을 위해 일할 때 더 좋은 음식을 주십시오. 우리가 잘못을 범할 때 다시 돌아갈 수 있도록 더 친절한 법을 만들어주십시오. 우리가 어디를 가건 우리 앞에 감옥, 감옥, 감옥만을 놓아두지 마십시오. 그러면 인간이 표할 수 있는 최대한의 감사와 기꺼운 마음으로 그 노동자는 여러분들이 보여주는 모든 선심을 다 받아들일 것입니다. 그는 인내심 있고, 평화를 사랑하고 자발적인 마음을 가진 사람이니까요. 하지만 여러분은 먼저 그에게 올바른 영혼을 불어넣어야 합니다. 왜냐하면 그가 저처럼 몰락하고 못쓰게 된 사람이건 아니면 저기 서 있는 저 사람들이건 간에 그 영혼은 지금 이 순간 여러분과는 동떨어져 있으니까요. 그러니 그 영혼을 돌려주세요, 지체 높으신 분들, 그 영혼을 돌려주십시오! 하느님의 말씀조차도 그의 뒤틀린 마음속에서 뒤틀리고, 감옥에서 가끔씩 제 눈에 나타났던 것처럼 다음과 같이 들리는 그런 날이 오기 전에 말입니다. '네가 어디를 가건 나는 갈 수 없다. 네가 어디에 묵건 나는 거할 수 없다. 너의 사람들은 내 사람이 아니다. 너의 신은 나의 신이 아니다!'"

홀에 갑작스러운 소동과 동요가 일었다. 총총이는 몇몇이 벌떡 일어나 그 사내를 쫓아내려는가 보다, 그래서 눈에 보이는 변화가 생긴 것이라 여겼다. 하지만 다음 순간 그 방과 방에 모인 모든 사람들이 그의 시야에서 사라지고 그의 딸, 멕이 다시 나타났다. 그녀는 여전히 가만히 앉아 일을 하고 있었다. 차이가 있다면 전보다 더 가난하고 누추한 작은 다락방에 앉아 있다는 것이었다. 그 곁에 릴리언도 보이지 않았다.

릴리언이 작업하던 수틀은 선반에 올려 덮여 있었다. 그녀가 앉아 있던 의자는 벽을 향해 돌려져 있었다. 그런 사소한 것들과 슬픔으로 초췌해진 멕의 얼굴에 시간이 흘렀음이 드러나 있었다. 오! 누가 그 변화를 모를 수 있었을까!

멕은 너무 어두워 실이 보이지 않을 때까지 눈을 혹사하며 집중해서 일을 했다. 밤이 다가오자 그녀는 희미한 촛불을 켜고 또 일을 계속했다. 그녀의 아버지는 여전히 그녀 주변에 모습을 드러내지 않은 채 그녀를 내려다보며, 그녀에 대한 사랑을 품고 — 얼마나 그녀를 사랑했던가! — 다정한 목소리로 옛 시절과 종들에 대해 그녀에게 이야기하고 있었다. 물론 가엾은 총총이 자신도 그녀가 듣지 못한다는 걸 알고 있었다.

밤도 한참 지났을 무렵 문을 두드리는 소리가 났다. 그녀가 문을 열었다. 한 남자가 문간에 서 있었다. 구부정한 자세에 우울한 표정을 한 술 취한 부랑자였다. 무절제한 폭음과 악습에 지친 모습을 한 그의 머리는 헝클어지고 턱수염은 다듬지도 않아 아무렇게나 난삽하게 뒤엉켜 있었다. 하지만 젊은 시절에는 당당한 체구에 훌륭한 용모였음을 보여주는 흔적은 남아 있었다.

그녀가 들어오라고 허락을 할 때까지 그는 꼼짝도 하지 않고 서 있었다. 열린 문 뒤로 그녀가 한두 걸음 물러서서 슬픈 표정으로 말없이 그를 바라보고 있었다. 총총이의 소원이 마침내 이루어졌다. 리처드였다.

"들어가도 될까, 마거릿?"

"그럼요. 들어오세요. 어서 들어오세요!"

그가 말을 꺼내기도 전에 총총이가 그를 알아본 것은 다행스러운 일이었다. 마음속에 어떤 의심이라도 품은 채 그 거칠고 퉁명스러운 목소리를 들었다면 그 사내가 리처드가 아닌 다른 사람이라고 생각할 수도 있었을 것이기 때문이었다.

방에는 의자가 두 개뿐이었다. 그녀는 자신이 앉았던 의자를 내주고 조금 떨어진 곳에 서서 그의 말을 기다리고 있었다.

리처드는 바닥만 멍하니 바라본 채 앉아 생기 없는 무심한 미소만 띠고 있었다. 그녀는 온몸으로 밀려오는 엄청난 슬픔을 들키지 않으려고 두 손으로 얼굴을 가리고 돌아서 있었다. 아, 그에게서 풍기는 그토록 깊은 전락과 그토록 비참한 절망, 그토록 불행한 몰락의 느낌이라니!

그녀의 옷이 스치는 작은 소리에 일어난 그는 지금 막 들어온 것처럼 고개를 들고 입을 열어 말하기 시작했다.

"아직까지 일을 해, 마거릿? 늦게까지 일하네."

"대체로 그래요."

"물론 일찍 시작하겠지."

"예, 일찍."

"그 아이가 그렇다고 말했지. 당신은 결코 피곤해하지 않는다고. 피곤하다고 인정하지도 않는다고 말했지. 함께 살 때 언제나 그랬다고. 일하다 굶어 기절했을 때조차도 그랬다 했지. 지난번에 왔을 때 내가 당신에게 말했었지."

"그랬지요." 그녀가 대답했다. "그래서 제가 더 이상 아무 말도 말아달라고 간청했지요. 당신도 그러겠다고 진지하게 약속했어요, 리처드. 다시는 그러지 않겠다고."

"진지한 약속이었지." 그가 철없이 웃으며 멍한 시선을 한 채 맞받았다. "틀림없이 진지한 약속, 진지한 약속이었지!" 얼마 뒤에 전과 같이 돌아온 그가 갑자기 활기를 띠며 물었다.

"내가 뭘 도와줄까, 마거릿? 내가 어찌 해야 할까? 그 아이가 내게 다시 왔었어!"

"또 왔다구요?" 멕이 두 손을 맞잡으며 큰 소리로 되물었다. "아, 나를 그렇게 자주 생각해주다니! 다시 왔다니!"

"스무 번이나 왔었소, 마거릿. 내게 자주 나타난다오. 거리에서 내 뒤에 불쑥 나타나 내 손에 그걸 쥐여줘. 일할 때면 재를 밟는 그 아이의 발자국 소리가 들리지. (하! 하! 그건 자주는 아니지만.) 그러다 내가 고개를 돌리기도 전에 귀에 목소리가 들리지. '리처드, 돌아보지 말아요. 이걸 꼭 그녀에게 전해줘요!' 내가 살고 있는 곳에 그걸 가져와. 편지로 보내고, 창문을 두드리고는 문턱에 놓아두기도 하지. 내가 어떻게 할 수 있겠어? 이걸 봐!"

그는 손에 든 작은 지갑을 내밀었다. 안에 든 돈이 쨍그랑거렸다.

"얼른 넣어요. 얼른요! 그 아이가 또 오면 말해줘요, 리처드. 내가 영혼으로 사랑한다고. 잠자리에 들 때마다 언제나 축복하고 그 아이를 위해 기도한다고. 혼자 일할 때도 한 번도 잊은 적이 없다고. 밤이나 낮이나 언제나 나와 함께 있다고. 내가 내일 죽는다 해도 마지막 숨이 넘어가는 순간까지 생각할 거라고. 하지만 그걸 바라진 않는다고!"

그는 천천히 다시 손을 거둬들여 지갑이 구겨지도록 움켜쥐면서 조금 졸린 듯 생각에 잠겨 말했다.

"내가 그렇게 말했지. 그렇게 말했지. 한 치도 어긋남 없이 그대로 정확하게. 이 선물을 다시 가져가 그녀의 문 앞에 두고 온 게 열두 번도 넘어. 하지만 마지막으로 그녀가 내 앞에 서서 얼굴을 똑바로 보며 그러는데, 내가 어쩌겠어?"

"그 아일 만났군요!" 멕이 소리쳤다. "그 아일 만났어요! 오, 릴리언, 귀여운 릴리언! 오, 릴리언! 릴리언!"

"그녀를 봤어." 그녀의 말에 대답하는 것이라기보다는 자신의 생각을 천천히 더듬으며 그가 말했다. "저기 그녀가 서 있었소. 떨면서. '어때 보여요, 리처드? 제 얘기도 하나요? 더 야위었나요? 아, 저 식탁, 내가 예전에 있던 그 자리, 거긴 뭐가 있나요? 옛날에 나한테 가르쳐주던 그 틀, 그건 불태웠나요, 리처드?' 저기 그 아이가 있었소. 그 아이가 그렇게 말하는 걸 들었소."

멕은 흐느끼던 울음은 멈추었지만 두 눈에 눈물이 줄줄 흘러내리는 채로 그에게 몸을 기울여 숨도 쉬지 않고 그가 전하는 말을 들었다.

리처드는 자신이 지금 말하는 내용이 바닥에, 그것도 겨우 알아볼까 말까 한 글자로 쓰여 있는 것처럼─그 글자들을 해석하고 이어주는 것이 자신의 임무인 양─팔은 무릎에 기댄 채 의자 쪽으로 몸을 기울이고 계속 말을 했다.

"리처드, 저는 아주 비참해졌어요. 그러니 당신도 잘 아실 거예요. 이걸 다시 돌려드리는 게 제게 얼마나 힘드는 일인지요. 간신히 들고 왔어요. 제 기억에 당신은 한때 그녀를 몹시 사랑했지요. 그러나 다른 것들이 두 사람 사이에 끼어들었지요. 두려움, 질투, 의심, 그리고 허영심 그런 것들이 당신을 그녀에게서 멀어지게 했어요. 하지만 저는 기억해요. 당신은 정말 그녀를 사랑했어요!' 그랬던 것 같아." 그가 스스로 말을 끊으면서 답하듯 말했다. "그랬지! 이제 와서 그건 별로 중요한 것도 아니지만. '오, 리처드, 당신이 진정 그녀를 사랑했다면, 사라진 옛 사랑에 대한 추억이 조금이라도 남아 있다면, 이걸 다시 한번 그녀에게 전해주세요. 한 번만 더! 그리고 말해주세요. 당연히 그녀의 머리를 기대었어야 할 당신의 어깨에 제 머리를 기대서 당신을 너무나 비참하게 만들어버렸다고. 그녀에게 말해주세요. 당신이 내 얼굴을 보았더니 알겠더라고. 그녀가 그토록 칭찬하곤 하던 아름다움은 하나도 남아 있지 않았더라고. 완전히 사라졌다고요. 그 대신 볼품없고 창백하게 쏙 들어간 뺨만 남아 그녀가 보면 틀림없이 눈물을 터트리고 말 거라고요. 남김없이 다 말해주세요. 그리고 그걸 다시 전해주세요. 그녀도 다시 거절하지는 못할 거예요. 그렇게 무정하지는 않을 거예요!'"

그는 여전히 그 자세로 앉아서 생각에 잠겨 마지막 말만 되풀이 하더니 정신을 차리고 일어섰다.

"그래도 받지 않을 거요, 마거릿?"

그녀는 고개를 가로저으며 자신을 그냥 내버려둬 달라고 애원하는 몸짓을 했다.

"잘 자요, 마거릿."

"잘 자요!"

그는 그녀의 슬픔, 그리고 어쩌면 그녀의 떨리는 목소리에 담긴 그 자신에 대한 연민에 놀라 고개를 돌려 그녀를 보았다. 빠르고 신속한 동작이었다. 그 순간 예전에 그의 태도에서 보이던 어떤 모습이 섬광처럼 반짝였다. 하지만 그 다음 순간 올 때처럼 그렇게 순식간에 사라졌다. 이미 꺼져버린 불의 희미한 불꽃은 자신의 타락한 모습을 스스로 비추는 빛이 되지는 못하는 것 같았다.

기분이 어떻건 얼마나 큰 슬픔을 느끼건 마음이나 몸이 얼마나 고통스러운 상태이건 간에 멕은 일을 끝내야만 했다. 그녀는 다시 앉아 일을 시작했다. 열심히 했다. 밤, 한밤이었다. 그때까지도 그녀는 일을 했다.

화롯불은 약했고 밤은 무척이나 추웠다. 쉬는 때면 가끔 일어나 불을 지펴야만 했다. 열두 시 반을 알리는 종소리가 울리는 동안에도 그녀는 그렇게 일에 몰두하고 있었다. 종소리가 멈췄을 때 부드럽게 문을 노크하는 소리가 들렸다. 그 늦은 시간에 누가 왔나 궁금해 할 틈도 없이 문이 열렸다.

오, 아름다운 청춘, 마땅히 행복해야 하는 이를 보라. 오, 아름다운 청춘, 가능한 한 모든 축복을 받고 축복을 주는, 자비심 가득한 창조주의 뜻을 성취하는 아름다운 청춘을 보라!

멕은 문으로 들어서는 모습을 보고는 큰 소리로 이름을 불렀다. "릴리언!"

그 형상은 쏜살같이 들어오더니 그녀 앞에 무릎을 꿇고 그녀의 옷자락에 매달렸다.

"일어나, 애야! 일어나! 릴리언! 오, 애야!"

"더 이상은 못 해요, 멕! 더 이상은 못 해요! 여기! 여기서! 당신 가까이서 당신을 끌어안고 당신의 숨결을 내 얼굴에 느껴요!"

"상냥한 릴리언! 사랑스러운 릴리언! 내 마음의 아이. 그 어떤 모정도 널 생각하는 내 마음보다는 못할 거야. 내 가슴에 얼굴을 기대렴!"

"더 이상은 못 해요, 멕. 더 이상은 못 해요! 처음 당신의 얼굴을 봤을 때, 당신은 내 앞에 무릎을 꿇었지요. 나 이제 당신 앞에 무릎을 꿇고, 죽을래요. 나 여기서 그럴 수 있게 해줘요!"

"네가 돌아왔구나. 나의 보물! 우리 같이 살 거야, 일도 같이 하고, 희망도 함께 품고, 죽을 때도 함께 죽을 거야!"

"아! 입 맞춰줘요, 멕. 안아줘요. 가슴에 꼭 안아줘요. 친절한 눈으로 나를 봐줘요. 저를 일으켜 세우지 말아요. 그냥 여기 있게 해줘요. 무릎을 꿇고 당신의 마지막 얼굴을 보게 해줘요!"

오, 아름다운 청춘, 마땅히 행복해야 하는 이를 보라! 오, 아름다운 청춘, 자비심 가득한 창조주의 뜻을 이루어내는 아름다운 청춘을 보라!

"나를 용서해줘요, 멕! 너무나 소중한 이여, 너무나 소중한 이여! 나를 용서해줘요! 그러리라는 걸 알아요, 그러리라는 걸 알아요. 하지만 용서한다고 말해줘요, 멕!"

멕은 릴리언의 뺨에 입을 맞추며 용서한다고 말하며, 두 팔로 그녀의 상심한 가슴을—이젠 그녀도 알았다—꼭 껴안았다.

"그분이 당신을 축복해요. 다시 한번 입 맞춰줘요! 그분께서 그 여자에게 발 옆에 앉아 머리로 발을 닦도록 허락해주셨지요. 오 멕, 얼마나 자비로운 동정심인지요!"[5]

그녀가 숨을 거두자, 순수하고 빛나는 모습으로 되돌아온 아이의 영혼은 노인을 손으로 툭 건드리며 가자고 손짓했다.

---

5 예수와 막달라 마리아의 비유. 창녀인 막달라 마리아가 예수 앞에서 참회의 눈물을 흘려 예수의 발이 젖게 되자 자신의 머리카락으로 예수의 발을 닦았다. 릴리언은 자신을 막달라 마리아에, 멕을 예수에 비유하고 있다— 역자 주

제4장 마지막 15분

                              종의 유령 형상들이 보여준 몇
몇 새로운 기억들, 울리는 종소리의 희미한 인상, 무수한 유령의
무리를 본 것 같은 어지러운 생각, 이런 것들이 다시 보이고 또
보이더니 마침내 그 모든 회상들이 뒤죽박죽 섞인 채 사라졌다.
어떻게 된 영문인지는 몰랐지만 세월이 훌쩍 흘렀다는 생각이 번
뜩 떠올랐다. 총총이는 아이의 유령과 함께 한 커플을 지켜보며
서 있었다.

  뚱뚱한 몸에 장밋빛 뺨을 한, 아주 편안해 보이는 두 사람이었
다. 그들은 단 둘뿐이었지만 열 명 몫이라도 될 정도로 얼굴이 불
그레했다. 두 사람은 작고 낮은 식탁을 사이에 두고 환한 화로 앞
에 앉아 있었다. 다른 방에서는 나지 않는 뜨거운 차와 머핀 향기
가 아직 남아 얼마 전까지만 해도 그 식탁에는 음식이 차려져 있
었음을 알려주고 있었다. 깨끗하게 설거지된 모든 컵과 접시들은
한구석에 있는 선반 위의 제자리를 차지하고 있었다. 놋쇠로 된
긴 빵 굽는 포크는 늘 걸려 있는 옴폭한 곳에 네 손가락을 쭉 뻗은

채 장갑 치수를 재어달라는 듯 걸려 있었다. 몸을 녹이는 고양이 모습으로 가릉거리며 구레나룻을 쓰다듬고, 기름기가 자르르 흐른다고까지는 못 하더라도 호의적인 후원자의 얼굴을 하고 훤히 빛나는 모습이 이제 막 식사를 끝냈음을 알려주고 있었다.

부부가 분명해 보이는 이 편안한 커플은 둘 사이에 화롯불을 똑같이 나누어 쬐며 쇠살대에 떨어지는 반짝이는 불꽃들을 바라보며 앉아 있었다. 어느 때는 깜빡 졸음에 빠지기도 하다가 어느 때는 좀 더 크고 뜨거운 불똥이 탁탁 튀어 불이라도 날 것 같으면 다시 눈을 뜨기도 했다.

갑자기 불이 꺼질 위험도 전혀 없었다. 불은 작은 방 안의 문에 있는 유리창 틀, 그리고 유리창을 가로질러 쳐진 반쯤 열린 커튼에도 비칠 뿐 아니라 저 멀리 작은 가게에서도 반짝였기 때문이다. 그 작은 가게엔 상품들이 산더미처럼 쌓여 숨 쉴 공간도 없을 듯 빼곡했다. 상어의 위 못지않게 무엇이건 가득 먹어치우는, 작지만 지독하게도 게걸스럽게 먹어대는 가게였다. 치즈, 버터, 목재, 비누, 피클, 성냥, 베이컨, 순한 맥주, 밑단이 좁은 바지, 사탕 과자, 연, 새 모이, 차게 한 햄, 자작나무 빗자루, 화로를 닦는 마석, 소금, 식초, 검정 구두약, 훈제 청어, 문구, 돼지기름, 버섯 케첩, 코르셋 끈, 조각 빵, 셔틀콕, 달걀, 석필 등, 이 탐욕스러운 작은 가게의 그물에 걸려든 고기들이 하나같이 제 그물에 걸려 있었다. 얼마나 많은 각양각색의 자그만 상품들이 있는지 일일이 다 말하기는 어려운 일이었다. 둥글게 만 노끈, 양파 꾸러미, 몇 파운드의 양초, 양배추 망, 솔 이런 것들이 무슨 특별한 과일처럼 천장에 꾸러미째 매달려 있었다. 반면에 아로마 향을 풍기는 다양한 종류의 기이한 통들이 바깥문에 새겨진 안내문의 진실성을 보여주고 있었는데, 그 안내문은 사람들에게 이 작은 가게의 주인이 차, 커피, 담배, 후추와 코담배 판매 특허를 받은 상인임을 밝혀주고 있었다.

활활 타오르는 불길의 번쩍임과 가게 안에서 희미하게 불을 밝히고는 있지만 마치 과도한 연기가 폐에 가득 자리 잡고 있는 것마냥 가게 안에서 그을린 연기를 내면서 어둑하게 비추고 있는 두 개의 등잔불이 내는 빛 속에 드러난 이런 상품들을 힐끗 보고, 응접실 화롯가에 있는 두 사람의 얼굴 가운데 한 얼굴을 힐끗 보면서 총총이는 억센 노부인인 치킨스토커 부인을 알아차리는 데 조금 어려움을 느꼈다. 잡화점 분야에서 기반을 잡았다는 것을 알았을 때부터, 장부상으로 그에게 약간 박하게 굴던 그 시절부터 부인은 언제나 비만에 가까운 경향이 있었다.

그녀와 함께 있는 상대방의 생김새는 알아보기가 조금 더 어려웠다. 손가락 하나 정도는 너끈히 들어가고도 남을 것 같은 깊고 큰 주름이 있는 크고 넓은 턱, 부드러운 얼굴의 넉넉한 지방 속으로 더 깊이깊이 들어가라고 제 자신에게 충고하는 듯한 놀란 눈동자, 흔히 비염이라 불리는 코 기능의 저하로 인해 고통스러워하는 코, 짧고 두툼한 목과 힘겹게 오르내리는 가슴, 이렇게 묘사할 수 있는 다른 볼 만한 모습과 함께 얼핏 기억이 날 것도 같았지만 총총이는 이제까지 알고 지낸 어떤 누구라고도 딱히 정할 수는 없었다. 하지만, 알고 지냈던 사람들 가운데 몇몇을 떠올렸고, 마침내 잡화점 분야에서 그리고 뭔가 뒤틀리고 기이한 삶의 과정 속에서 치킨스토커 부인의 파트너가 된 그가 예전에 조지프 바울리 경의 심부름꾼이었던 자임을 알아보았다. 몇 년 전 채무 때문에 치킨스토커 부인을 찾아갔을 때 그를 들여보내주면서 부인과 은근한 관계를 드러내며 불행한 그에게 그토록 근엄하게 비난을 퍼부으며 몹시 흥분하던 바로 그 멍청한 심부름꾼이었다.

이미 수많은 변화들을 보았기 때문에 총총이는 이 같은 변화에 별다른 흥미를 느끼지 못했다. 하지만 때로 연상은 아주 강력해서 그는 부지불식간에 응접실 문 뒤를 보았다. 거기에는 통상 외상 고객의 청구서가 분필로 새겨져 있었다. 보니 거기에 그의 이름은 없었다. 몇몇 이름들이 있었지만 그에게는 낯선 이들이었고 과거보다는 말도 못할 정도로 줄어들어 있었다. 그 사실을 통해 총총이는 그 심부름꾼이 현금 거래의 옹호자였으며, 사업에 뛰어드는 순간부터 치킨스토커 부인의 채무 불이행자들을 굉장히 예리하게 주시해왔음을 알게 되었다.

총총이는 너무도 우울하고 쓸쓸해진 데다가 피폐해진 딸아이의 청춘과 희망을 생각하니 감당할 수 없는 슬픔이 밀려와 치킨스토커의 장부에 자기가 차지할 자리가 없다는 것조차 슬픈 일처럼 느껴졌다.

"오늘 밤은 어때, 앤?" 조지프 바울리 경의 옛 심부름꾼이 난롯불 앞에 두 다리를 쭉 펴고 양손이 닿을 수 있는 데까지 샅샅이 문지른 다음, 덧붙이듯 이렇게 말했다. "날씨가 안 좋아 나는 여기 있지만, 날씨가 좋다 해도 밖으로 나가긴 싫어."

"바람이 불고 진눈깨비가 심하게 내려요." 그의 아내가 대답했다. "위험한 눈이에요. 어둡고 춥기도 몹시 추워요."

"머핀이 있다고 생각하니 기쁘네." 예전의 심부름꾼은 스스로 생각해도 위안이 되는 듯 말했다. "머핀 생각이 나는 밤이거든. 게다가 크럼핏 케이크에 구워 먹는 과자 생각도 나는군."

예전의 그 심부름꾼은 자신이 했던 선행을 곰곰이 소환하듯 계속해서 음식 이름을 하나씩 말했다. 하나하나 음식 이름을 말하고 나서는 아까처럼 퉁퉁하게 살찐 자기 다리를 문질러대면서 무릎을 홱 당겨 아직 다 데우지 못한 데를 화롯가에 가져다 대고 누가 자기를 간질이기라도 한 듯 킬킬댔다.

"터그비, 당신 오늘 기분이 좋군요." 그의 아내가 말했다.

상점 이름이 터그비였다. 치킨스토커에게 애도를.

"아니야." 터그비가 대답했다. "특별히 그런 건 아니야. 그저 조금 흥분한 것뿐이지. 머핀이 아주 안성맞춤으로 나왔군!"

그 말을 하면서 갑자기 킬킬거리더니 얼굴색이 새카맣게 변하고, 급기야 퉁퉁한 두 다리를 허공으로 기이하게 뻗고 버둥대면서 얼굴마저 창백해진 채 한바탕 야단법석을 떨었다. 터그비 부인이 등을 냅다 후려치고 큰 병을 흔들어대듯 그의 몸을 야단스레 흔들어대고 나서야 그의 두 다리가 좀 편하게 내려앉았다.

"오, 이런, 이런, 주여, 자비를 베푸셔서 이 사람을 살려주소서!" 터그비 부인이 공포에 휩싸여 소리를 질러댔다. "대체 뭘 하다 그런 거예요?"

터그비는 눈을 훔쳐대며 들릴 듯 말 듯 그저 조금 흥분했을 뿐이라는 말만 되풀이했다.

"다시는 그러지 말아요, 제발." 터그비 부인이 말했다. "당신이 그렇게 몸부림치는 걸 보고 제가 놀라 자빠지길 바라는 게 아니라면, 다시는 그러지 말아요!"

터그비는 다시는 안 그러겠노라고 대답했다. 그의 삶 전체는 투쟁이었다. 하지만 끊임없이 잦아지는 헐떡이는 숨소리와 점점 더 짙은 자줏빛이 되어가는 얼굴색을 보고 판단하자면, 그 투쟁에서 그는 언제나 최악을 선택하고 있었다.

"바람 불고 진눈깨비 날리고 위험한 눈도 내리고, 게다가 어둡고 몹시 춥기도 하다, 그렇다 말이지, 여보?" 터그비가 화롯불을 바라보며 말했다. 그는 언제 그랬냐는 듯 이내 더할 수 없이 기분 좋은 상태로 되돌아가 있었다.

"정말 안 좋은 날씨예요." 아내가 고개를 가로저으며 대답했다.

"아, 아! 그런 점에서 세월이란 꼭 기독교인 같소." 터그비가 말했다. "어떤 해는 어렵게 어렵게 가고 어떤 해는 수월하게 가지. 올해도 며칠 안 남았다고 열심히 분투하고 있지. 그래서 더 마음에 들지. 손님이 왔네, 여보!"

삐걱대는 문에 온 신경을 기울이고 있던 터그비 부인은 벌써 몸을 일으켰다.

"자," 작은 가게로 나가며 부인이 물었다. "뭘 원하시나요? 오! 정말 죄송합니다. 당신이라고는 생각도 못 했군요."

부인이 검은 옷을 입은 신사에게 사과했다. 그 신사는 소매 끝을 접어올리고 모자는 한쪽으로 비스듬하게 젖혀 쓴 채 양손은 주머니에 찔러 넣고 맥주 통 옆에 비스듬히 앉아 고개를 끄덕이며 답했다.

"별로 반갑잖은 일로 왔어요. 이층 문제 말입니다, 터그비 부인." 신사가 말했다. "그 사람은 목숨을 부지할 수 없어요."

"뒤쪽 고미다락방에서는 안 돼요!" 터그비가 방에서 나와 가게로 들어와 끼어들며 소리쳤다.

"뒤쪽 고미다락방은 말이오, 터그비 씨," 신사가 대답을 했다. "빠르게 내려앉고 있어요. 곧 지하실보다 낮아질 게요."

그 신사는 터그비와 부인을 번갈아 보면서 통에 맥주가 얼마나 들었는지를 확인하듯 주먹으로 맥주통을 퉁퉁 울려보고 통 안의 맥주 양을 짐작하고는 통의 빈 부분에 연주하듯 소리를 냈다.

"뒤쪽 고미다락방은 말이오, 터그비 씨." 신사가 잠시 멈췄다가 말을 이었다. 터그비는 놀라서 한동안 말없이 서 있기만 했다. "내려앉고 있소."

터그비가 아내 쪽을 보면서 말했다. "그렇다면 그 사람도 죽기 전에 떠나야만 하겠군."

"그렇다고 당신이 그 사람을 옮길 수 있을 것 같지도 않소." 고개를 가로저으며 신사가 말했다. "나 또한 그럴 수 있다고 책임지고 말하지는 못 하겠소. 그냥 있는 곳에 놔두는 게 좋겠소. 어차피 오래 못 살 테니."

"그게 아내와 나, 우리가 지금까지 계속 해온 유일한 대화의 주제랍니다." 터그비가 요란스럽게 쿵쾅거리며 버터 무게를 재는 저울을 들고 내려와 카운터에 놓고는 그 위에다 움켜쥔 자기 주먹을 얹으며 말했다. "자, 결과를 봐! 결국 그 사람은 여기서 죽어가고 있어. 이 건물에서. 우리 집에서 죽어가고 있단 말이오!"

"그러면 대체 어디서 그가 죽었어야 한단 말이에요, 터그비?" 아내가 큰 소리로 물었다.

"구빈원이지. 그러라고 구빈원이 있는 것 아닌가?" 그가 답했다.

"그러라고 있는 게 아니에요." 터그비 부인이 대차게 대답했다. "그러라고 있는 게 아니라구요! 그러라고 내가 당신과 결혼한 것도 아니고요. 그런 생각은 꿈도 꾸지 말아요. 터그비. 전 그걸 받아들일 수 없어요. 허락하지도 않을 거예요. 그렇게 되면 먼저 당신과 헤어져 다시는 얼굴도 보지 않을 거예요. 여러 해 동안 과부가 된 내 이름이 저 문 위에 떡 하니 걸려 있었을 때, 이 집이 치킨스토커 부인의 집이라고 널리 알려졌을 때, 정직한 신용과 훌륭한 평판으로만 알려지게 되었을 때, 과부가 된 내 이름이 저 문 위에 걸려 있었던 그때 터그비, 나는 잘생기고, 확고하고, 남자답고 독립적인 청년인 저 사람을 알았어요. 그때 그녀는 최고로 성격 좋고 아름다운 모습인 것도 알았고요. 그녀의 아버지도 알았어요. (가여운 사람, 비몽사몽간에 종탑을 걷다가 떨어져 목숨을 잃고 말았지요.) 이 세상에 숨 쉬고 살아간 어느 누구보다 소박하고 최고로 부지런하고 어린아이 같은 순진한 마음을 가졌던 사람. 내가 만약 저 사람들을 집에서 쫓아내면 천사들이 나를 천국에서 내쫓을 거예요. 그러니 나를 좀 제대로 도와요!"

세월 따라 변해가기 전에는 통통하고 보조개도 있었던 그녀의 나이 든 얼굴이 이 말을 하는 동안은 환하게 빛나는 것 같았다. 그녀가 손수건으로 눈물을 닦아내면서 터그비를 향해 고개를 흔들며 그건 쉽사리 반대할 수 없는 일임이 분명하다는 확고한 표정을 짓자, 터그비는 "그녀에게 축복을! 그녀에게 축복을!"이라는 말만 되풀이했다.

그때 총총이는 두근거리는 가슴으로 다음엔 무슨 말이 나올까 듣고 있었다. 아무것도 제대로 알 수는 없지만 그들은 멕에 대해 이야기하고 있었다.

응접실에서는 조금 흥분 상태였던 터그비가 가게에서는 상당히 의기소침한 모습으로 균형을 맞추고 대답할 엄두도 내지 못한 채 아내를 똑바로 바라보고 있었다. 하지만 갑작스럽게 도벽이 도져서인지 아니면 미리 뭔가를 준비하는 차원에서인지 눈으로는 그녀를 보면서 금고의 돈을 몽땅 자기 주머니에 슬쩍 집어넣었다.

가난한 이들의 의료 문제에 대해서는 권위를 부여받은 주치의처럼 보이는 맥주통 위의 그 신사는 이 부부의 사소한 견해 차이에는 분명히 아주 익숙한 듯 아무런 간섭도 하지 않고 있었다. 그는 두 사람의 논쟁이 완전히 가라앉아 조용해질 때까지 나지막이 휘파람을 불면서 통의 꼭지에서 떨어지는 작은 맥주 방울들의 방향을 바닥으로 바꾸고 있었다. 이윽고 두 사람의 말이 멈추고 조용해지자 그는 고개를 들어 최근까지만 해도 치킨스토커 부인이었던 터그비 부인에게 말했다.

"아직까지도 그 여인에 대해 흥미로운 점이 있기는 있지요. 그런데 도대체 어떻게 그와 결혼한 거랍니까?"

"그게 그녀에 관한 이야기 가운데 적잖게 잔인한 점이지요." 그녀가 의자를 끌어당겨 앉으며 대답했다. "아시지만 그녀와 리처드는 아주 오랫동안 사귀어왔답니다. 젊고 아름다운 커플이었을 때 모든 게 다 정해졌지요. 둘은 새해 첫날에 결혼하기로 되어 있었답니다. 하지만 어찌된 영문인지 리처드는 자기가 더 나은 결정을 내릴 수도 있을 것이며, 결혼하고 나면 곧장 후회할 수도 있고, 그녀도 그때가 되면 지금처럼 아름답지 않을 수도 있고 하니 혈기 왕성한 청년이 결혼할 까닭이 전혀 없다고 꼬드긴 그 신사의 말을 곰곰이 생각하게 된 거지요. 게다가 그 신사는 멕에게도 마찬가지로 두려워할 만한 말을 해서 그녀를 우울하게 하면서, 리처드가 그녀를 떠날 수 있다고 겁도 주고, 그녀가 낳을 아이들은 단두대에 오르게 될 뿐 아니라 사악한 남편과 아내, 아니 그보다 더한 존재들이 될 것이라고 잔뜩 겁을 주었지요. 그러다 보니 두 사람은 머뭇거리게 되었고 그러는 사이 믿음이 깨져서 마침내 두 사람의 결혼까지 없던 일이 되고 말았지요. 하지만 잘못은 남자에게 있었어요. 그녀는 아주 기쁘게 결혼할 수도 있었을 거예요. 나는 그런 일이 있은 다음에도 여러 번 그가 아무렇지도 않은 듯 의기양양하게 그녀 앞을 지나갈 때면 그녀의 가슴이 부풀어 오르는 것을 봤지요. 세상의 어떤 여자도 처음에 리처드가 잘못되었을 때 그녀가 슬퍼했던 것보다 더 슬퍼할 수는 없을 거예요."

"아! 그가 잘못되었군요, 그렇군요?" 맥주통의 뚜껑을 열고 그

안을 들여다보려고 애를 쓰던 신사가 물었다.

"그 사람이 정확히 무슨 생각을 했는지는 나도 몰라요. 그저 서로 갈라선 것으로 인해 그 사람 마음이 아팠으리라는 건 압니다. 그런 말을 했던 신사에게 부끄러운 생각만 안 들었더라도, 또 어쩌면 그녀가 어떻게 받아들일까 확신할 수만 있었더라도, 그 사람은 멕의 약속을 얻고 멕의 손을 다시 잡기 위해 어떤 시련과 고통이라도 견뎌냈을 겁니다. 저는 그렇게 믿어요. 물론 그가 그렇게 말한 적은 없지요. 그게 더 안된 일이지요! 정말 더 안타까운 일이예요! 그는 술을 마셔대고 허송세월을 하면서 평판이 안 좋아지기 시작했지요. 자기가 꾸릴 수 있었던 가정에 비하면 그런 것들이 뭐 그리 엄청나게 멋진 것이라고 할 수 있을까요. 하여튼 그는 모든 것을 잃었지요. 외모, 좋은 성격, 건강, 힘, 친구들, 그리고 일자리까지. 말 그대로 모든 걸 다 잃었어요!"

"그가 모든 걸 다 잃은 건 아니라오, 터그비 부인." 신사가 대꾸했다. "왜냐하면 말이오, 결국 아내를 얻었잖소. 대체 어떻게 그녀를 아내로 얻었는지 알고 싶소."

"지금 막 그 이야기를 하려던 참입니다. 그렇게 몇 년이 지났어요. 그는 점점 더 나락으로 떨어져 갔고, 그녀는, 오, 가엾기도 하지! 온갖 불행들을 참고 또 참으면서 인생을 소진해가고 있었지요. 마침내, 그는 완전히 망가져 구제불능이 되어버리는 통에 누구도 그를 데려다 쓰거나 아는 체하지를 않게 되었지요. 어디를 가건 그에게 주어지는 기회는 없었어요. 여기저기 이 집 저 집 다니면서 애원도 하다가 그를 어떻게든 써보려고 그렇게 자주 애쓰던 한 신사에게 백 번째 찾아갔지요. 어쨌건 그는 끝까지 일꾼으로서는 훌륭했으니까요. 하지만 그가 지내온 내력을 다 알고 있던 신사는 '나는 자네가 이제 더는 가망이 없다고 생각하네. 이세상에서 자네를 바로잡을 가능성이 있는 사람은 딱 한 사람뿐이지. 그녀가 자네를 믿기 전까지는 나에게 자넬 믿으라는 말은 더이상 말게.' 그렇게 말했지요. 화도 나고 당황스럽기도 한 그 신사가 아마 그 비슷한 말을 했다지요."

"아! 그래서요?" 신사가 물었다.

"그가 그녀에게 갔지요. 가서 무릎을 꿇었지요. 그랬다고들 하더군요. 하여간 가서 자기를 구해달라고 애원을 했다고 하더군요."

"그녀의 반응은? 그렇게 비통해하지 마시고요, 터그비 부인."

"그날 밤 그녀가 나를 찾아와 이곳에서 살아도 되겠냐고 물었어요. '과거의 그 사람은 과거의 저와 함께 무덤 속에 나란히 묻혔어요. 하지만 그 생각을 품고서라도 시도는 해보려고 해요. 그사람을 구할 수 있다는 희망을 가지고요. 새해 첫날에 결혼하기로 되어 있었던 낙천적인 소녀의 사랑을 위해 (그녀가 어떤 사람인지 기억하시지요?) 그리고 그녀의 리처드를 위해.' 그러더니 그녀가 말하길 리처드가 릴리언에게 갔다가 자기한테 왔다며, 릴리언은 그를 믿었다고, 자기는 그 사실을 잊을 수가 없다고 하더군요. 그렇게 그들은 결혼을 하고, 여기 이 집에 왔지요. 그때, 나는 두 사람을 보았어요. 나는 젊을 때 그들을 헤어지게 했던 예언같은 것들이 이 경우처럼 그렇게 자주 이루어지지 않기를 바랐어요. 그랬더라면 내가 그들을 위한 금광이 되지는 않았을 겁니다."

신사는 술통에서 손을 떼고 기지개를 켠 다음 물었다.

"결혼하자마자 그가 여자를 못살게 굴었겠군요?"

"그랬다고는 전혀 생각하지 않아요." 터그비 부인이 고개를 가로저으며 눈물을 훔치며 대답했다. "그도 잠깐 동안은 좀 나아졌어요. 하지만 너무 오래 강하게 몸에 밴 습관이라 없애기가 힘들었지요. 조금씩 타락하는가 싶더니 아주 급속도로 나빠졌어요. 그때 아주 심한 병이 났지요. 내 생각에 그는 언제나 그녀를 불쌍하게 여겼어요. 틀림없이 그랬어요. 발작하듯 온몸을 떨고 울면서 그녀의 손에 키스하던 그의 모습을 본 적이 있지요. '맥'이라고 그녀를 부르는 것을 들었는데, 그녀의 열아홉 살 생일날이었어요. 지금 그는 몇 달째 저렇게 누워 있지요. 그와 아기 사이에서 그녀는 예전에 그녀가 하던 일을 할 수가 없었지요. 규칙적으로 일을 할 수가 없으니 결국 일거리를 잃게 되었지요. 사실 그녀가 일거리를 받을 수 있었다 하더라도 계속할 수는 없었을 거예요. 그러니 그들이 어떻게 입에 풀칠을 하고 살아왔는지 도대체 불가사의한 일이에요!"

"그렇게 된 거군." 터그비 씨가 돈궤와 가게, 그리고 아내를 둘러보며, 뭔가 엄청난 깨달음을 얻기나 한 듯 고개를 끄덕이며 말했다. "싸움닭들처럼!"

그때 집 위층에서 울음소리가, 슬피 우는 소리가 들려왔다. 신사가 서둘러 문 쪽으로 갔다.

"이보시오, 친구." 그가 뒤돌아보며 말했다. "저 사람을 치워야 할지 말아야 할지 걱정할 필요가 없겠소. 당신이 그런 수고를 하지 않아도 되도록 저 친구가 해준 것 같소. 틀림없소."

그 말과 함께 그는 계단을 달려 올라갔고, 그 뒤를 터그비 부인이 쫓아갔다. 그러는 동안 터그비 씨는 숨을 헐떡이며 투덜투덜 느긋하게 두 사람을 따라갔다. 거북할 정도로 가득한 동전의 무게 때문에 평소보다 훨씬 더 숨이 가빠진 상태였다. 총총이는 옆의 아이와 함께 그저 공기처럼 계단을 흐르듯 날아 올라갔다. "그녀를 따라가! 그녀를 따라가! 그녀를 따라가!" 계단을 올라갈 때 그는 계속해서 이렇게 소리치는 유령의 목소리를 들을 수 있었다. "네가 가장 소중하게 여기는 사람에게서 배워!"

다 끝났다. 다 끝났다. 저기 그녀가 있다. 아버지의 자랑이자 기쁨인 그녀가! 그걸 침대라고 부를 수 있는지는 모르겠으나 침대 옆에서 수척하고 불쌍한 그 여인이 흐느껴 울면서 한 아이를 가슴에 안은 채 머리를 떨구고 있었다. 얼마나 야위고, 병약하고, 불쌍한 아이였던지! 얼마나 소중한 아이였던지!

"하느님, 감사합니다!" 꼭 쥔 두 손을 들어 올리며 총총이가 외쳤다. "오, 하느님 감사합니다! 그녀가 아이를 사랑하는군요!" 이들을 매일 보고, 이들이야말로 서류 담당의 통계에 조금도 중요하지 않은 인물들—그저 그런 산술적 계산 작업에 발생하는 단순한 오류들—이라는 것을 알고 있었지만 지금은 도리 없이 그보다 더 몰인정하고 무심해진 그 신사는 더 이상 뛰지도 않는 가슴에 그의 손을 얹고 숨소리에 귀를 기울이더니 말했다. "이 사람의 고통도 이제 끝났소. 이게 차라리 더 낫소!" 터그비 부인은 친절하게 멕을 달래려고 애를 쓰고 터그비는 무언가 철학적인 태도를 띠고 싶어했다.

"자, 자!" 손을 주머니에 찌른 채 그가 말했다. "알겠지만, 절대 포기해서는 안 돼. 그래서는 안 돼. 싸워야만 해. 내가 문지기였을 때, 여섯 대나 되는 대형 마차가 하룻밤에 문 앞에 들이닥쳤는데 그때 내가 무너져 내렸다면 내가 뭐가 되었겠어! 하지만 나는 내 정신을 잃지 않고 단단히 버틸 수 있었지!"

총총이는 다시 목소리들이 외치는 소리를 들었다. "그녀를 따라가!" 그가 안내자를 향해 고개를 돌렸을 때 그는 허공으로 솟아올라 사라지고 있었다. "그녀를 따라가!" 그 말과 함께 그 아이의 영혼은 사라졌다.

그는 멕의 곁에서 맴돌며 발아래 앉아 옛 모습을 찾을 수 있을까 하며 그녀의 얼굴을 올려다보고, 예전의 그 상냥한 목소리를 찾아 귀를 기울였다. 그러다 아이 주변을 맴돌았다. 그토록 병약하고 나이에 걸맞지 않게 조숙해 보이는 데다 뭔가 심상치 않은 분위기 때문에 너무나 겁을 먹고 있는, 힘도 없고 구슬프게 내는 불행한 울음소리 속에 너무도 애처로운 그 아이.

그는 그 아이를 거의 섬기듯, 멕의 유일한 보호자이자 그녀를 견딜 수 있게 해주는 마지막 고리인 그 아이에게 딱 붙어 있었다. 그는 아버지로서 희망과 믿음을 그 연약한 아이에게 걸고 그 아이를 팔에 안고 있는 멕의 표정을 하나도 놓치지 않고 지켜보면서 수도 없이 소리쳤다. "멕은 저 아이를 사랑해! 신이여, 감사합니다. 멕은 저 아이를 사랑해!"

그는 그 여인이 밤에 멕을 돌보는 것을 보았다. 인색한 그녀의 남편이 잠들고 온 사방이 고요해졌을 때 멕에게 다시 돌아와 용기를 주고 함께 눈물을 흘리고 먹을 것을 그녀 앞에 놓아주었다. 그렇게 날이 밝고 다시 밤이 되었다. 또다시 낮과 밤이, 시간이 흘러갔다. 죽음의 집은 죽음의 공포에서 벗어났고, 방에는 멕과 아이만 남아 있었다. 아이가 슬피 우는 소리가 들렸다. 아이가 멕을 성가시게 하고 피곤에 지치게 하는 것을 보았다. 멕이 지쳐 깜빡 선잠이 들었을 때 다시 정신을 차리게 하고 그 작은 양손으로 그녀를 힘들게 하는 것을 보았다. 하지만 멕은 한결 같았다. 언제나 상냥하게 모든 것을 참아냈다. 그 인내라니! 그녀의 가슴과 영혼 가장 깊숙한 곳에 사랑스러운 모성이 자리 잡고 있어서 아직 태어나기도 전 품고 있을 때처럼 그 아이의 영혼과 그녀의 영혼이 하나로 결합되어 있기라도 한 듯했다.

그러는 내내 그녀는 궁핍한 생활을 하고 있었다. 그녀를 속박하는 끔찍한 가난 속에서 시들어가고 있었다. 아기를 팔에 안고 여기저기 다니며 일자리를 찾았다. 아기의 야윈 얼굴을 무릎에 누이고 그녀의 얼굴을 쳐다보는 아기를 보면서 몇 푼 안 되는 돈을 벌기 위해 어떤 일이라도 했다. 손에 들어오는 동전만큼 노동의 나날들이 시곗바늘에 새겨졌다. 그녀가 아기에게 짜증을 내거나 무시하거나 혹은 단 한순간이라도 증오하는 눈빛을 보였다면, 갑작스럽게 격분하여 아이를 때리기라도 했다면! 하지만 그런 일은 없었다. 그의 마음에 위안이 되었던 것은 그녀가 아이를 언제나 사랑한다는 것이었다.

그녀는 누구에게도 자신이 처한 곤경에 대해 이야기하지 않고 낮에만 집 밖으로 다녔다. 유일한 친구인 터그비 부인이 궁금해하지 않게 하려는 마음 때문이었다. 그녀에게 받은 어떤 도움도 결국에는 그녀와 남편 사이에 새로운 다툼의 불씨가 되었기 때문이다. 그녀 자신이 그토록 많은 신세를 지고 있는 집과 가정에 매일매일 분란과 불화의 원인이 된다는 것은 가슴 쓰린 일이었다.

여전히 그녀는 아이를 사랑하고 있었다. 아니 더욱더 사랑했다. 하지만 그 사랑에 변화가 생겼다. 어느 날 밤이었다.

그녀는 잠자는 아이에게 조용히 자장가를 불러주면서 아이를 달래려고 이리저리 왔다 갔다 하고 있었다. 그때 문이 조용히 열리더니 한 남자가 들어왔다.

"마지막으로 왔소." 그가 말했다.

"윌리엄 펀!"

"마지막이오."

그는 마치 쫓기는 사람처럼 속삭이듯 말했다.

"마거릿, 이제 나는 거의 끝난 것 같소. 당신과 작별의 인사도 없이 끝낼 수는 없었소. 고맙다는 말도 한마디 없이 그럴 수는 없었다오."

"당신 무슨 일을 하신 거예요?" 그녀가 겁에 질린 표정으로 그를 보며 물었다.

그는 대답은 하지 않고 그녀를 빤히 쳐다보았다.

잠깐 동안의 침묵이 흐른 뒤, 그는 그녀의 질문을 밀치기라도 하듯, 털어내기라도 하듯 조용하라는 손짓을 하고 말했다.

"이젠 오래전이오, 마거릿. 그런데 내 기억 속에서는 꼭 그날처럼 생생해요. 그땐 이런 생각은 거의 하지 못했지만." 주위를 둘러보며 그가 덧붙였다. "우리가 이렇게 만나리라고는. 당신 아이요, 마거릿? 한번 안아보게 해줘요. 당신 아이 내가 한번 안아보고 싶소."

그는 모자를 벗어 바닥에 놓고 아이를 받아 안았다. 아이를 안는 그의 온몸이 떨렸다. 머리에서 발끝까지.

"여자아이요?"

"예."

그는 아기의 자그만 얼굴을 자신의 손으로 가렸다.

"내가 얼마나 나약해졌는지 모르겠소, 마거릿. 이 아기를 보는데 용기가 필요하니 말이오! 잠깐만 이대로 두구려. 다치게 하지는 않을 거요. 오래전이네, 그런데, 아이 이름은 뭐요?"

"마거릿이에요." 그녀가 얼른 대답했다.

"그렇다니 기쁘군. 그렇다니 기뻐!" 그의 마음이 훨씬 더 편안해진 것 같았다. 잠깐 가만 있던 그가 손을 치우며 아이의 얼굴을 쳐다봤다. 하지만 곧 아이의 얼굴을 다시 가렸다.

"마거릿!" 그가 아이를 다시 돌려주며 말했다. "이 아이는 릴리언의 얼굴이오."

"릴리언의 얼굴이라고요!"

"릴리언의 엄마가 그녀를 남겨두고 죽었을 때 내가 팔에 안았던 얼굴과 똑같은 얼굴이오."

"릴리언의 엄마가 그녀를 남겨두고 죽었을 때요!" 그녀가 같은 말을 격하게 되풀이했다.

"그렇게 날카롭게 고함을 지르다니! 왜 그렇게 나를 빤히 쳐다보는 거요? 마거릿!"

그녀는 의자에 풀썩 주저앉으면서 아기를 가슴에 꼭 껴안고는 흐느껴 울기 시작했다. 때로는 마음을 졸이며 품안의 아이 얼굴을 바라보았다. 그러더니 다시 가슴에 끌어안았다. 그렇게 그녀가 아기를 빤히 쳐다보고 있을 때, 무언가 격렬하고 끔찍한 어떤 감정이 그녀의 사랑에 뒤섞이기 시작했다. 그녀의 늙은 아버지가 움찔한 것이 바로 그때였다.

"그녀를 따라가!"라는 소리가 온 집 안에 울렸다. "네가 가장 소중하게 여기는 아이에게서 배워라!"

"마거릿." 퓐이 몸을 굽혀 그녀의 이마에 입을 맞췄다. "마지막으로 당신에게 감사하오. 잘 자요. 안녕히! 내 손을 잡고 말해줘요. 이 시간 이후로 나를 잊겠다고, 내 마지막 모습은 여기 이 모습이라고 생각해줘요."

"대체 무슨 일을 한 거예요?" 그녀가 재차 물었다.

"오늘 밤에 화재가 있을 거요." 그녀로부터 멀어지며 그가 말했다. "올 겨울에는 화재가 많이 일어날 거요. 어두운 밤을 밝히는 화재들이 동, 서, 남, 북에서 모두. 먼 하늘이 붉게 변한다면 거기 불이 활활 타오르는 거요. 먼 하늘이 붉게 변하는 걸 보면 더 이상 내 생각을 하지 말아요. 먼 하늘이 붉게 변하는 걸 보면, 내 마음속에 어떤 지옥불이 활활 타고 있었는지를 기억하고 그 불길이 구름 속에 비치는 걸 보는 거라고 생각해요. 잘 자요. 안

녕히!"

그녀가 그를 불렀지만 그는 떠났다. 그녀는 망연자실한 채 앉아 있었다. 얼마나 있었을까, 그녀는 아기가 깨우는 통에 배고픔과 한기를 느끼며 일어났다. 어두웠다. 그녀는 아이를 데리고 밤새 아이의 울음을 달래며 그 방을 왔다 갔다 했다. 그러다 걸음이 멈출 때면 이렇게 중얼거렸다. "릴리언의 엄마가 릴리언을 남겨두고 죽을 때 그때 릴리언의 얼굴 같다고!" 그녀가 그 말을 할 때면 언제나 걸음은 왜 그리 빨라지고, 눈은 또 왜 그리 사납게 변하고, 그녀의 사랑은 왜 그리 격렬하고 끔찍했을까?

"하지만, 그건 사랑이었어." 총총이가 말했다. "그건 사랑이야. 그녀는 결코 저 아이에 대한 사랑을 멈추지 않을 거야. 오, 가엾은 멕!"

다음 날 아침 그녀는 아기에게 평상시와는 다르게 옷을 차려입혔다. 그처럼 지저분한 옷에 아무리 신경 써봐야 다 헛된 것이긴 하지만! 그러고는 어떻게든 살아볼 방도를 찾아보려고 했다. 그 날은 가는 해의 마지막 날이었다. 그녀는 밤 늦게까지 애를 썼다. 한 끼도 먹지 못하고. 그러나 다 소용없었다.

그녀는 눈 속에서 꾸물거리는 비참한 무리들과 뒤섞여 다녔는데, (산상수훈에 따른 것이 아닌 합법적인) 공적 자선을 베풀도록 임명받은 한 경관이 그들을 불러 이것저것 질문을 한 다음 어떤 사람에게는 "저쪽으로 가"라고, 또 다른 사람에게는 "다음 주에 와"라고 하고, 비참하게 만들어 이리저리, 이 손 저 손, 이 집 저 집 보내다가 마침내 지쳐 쓰러져 죽게 만들거나 아니면 벌떡 일어나 훔치기 시작하고, 결국 그렇게 더 대단한 종류의 범죄자가 되게 만들었다. 그의 요구는 조금도 지체해서는 안 되는 것이었다. 그렇게 그녀는 도움을 받지 못했다.

그녀는 아이를 사랑했고 따라서 그 아이가 자신의 가슴에 안겨 있기를 원했다. 그것으로 충분했다.

밤이었다. 황량하고 어둡고 살을 에는 듯 추운 밤이었다. 아이가 따뜻하도록 가슴에 꼭 끌어안고 그녀는 자신의 집이라고 부르는 그 집 밖에 도착했다. 너무 힘이 없고 어지러웠던 그녀는 문간에 사람이 서 있다는 것을 까맣게 모른 채 문에 다가가 들어가려고 했다. 그 순간 입구를 가득 채운 채 가로막고 서 있는ㅡ그의 체구라면 그건 어려운 일이 아니었다ㅡ집주인이 보였다.

"오! 돌아왔군." 그가 부드럽게 말했다.

그녀는 먼저 아이를 한 번 보고 고개를 가로저었다.

"세도 안 주고 이 집에 너무 오래 살고 있다는 생각은 안 들어? 한 푼도 없이 이 가게에 너무 자주 드나드는 손님이라는 생각은 안 들어?" 터그비가 따지듯 물었다.

그녀는 조금 전처럼 무언의 호소만 되풀이했다.

"다른 데를 좀 찾아보려는 노력을 하도록 해봐." 그가 계속 말을 이었다. "다른 묵을 곳을 좀 찾도록 해봐. 제발! 설마 그럴 수 없다고 생각하는 건 아니겠지?"

그녀가 나지막한 목소리로 너무 늦었다고, 내일, 이라고 대답했다.

"이제야 알겠네, 당신이 원하는 게 뭔지." 터그비가 말했다.

"이제 당신의 의도를 알겠어. 알다시피 이 집엔 당신에 관해서는 의견이 다른 둘이 있소. 당신은 그 둘 사이를 갈라놓는 걸 즐기고 있소. 나는 더 이상의 분란은 원치 않소. 나는 지금 분란을 피하기 위해 조용히 말하고 있는 거요. 하지만 당신이 떠나지 않는다면 나는 큰 소리를 낼 수밖에 없고 그러면 당신도 목청을 높이지 않을 수 없을 거요. 그래도 당신은 들어올 수 없어요. 그게 내 결정이오."

그녀는 머리를 뒤로 젖히면서 갑자기 하늘을 쳐다보았다. 어둡고 먼 찌푸린 하늘을.

"오늘은 올해의 마지막 날이지. 나는 당신이나 혹 다른 누구의 편의를 봐주느라 악한 감정과 다툼, 소동을 새해까지 끌고 가고 싶지는 않아." 친구이며 아버지 같은 인물인 소매상 터그비가 말했다. "새해까지 그런 행동들을 계속하는 당신 스스로가 부끄럽지 않은지 궁금하군. 이 세상에서 할 일이라고는 그저 실패하고 부부 사이에 분란이나 일으키는 것뿐이라면 차라리 없는 게 나아요. 썩 꺼져요."

"그녀를 따르라! 절망으로!"

노인은 다시 그 목소리를 들었다. 위를 올려다보자 그 형상들이 허공에 맴돌면서 어두운 거리 저 아래 그녀가 간 곳을 가리키고 있었다.

"그녀는 아기를 사랑해!" 그가 고통스럽게 그녀를 위해 간청하듯 소리쳤다. "종들이여! 그녀는 저 아이를 아직 사랑합니다!"

"그녀를 따르라!" 유령은 그녀가 선택한 길 위로 구름처럼 휩

쓸고 지나갔다.

그는 함께 쫓아갔다. 그녀 곁에 가까이 거리를 유지했다. 그녀의 얼굴이 보였다. 그 눈에 사랑과 흥분이 뒤섞인 사납고 무서운 표정이 나타났다. 그녀가 말하는 소리가 들렸다. "릴리언 같다고! 릴리언처럼 변하겠지!" 그녀의 걸음이 두 배나 빨라졌다.

아, 그녀를 깨닫게 해줄 무엇이 있다면! 다정한 회상을 불타오르게 해줄 어떤 광경, 어떤 소리, 혹은 어떤 향기가 있다면! 과거에 대한 기분 좋은 이미지라도 그녀 앞에 나타날 수 있다면!

"내가 저 아이의 아버지였어요! 내가 저 애의 아버지였어요!" 허공을 날고 있는 어두운 유령들에게 손을 뻗치며 노인이 외쳤다. "저 아이와 내게 자비를 베풀어주세요! 어디로 가는 겁니까? 되돌아오게 해주세요! 나는 저 아이의 아버지였습니다!"

하지만 유령들은 서둘러 가는 그녀를 가리키면서 말했다. "절망으로! 너에게 가장 소중한 존재로부터 배워라!" 수백 명의 목소리가 그 소리를 메아리처럼 울려댔다. 대기가 그 말들이 퍼져가는 소리로 가득했다. 숨을 들이쉴 때마다 그 말들을 들이마시는 것 같았다. 어디에서나 그 말이 있어서 피할 길이 없었다. 그녀는 여전히 서둘러 가고 있었다. 눈에서는 여전히 같은 빛을 보이고, 입에서도 같은 말을 던지며. "릴리언 같다고! 릴리언같이 변한다고!" 그러더니 갑자기 그녀가 걸음을 멈췄다.

"이젠 그만 그녀를 되돌려주세요!" 백발의 머리를 쥐어뜯으며 그가 소리쳤다. "내 아가! 멕! 되돌려주세요! 위대한 아버지시여, 그녀를 돌아오게 해주세요."

그녀는 자신의 엉성한 숄로 아기를 따뜻하게 감쌌다. 열나는 것처럼 뜨거운 그녀의 손으로 아기의 사지를 주무르고, 아기의 얼굴을 어루만지고 아기의 초라한 차림새를 매만졌다. 다시는 아기를 버리지 않겠다는 듯 쇠약한 팔로 아기를 꼭 끌어안았다. 그녀의 메마른 입술로 최후의 번민과 영원히 지속될 사랑의 고뇌를 담아 아기에게 입을 맞추었다.

아기의 고사리손을 목에 올려 꼭 붙잡게 하고 괴로운 마음으로 품 안에 아기를 안은 채 아기의 잠든 얼굴을 자신의 얼굴에 댔다. 가까이, 한결같이. 그러고는 강이 있는 쪽으로 빠르게 걸어갔다.

넘실거리며 빠르게 흐르는 어두운 강으로. 그곳에는 그녀보다 먼저 피난처를 찾았던 많은 사람들이 품었던 칠흑처럼 어두운 마지막 상념들 같은 겨울밤이 곰곰이 생각에 잠겨 앉아 있었다. 둑 위로 여기저기 서 있는 등불들이 그곳에서 불타고 있는 횃불처럼 죽음으로 이르는 길을 비추며 음울하게, 붉게, 흐릿하게 빛나고 있었다. 그 깊고 알 수 없는 우울한 그늘에는 살아 있는 사람의 거처가 드리운 그림자의 흔적이라고는 볼 수가 없었다.

강으로! 바다로 빠르게 흘러가는 강물처럼 빠르게 그녀의 걸음은 그 영원의 입구로 향하고 있었다. 그녀가 자기 앞을 지나갈 때 그는 그 어두운 땅으로 내려가 그녀를 만지려고 했다. 그러나 격렬하게 화를 내는 형상이, 맹렬하고도 지독한 사랑이, 모든 인간을 막아서고 잡아끄는 절망이 바람처럼 그를 휩쓸고 지나갔다.

그는 그녀를 따라갔다. 절망적으로 몸을 던지기 전에 그녀가 잠깐 걸음을 멈췄다. 그는 무릎을 꿇고 주변에 떠 있는 종 모양의 형상들에게 비명을 지르며 외쳤다.

"나 이제 배웠어요! 내게 가장 소중한 존재로부터 배웠어요! 오, 제발, 그녀를 구해주세요! 그녀를 구해주세요!"

그가 손가락을 그녀의 옷에 넣어 잡아 당겼다. 잡을 수 있었다! 입으로 무슨 말인가를 하려는 순간 그는 자신의 감각이 되살아나고 자신이 그녀를 붙들었다는 것을 알았다.

형상들이 꼼짝도 하지 않고 가만히 그를 내려다보았다.

"저 이제 배웠어요!" 노인이 소리쳤다. "그토록 젊고 착한 그녀를 사랑하는 마음에 절망적인 어머니의 품에 가득한 천륜을 비방했다면 지금 이 순간 저에게 자비를 베풀어주세요. 저의 억측을, 사악함을, 무지를 불쌍히 여기시고 그녀를 구해주세요." 그는 자신이 붙잡은 힘이 좀 느슨해지는 것을 느꼈다. 형상들은 아직 아무 말이 없었다.

"그녀에게 자비를 베풀어주세요. 우리 타락한 인간들이 비뚤어진 사랑으로 인해, 그토록 깊고 강한 사랑으로 인해 이 끔찍한 범죄를 저질렀으니! 그런 사랑의 씨앗에서 그 같은 결실을 보게 되었으니 그녀가 얼마나 큰 불행을 겪었을지를 헤아려주세요! 하늘은 그녀가 선하게 되기를 바랐습니다. 그런데 그런 삶이 이미 사라져버렸다면 이 세상에 자식을 사랑하는 어떤 어머니가 이렇게 하지 않을 수 있겠습니까. 오, 제 아이에게 자비를 베풀어주세요. 지금 이런 상황에서도 자기 아이에게 자비를 베풀려고 그 아이를 구하기 위해 스스로 목숨을 버리려고 하고 있습니다! 자신의 불멸의 영혼을 위험에 빠뜨리고 있습니다!"

그녀는 이제 그의 품 안에 안겨 있다. 지금 그는 그녀를 안고 있다. 거인 같은 힘으로 그녀를 안고 있다.

"네게서 종들의 영혼이 보인다." 노인이 그 아이를 지목하며 형상들이 전해준 영감에 가득한 목소리로 말했다. "시간이 우리를 위해 우리의 유산을 저장해주는 것을 안다. 무수한 시간이 어느 날 솟아오른다는 것을 알아. 그 시간 앞에서 우리에게 악행을 저질렀던 이들과 우리를 억압했던 이들이 낙엽처럼 쓸려가버릴 것이라는 것도 알아. 시간이 흐른다는 것을 알아! 우리는 우리 자신을 믿고 희망을 품고 의심하지도 말고 서로서로의 선의를 의심해서는 안 된다는 것도 알아. 내게 가장 소중한 존재를 통해 그걸 배웠어. 그녀가 지금 다시 내 팔에 꼭 안겨 있어. 오, 자애롭고 선한 영혼들이여, 그대들이 내게 전한 그 교훈을 이 아이와 함께 내 가슴에 안고 가겠소. 오, 자애롭고 선한 영혼들이여! 고맙소!"

물론 할 말은 더 있을 수도 있었다. 하지만 종들이, 아주 오래 서로 익숙한 종들이, 소중하고 변함없이 한결같은 그의 친구인 종들이 새해를 알리는 환희의 종소리를 울리기 시작했다. 얼마나 강하고 즐겁고 행복하고 기쁘게 울리는지 그는 벌떡 일어서 그를 에워싸고 있던 저주를 물리쳤다.

"아빠, 무슨 일이 있더라도 아빠 몸에 맞는지 아닌지 의사 선생님께 물어보시기 전에 다시는 내장은 먹지 마세요. 정말 큰일 날 뻔했어요!" 멕이 말했다.

그녀는 화롯가 작은 테이블에서 바느질을 하고 있었다. 결혼식

용 리본이 달린 소박한 가운을 만드는 중이었다. 멕이 너무나 조용하고 행복해서, 활짝 피어난 청춘이라서, 아름다운 희망으로 가득해서, 마치 집에 들어온 천사를 반기듯 그는 크게 환호성을 지르고 쏜살같이 다가가 그녀를 끌어안았다.

하지만, 그때 화로에 떨어졌던 신문이 발에 걸렸다. 누군가가 그들 사이로 달려들었다.

"안 돼요!" 그 사람이 소리쳤다. 얼마나 너그럽고 명랑한 목소리였는지! "당신이라도, 당신이라도 안 돼요. 멕과의 새해 첫 키스는 제 차지예요! 제 차지라구요! 이 시간을 알리는 종소리를 들으려고 집 밖에서 기다리고 있었어요! 멕, 내 소중한 이여, 해피 뉴이어! 행복한 나날들을 위해, 내 사랑하는 아내여!"

리처드는 그녀에게 숨 막힐 듯 키스를 퍼부었다.

여러분들은 평생 그 뒤로 총총이와 같은 사람은 본 적이 없을 것이다. 어디서 살았건 무엇을 보았건 말이다. 평생 동안 그가 한 행동과 같은 건 본 적이 없을 것이다. 그는 의자에 앉아 무릎을 치며 울었다. 의자에 앉아 무릎을 치며 웃기도 했다. 의자에 앉아 무릎을 치며 웃다가 울었다. 의자에서 일어나 멕을 껴안고, 의자에서 일어나 리처드를 껴안았다. 의자에서 나와 그 둘 모두를 껴안았다. 멕에게 끊임없이 달려가 양손으로 그녀의 얼굴을 잡고 키스를 퍼부어댔으며, 한시라도 그녀의 모습을 놓치지 않기 위해 뒷걸음으로 그녀에게서 멀어졌다가 마치 환등기 속의 인물처럼 다시 달려왔다. 무엇을 하건 그는 그의 의자에 하염없이 앉아 단

한순간도 그 행동을 멈추지 않았다. 기쁨에 겨워 제정신이 아닌
―사실 그랬다―그런 상태로 말이다.

"내일이 네 결혼식이구나, 얘야!" 총총이가 외쳤다. "진정 행복
한 네 결혼식 날이구나!"

"오늘이지요!" 리처드가 그와 악수를 하며 큰 소리로 말했다.
"오늘입니다. 종들이 새해를 알리며 울리고 있어요. 들어보세요!"

그랬다. 종들이 울리고 있었다! 그 강인한 종들의 심장에 축복
을! 종들이 울리고 있었다. 대단한 종들이었다! 멋진 가락에 저음
의 굵은 소리를 내는 귀한 종들! 평범한 사람들이 흔하디흔한 금
속으로 만든 종이 아닌 정말 대단한 종들이었다! 이전에 언제 이
처럼 울린 적이 있었던가!

"하지만, 오늘은 얘야," 총총이가 말했다. "너와 리처드에게 해
줄 말이 좀 있다."

"저 사람이 몹시 고약한 사람이기 때문에 그러는 거지요, 아
빠?" 멕이 대답했다. "안 그래요, 리처드? 얼마나 고집 세고 격렬
한 사람인지요! 그 대단한 시의원에게 속마음을 다 털어놓고 그
를 뭉개버리지 않은 것은, 그가……"

"키스해줘요, 멕." 그가 말을 끊고 다시 멕에게 키스했다!

"아니요. 이젠 그만." 멕이 말했다. "저 사람에게 허락하지 않
을 거예요, 아빠. 무슨 소용이 있겠어요?"

"이보게, 리처드!" 총총이가 큰 소리로 리처드를 불렀다. "자네
는 원래 멋진 사내였지. 틀림없이 멋진 사내지, 죽을 때까지 말이
야! 하지만 얘야, 오늘 밤 내가 집에 돌아왔을 때 화롯가에서 울

고 있었는데, 그때 왜 그렇게 울었지?"

"아빠와 제가 함께 지낸 날들을 생각하고 있었어요, 아빠. 그뿐이에요. 아빠가 나를 그리워하겠다, 아빠가 외롭겠다, 그 생각을 하고 있었어요."

총총이는 다시 그 특별한 의자로 돌아가 앉았다. 그때 소란스러운 소리에 놀란 그 아이가 옷을 반쯤 걸친 채 달려 들어왔다.

"아, 이리 온!" 총총이가 그녀를 안으며 소리쳤다. "우리 꼬마 릴리언! 하 하 하! 자, 다 왔으니 또 가보자! 자, 다 왔으니 또 가보자! 자 ,다 왔으니 또 가보자! 윌 삼촌도 같이!" 그는 종종걸음을 멈추고 진심으로 그를 환영했다. "오, 윌, 자네를 묵게 하면서 오늘 밤 내가 어떤 환상을 보았는지 모를걸세! 오, 윌, 자네가 와서 내가 얼마나 큰 은혜를 입었는지 모른다네, 친구!"

윌 펀이 대답도 채 하기 전에 방에서 수많은 이웃들로 구성된 악단이 뛰어 들어오면서 외쳤다. "해피 뉴 이어, 멕!" "행복한 결혼식을 축하해!" 수많은 다른 축복의 기원들도 쏟아졌다. 총총이의 친구인 고수가 앞으로 나서더니 이렇게 말했다.

"총총이 벡, 내 친구! 자네 딸이 오늘 결혼을 하게 되었지. 자네를 아는 사람 치고 자네를 축복하지 않을 사람은 한 사람도 없을 거야. 자네 딸을 아는 사람이라면 한 사람도 빠짐없이 모두 자네 딸의 축복을 바랄 거야. 두 사람을 다 아는 사람이라면 새해가 두 사람에게 행복을 가져다주기를 비는 건 당연할 거야. 그래서 우리가 여기 왔지. 춤추고 노래하며 함께 축복하려고 말이야."

그 말에 모두가 환호성을 지르며 답했다. 고수는 조금 술이 취해 있었지만 그게 뭐 어떻단 말인가.

"그리 생각해주니 얼마나 행복한 일인가!" 총총이가 말했다. "자네들 모두 친절하고 고마운 이웃들이야! 이건 모두 내 딸 덕분이지. 충분히 이런 대접을 받을 자격이 있는 아이지! 암!"

그들은 곧장 춤을 출 준비를 했다. 멕과 리처드가 앞장을 서고, 고수는 온 힘을 다해 금방이라도 날아갈 기세였다. 그때 밖에서 뭔가 뒤섞인 엄청난 소리가 들리더니 쉰 살쯤 돼 보이는 마음씨 좋은 아름다운 여인이 달려들어 오고 그 뒤를 엄청난 크기의 14파운드짜리 주전자를 들고 한 사내가 들어왔다. 소뼈와 고기를 자르는 큰 칼과 함께 종들도 뒤따랐다. 종탑의 큰 종들이 아니라 틀 위에 얹은 이동용 종들이었다.

그 모습을 본 총총이가 말했다. "치킨스토커 부인이!" 그러고는 자리에 앉으며 다시 무릎을 쳤다.

"결혼을 하면서 나한테는 말도 안 하다니, 멕!" 마음씨 좋은 그 여인이 큰 소리로 말했다. "절대 그래선 안 되지! 너에게 와서 행복을 빌어주지 않고 어떻게 내가 올해의 마지막 밤을 보내겠어! 그럴 순 없지, 멕! 내가 몸져 누워 있는 상태라 해도 그럴 순 없지! 그래서 내가 왔단다. 새해를 앞둔 마지막 밤이고, 네 결혼식 전날 밤이니, 애야, 내가 플립[1]을 조금 만들어서 가져왔어."

치킨스토커 부인이 플립을 생각한 것은 그녀 자신에게도 면목

---

1 flip. 맥주 · 브랜디에 향료 · 설탕 · 달걀 등을 넣어 달군 쇠막대로 저어 만든 음료 − 역자주

이 서는 일이었다. 커다란 술 주전자는 화산처럼 김과 안개와 냄새를 뿜었다. 그 주전자를 운반한 사람은 기진맥진 쓰러질 지경이었다.

"터그비 부인!" 그녀 주변을 빙빙 돌던 총총이가 말로 다 할 수 없는 기쁜 감정을 담아 그녀를 불렀다. "아니, 치킨스토커 부인이시죠! 당신의 영혼에 축복을! 여러분, 해피 뉴 이어! 아, 터그비 부인," 그녀에게 정중하게 인사하며 그가 덧붙였다. "아니, 아니 치킨스토커 부인! 여기 이들은 윌리엄 펀과 릴리언입니다."

그 훌륭한 부인의 얼굴이 갑자기 창백해지더니 붉게 변하는 바람에 총총이가 놀랐다.

"엄마가 도르셋셔에서 사망한 릴리언 펀은 아니겠지요, 설마!" 그녀가 놀란 목소리로 말했다.

릴리언의 삼촌인 펀이 대답했다. "맞습니다." 그러더니 두 사람은 급하게 몇 마디 나누었는데, 대담한 치킨스토커 부인이 그의 두 손을 잡고 악수를 했다. 그러더니 이번에는 그녀가 총총이의 뺨에 입을 맞춰 인사를 하고는 그 아이를 널찍한 자신의 품에 안았다.

"윌 펀!" 총총이가 오른쪽 벙어리장갑을 당기며 물었다. "설마 자네가 찾으려던 그 친구는 아니겠지?"

"아!" 그가 총총이의 어깨에 한 손을 얹으며 대답했다. "이런 일이 있을 수 있는지 모르겠으나, 내가 찾으려던 그 좋은 친구가 바로 여기 있군요."

"오! 저기 가서 크게 알립시다." 총총이가 사람들에게 외쳤다.

"자, 여기 좀 주목해주시겠습니까!"

악단의 음악도 종들도 소뼈와 큰 칼도, 모든 것들이 즉시 멈췄다. 그러는 동안 문밖에서는 종들이 큰 소리로 울리고 있었다. 총총이는 두 번째 커플인 멕과 리처드에 앞서 치킨스토커 부인과 함께 춤을 이끌고 가면서 자신의 독특한 종종걸음으로 고안한 전무후무한 스텝의 춤을 추었다.

총총이는 꿈을 꾸었던가? 다시 말해 그의 기쁨과 슬픔, 그리고 그 안에 등장한 인물들은 그저 꿈에 불과했던가? 이 이야기를 전하는 사람은 지금 막 꿈에서 깨어난 꿈꾸는 사람인가? 만약 그렇다면, 오 독자들이여, 그의 모든 환영들이 그에게는 너무도 소중하니 이 유령들이 나온 엄혹한 현실들을 명심하시기를. 그리고 당신이 사는 세상에서, 그 같은 엄혹한 현실을 바로잡고, 향상시키고 누그러뜨리도록 노력하시기를. 그런 목적을 이루는 데 세상은 너무 넓지도 너무 좁지도 않으니. 그리하여 당신에게도 행복한 새해가 되고, 당신에게 기대는 더 많은 사람들에게도 행복한 새해가 되기를! 매년 새해가 지난해보다 더 행복하고, 우리 형제자매들 가운데 가장 가난한 이들조차도 우리의 위대한 창조주께서 마땅히 누리도록 허락해주신 합당한 몫을 받지 못하는 일이 없기를!

The Chimes

a Goblin Story of Some Bells That Rang an Old Year Out

and a New Year In

ILLUSTRATIONS

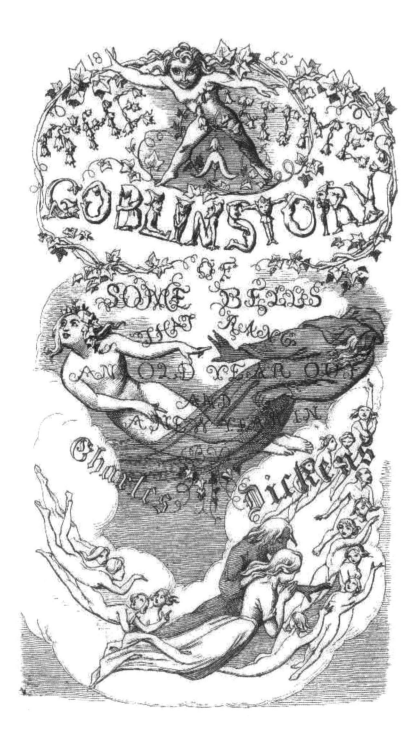

First Quarter

HERE are not many people—and as it is desirable that a story-teller and a story-reader should establish a mutual under-standing as soon as possible, I beg it to be noticed that I confine this observation neither to young people nor to little people, but extend it to all conditions of people: little and big, young and old: yet growing up, or already growing down again— there are not, I say, many people who would care to sleep in a church. I don't mean at sermon-time in warm weather (when the thing has actually been done, once or twice), but in the night, and alone. A great multitude of persons will be violently astonished, I know, by this position, in the broad bold Day. But it applies to Night. It must be argued by night, and I will undertake to maintain it successfully on any gusty winter's night appointed for the purpose, with any one opponent chosen from the rest, who will meet me singly in an old churchyard, before an old church–door; and will previously empower me to lock him in, if needful to his satisfaction, until morning.

For the night–wind has a dismal trick of wandering round and round a building of that sort, and moaning as it goes; and of trying, with its unseen hand, the windows and the doors; and seeking out some crevices by which to enter. And when it has got in; as one not finding what it seeks, whatever that may be, it wails and howls to issue forth again: and not content with stalking through the aisles, and gliding round and round the pillars, and tempting the deep organ, soars up to the roof, and strives to rend the rafters: then flings itself despairingly upon the stones below, and passes, muttering, into the vaults. Anon, it comes up stealthily, and creeps along the walls, seeming to read, in whispers, the Inscriptions sacred to the Dead. At some of these, it breaks out shrilly, as with laughter; and at others, moans and cries as if it were lamenting. It has a ghostly sound too, lingering within the altar; where it seems to chaunt, in its wild way, of Wrong and Murder done, and false Gods worshipped, in defiance of the Tables of the Law, which look so fair and smooth, but are so flawed and broken. Ugh! Heaven preserve us, sitting snugly round the fire! It has an awful voice, that wind at Midnight, singing in a church!

But, high up in the steeple! There the foul blast roars and whistles! High up in the steeple, where it is free to come and go through many an airy arch and loophole, and to twist and twine itself about the giddy stair, and twirl the groaning weathercock, and make the very tower shake and shiver! High up in the steeple, where the belfry is, and iron rails are ragged with rust, and sheets of lead and copper, shrivelled by the changing weather, crackle and heave beneath the unaccustomed tread; and birds stuff shabby nests into corners of old oaken joists and beams; and dust grows old and grey; and speckled spiders, indolent and fat with long security, swing idly to and fro in the vibration of the bells, and never loose their hold upon their thread−spun castles in the air, or climb up sailor−like in quick alarm, or drop upon the ground and ply a score of nimble legs to save one life! High up in the steeple of an old church, far above the light and murmur of the town and far below the flying clouds that shadow it, is the wild and dreary place at night: and high up in the steeple of an old church, dwelt the Chimes I tell of.

They were old Chimes, trust me. Centuries ago, these Bells had been baptized by bishops: so many centuries ago, that the register of their baptism was lost long, long before the memory of man, and no one knew their names. They had had their Godfathers and Godmothers, these Bells (for my own part, by the way, I would rather incur the responsibility of being Godfather to a Bell than a Boy), and had their silver mugs no doubt, besides. But Time had mowed down their sponsors, and Henry the Eighth had melted down their mugs; and they now hung, nameless and mugless, in the church−tower.

Not speechless, though. Far from it. They had clear, loud, lusty, sounding voices, had these Bells; and far and wide they might be heard upon the wind. Much too sturdy Chimes were they, to be dependent on the pleasure of the wind, moreover; for, fighting gallantly against it when it took an adverse whim, they would pour their cheerful notes into a listening ear right royally; and bent on being heard on stormy nights, by some poor mother watching a sick child, or some lone wife whose husband was at sea, they had been sometimes known to beat a blustering Nor' Wester; aye, "all to fits," as Toby Veck said; — for though they chose to call him Trotty Veck, his name was Toby, and nobody could make it anything else either (except Tobias) without a special act of parliament; he having been as lawfully christened in his day as the Bells had been in theirs, though with not quite so much of solemnity or public rejoicing.

For my part, I confess myself of Toby Veck's belief, for I am sure he had opportunities enough of forming a correct one. And whatever Toby Veck said, I say. And I take my stand by Toby Veck, although he *did* stand all day long (and weary work it was) just outside the church-door. In fact he was a ticket-porter, Toby Veck, and waited there for jobs.

And a breezy, goose-skinned, blue-nosed, red-eyed, stony-toed, tooth-chattering place it was, to wait in, in the winter-time, as Toby Veck well knew. The wind came tearing round the corner — especially the east wind — as if it had sallied forth, express, from the confines of the earth, to have a blow at Toby. And oftentimes it seemed to come upon him sooner than it had expected, for bouncing round the corner, and passing Toby, it would suddenly wheel round again, as if it cried "Why, here he is!" Incontinently his little white apron would be caught up over his head like a naughty boy's garments, and his feeble little cane would be seen to wrestle and struggle unavailingly in his hand, and his legs would undergo tremendous agitation, and Toby himself all aslant, and facing now in this direction, now in that, would be so banged and buffeted, and touzled, and worried, and hustled, and lifted off his feet, as to render it a state of things but one degree removed from a positive miracle, that he wasn't carried up bodily into the air as a colony of frogs or snails or other very portable creatures sometimes are, and rained down again, to the great astonishment of the natives, on some strange corner of the world where ticket−porters are unknown.

But, windy weather, in spite of its using him so roughly, was, after all, a sort of holiday for Toby. That's the fact. He didn't seem to wait so long for a sixpence in the wind, as at other times; the having to fight with that boisterous element took off his attention, and quite freshened him up, when he was getting hungry and low−spirited. A hard frost too, or a fall of snow, was an Event; and it seemed to do him good, somehow or other—it would have been hard to say in what respect though, Toby! So wind and frost and snow, and perhaps a good stiff storm of hail, were Toby Veck's red−letter days.

Wet weather was the worst; the cold, damp, clammy wet, that wrapped him up like a moist great−coat—the only kind of great−coat Toby owned, or could have added to his comfort by dispensing with. Wet days, when the rain came slowly, thickly, obstinately down; when the street's throat, like his own, was choked with mist; when smoking umbrellas passed and re−passed, spinning round and round like so many teetotums, as they knocked against each other on the crowded footway, throwing off a little whirlpool of uncomfortable sprinklings; when gutters brawled and waterspouts were full and noisy; when the wet from the projecting stones and ledges of the church fell

drip, drip, drip, on Toby, making the wisp of straw on which he stood
mere mud in no time; those were the days that tried him. Then,
indeed, you might see Toby looking anxiously out from his shelter in
an angle of the church wall—such a meagre shelter that in summer
time it never cast a shadow thicker than a good−sized walking stick
upon the sunny pavement—with a disconsolate and lengthened face.
But coming out, a minute afterwards, to warm himself by exercise,
and trotting up and down some dozen times, he would brighten even
then, and go back more brightly to his niche.

They called him Trotty from his pace, which meant speed if it didn't
make it. He could have Walked faster perhaps; most likely; but rob
him of his trot, and Toby would have taken to his bed and died. It
bespattered him with mud in dirty weather; it cost him a world of

trouble; he could have walked with infinitely greater ease; but that was one reason for his clinging to it so tenaciously. A weak, small, spare old man, he was a very Hercules, this Toby, in his good intentions. He loved to earn his money. He delighted to believe— Toby was very poor, and couldn't well afford to part with a delight—that he was worth his salt. With a shilling or an eighteenpenny message or small parcel in hand, his courage always high, rose higher. As he trotted on, he would call out to fast Postmen ahead of him, to get out of the way; devoutly believing that in the natural course of things he must inevitably overtake and run them down; and he had perfect faith— not often tested—in his being able to carry anything that man could lift.

Thus, even when he came out of his nook to warm himself on a wet day, Toby trotted. Making, with his leaky shoes, a crooked line of slushy footprints in the mire; and blowing on his chilly hands and rubbing them against each other, poorly defended from the searching cold by threadbare mufflers of grey worsted, with a private apartment only for the thumb, and a common room or tap for the rest of the fingers; Toby, with his knees bent and his cane beneath his arm, still trotted. Falling out into the road to look up at the belfry when the Chimes resounded, Toby trotted still.

He made this last excursion several times a day, for they were company to him; and when he heard their voices, he had an interest in glancing at their lodging–place, and thinking how they were moved, and what hammers beat upon them. Perhaps he was the more curious about these Bells, because there were points of resemblance between themselves and him. They hung there, in all weathers, with the wind and rain driving in upon them; facing only the outsides of all those houses; never getting any nearer to the blazing fires that gleamed and shone upon the windows, or came puffing out of the chimney tops; and incapable of participation in any of the good things that were constantly being handed, through the street doors and the area railings, to prodigious cooks. Faces came and went at many windows: sometimes pretty faces, youthful faces, pleasant faces: sometimes the reverse: but Toby knew no more (though he often speculated on these trifles, standing idle in the streets) whence they came, or where they went, or whether, when the lips moved, one kind word was said of him in all the year, than did the Chimes themselves.

Toby was not a casuist—that he knew of, at least—and I don't mean to say that when he began to take to the Bells, and to knit up his first rough acquaintance with them into something of a closer and more delicate woof, he passed through these considerations one by one, or held any formal review or great field−day in his thoughts. But what I mean to say, and do say is, that as the functions of Toby's body, his digestive organs for example, did of their own cunning, and by a great many operations of which he was altogether ignorant, and the knowledge of which would have astonished him very much, arrive at a certain end; so his mental faculties, without his privity or concurrence, set all these wheels and springs in motion, with a thousand others, when they worked to bring about his liking for the Bells.

And though I had said his love, I would not have recalled the word, though it would scarcely have expressed his complicated feeling. For, being but a simple man, he invested them with a strange and solemn character. They were so mysterious, often heard and never seen; so high up, so far off, so full of such a deep strong melody, that he regarded them with a species of awe; and sometimes when he looked up at the dark arched windows in the tower, he half expected to be beckoned to by something which was not a Bell, and yet was what he had heard so often sounding in the Chimes. For all this, Toby scouted with indignation a certain flying rumour that the Chimes were haunted, as implying the possibility of their being connected with any Evil thing. In short, they were very often in his ears, and very often in his thoughts, but always in his good opinion; and he very often got such a crick in his neck by staring with his mouth wide open, at the steeple where they hung, that he was fain to take an extra trot or two, afterwards, to cure it.

The very thing he was in the act of doing one cold day, when the last drowsy sound of Twelve o'clock, just struck, was humming like a melodious monster of a Bee, and not by any means a busy bee, all through the steeple!

"Dinner−time, eh!" said Toby, trotting up and down before the church. "Ah!"

Toby's nose was very red, and his eyelids were very red, and he winked very much, and his shoulders were very near his ears, and his legs were very stiff, and altogether he was evidently a long way upon the frosty side of cool.

"Dinner−time, eh!" repeated Toby, using his right−hand muffler like an infantine boxing−glove, and punishing his chest for being cold. "Ah—h—h—h!"

He took a silent trot, after that, for a minute or two.

"There's nothing," said Toby, breaking forth afresh—but here he stopped short in his trot, and with a face of great interest and some alarm, felt his nose carefully all the way up. It was but a little way (not being much of a nose) and he had soon finished.

"I thought it was gone," said Toby, trotting off again. "It's all right, however. I am sure I couldn't blame it if it was to go. It has a precious hard service of it in the bitter weather, and precious little to look forward to; for I don't take snuff myself. It's a good deal tried, poor creetur, at the best of times; for when it *does* get hold of a pleasant whiff or so (which an't too often) it's generally from somebody else's dinner, a—coming home from the baker's."

The reflection reminded him of that other reflection, which he had left unfinished.

"There's nothing," said Toby, "more regular in its coming round than dinner—time, and nothing less regular in its coming round than dinner. That's the great difference between 'em. It's took me a long time to find it out. I wonder whether it would be worth any gentleman's while, now, to buy that obserwation for the Papers; or the Parliament!"

Toby was only joking, for he gravely shook his head in self—depreciation.

"Why! Lord!" said Toby. "The Papers is full of obserwations as it is; and so's the Parliament. Here's last week's paper, now;" taking a very dirty one from his pocket, and holding it from him at arm's length;

"full of obserwations! Full of obserwations! I like to know the news as well as any man," said Toby, slowly; folding it a little smaller, and putting it in his pocket again: "but it almost goes against the grain with me to read a paper now. It frightens me almost. I don't know what we poor people are coming to. Lord send we may be coming to something better in the New Year nigh upon us!"

"Why, father, father!" said a pleasant voice, hard by.

But Toby, not hearing it, continued to trot backwards and forwards: musing as he went, and talking to himself.

"It seems as if we can't go right, or do right, or be righted," said Toby. "I hadn't much schooling, myself, when I was young; and I can't make out whether we have any business on the face of the earth, or not. Sometimes I think we must have—a little; and sometimes I think we must be intruding. I get so puzzled sometimes that I am not even able to make up my mind whether there is any good at all in us, or whether we are born bad. We seem to be dreadful things; we seem to give a deal of trouble; we are always being complained of and guarded against. One way or other, we fill the papers. Talk of a New Year!" said Toby, mournfully. "I can bear up as well as another man at most times; better than a good many, for I am as strong as a lion, and all men an't; but supposing it should really be that we have no right to a New Year—supposing we really *are* intruding——"

"Why, father, father!" said the pleasant voice again.

Toby heard it this time; started; stopped; and shortening his sight, which had been directed a long way off as seeking the enlightenment in the very heart of the approaching year, found himself face to face with his own child, and looking close into her eyes.

Bright eyes they were. Eyes that would bear a world of looking in, before their depth was fathomed. Dark eyes, that reflected back the eyes which searched them; not flashingly, or at the owner's will, but with a clear, calm, honest, patient radiance, claiming kindred with that light which Heaven called into being. Eyes that were beautiful and true, and beaming with Hope. With Hope so young and fresh; with Hope so buoyant, vigorous, and bright, despite the twenty years of work and poverty on which they had looked; that they became a voice to Trotty Veck, and said: "I think we have some business here — a little!"

Trotty kissed the lips belonging to the eyes, and squeezed the blooming face between his hands.

"Why, Pet," said Trotty. "What's to do? I didn't expect you to-day, Meg."

"Neither did I expect to come, father," cried the girl, nodding her head and smiling as she spoke. "But here I am! And not alone; not alone!"

"Why you don't mean to say," observed Trotty, looking curiously at a covered basket which she carried in her hand, "that you——"

"Smell it, father dear," said Meg. "Only smell it!"

Trotty was going to lift up the cover at once, in a great hurry, when she gaily interposed her hand.

"No, no, no," said Meg, with the glee of a child. "Lengthen it out a little. Let me just lift up the corner; just the lit−tle ti−ny cor−ner, you know," said Meg, suiting the action to the word with the utmost gentleness, and speaking very softly, as if she were afraid of being overheard by something inside the basket; "there. Now. What's that?"

Toby took the shortest possible sniff at the edge of the basket, and cried out in a rapture:

"Why, it's hot!"

"It's burning hot!" cried Meg. "Ha, ha, ha! It's scalding hot!"

"Ha, ha, ha!" roared Toby, with a sort of kick. "It's scalding hot!"

"But what is it, father?" said Meg. "Come. You haven't guessed what it is. And you must guess what it is. I can't think of taking it out, till you guess what it is. Don't be in such a hurry! Wait a minute! A little bit more of the cover. Now guess!"

Meg was in a perfect fright lest he should guess right too soon; shrinking away, as she held the basket towards him; curling up her pretty shoulders; stopping her ear with her hand, as if by so doing she could keep the right word out of Toby's lips; and laughing softly the whole time.

Meanwhile Toby, putting a hand on each knee, bent down his nose to the basket, and took a long inspiration at the lid; the grin upon his withered face expanding in the process, as if he were inhaling laughing gas.

"Ah! It's very nice," said Toby. "It an't—I suppose it an't Polonies?"

"No, no, no!" cried Meg, delighted. "Nothing like Polonies!"

"No," said Toby, after another sniff. "It's—it's mellower than Polonies. It's very nice. It improves every moment. It's too decided for Trotters. An't it?"

Meg was in an ecstasy. He could not have gone wider of the mark than Trotters—except Polonies.

"Liver?" said Toby, communing with himself. "No. There's a mildness about it that don't answer to liver. Pettitoes? No. It an't faint enough for pettitoes. It wants the stringiness of Cocks' heads. And I know it an't sausages. I'll tell you what it is. It's chitterlings!"

"No, it an't!" cried Meg, in a burst of delight. "No, it an't!"

"Why, what am I a−thinking of!" said Toby, suddenly recovering a position as near the perpendicular as it was possible for him to assume. "I shall forget my own name next. It's tripe!"

Tripe it was; and Meg, in high joy, protested he should say, in half a minute more, it was the best tripe ever stewed.

"And so," said Meg, busying herself exultingly with the basket, "I'll lay the cloth at once, father; for I have brought the tripe in a basin, and tied the basin up in a pocket−handkerchief; and if I like to be proud for once, and spread that for a cloth, and call it a cloth, there's no law to prevent me; is there, father?"

"Not that I know of, my dear," said Toby. "But they're always a− bringing up some new law or other."

"And according to what I was reading you in the paper the other day, father; what the Judge said, you know; we poor people are supposed to know them all. Ha ha! What a mistake! My goodness me,

how clever they think us!"

"Yes, my dear," cried Trotty; "and they'd be very fond of any one of us that *did* know 'em all. He'd grow fat upon the work he'd get, that man, and be popular with the gentlefolks in his neighbourhood. Very much so!"

"He'd eat his dinner with an appetite, whoever he was, if it smelt like this," said Meg, cheerfully. "Make haste, for there's a hot potato besides, and half a pint of fresh−drawn beer in a bottle. Where will you dine, father? On the Post, or on the Steps? Dear, dear, how grand we are. Two places to choose from!"

"The steps to−day, my Pet," said Trotty. "Steps in dry weather. Post in wet. There's a greater conveniency in the steps at all times, because of the sitting down; but they're rheumatic in the damp."

"Then here," said Meg, clapping her hands, after a moment's bustle; "here it is, all ready! And beautiful it looks! Come, father. Come!"

Since his discovery of the contents of the basket, Trotty had been standing looking at her—and had been speaking too—in an abstracted manner, which showed that though she was the object of his thoughts and eyes, to the exclusion even of tripe, he neither saw nor thought about her as she was at that moment, but had before him some imaginary rough sketch or drama of her future life. Roused, now, by her cheerful summons, he shook off a melancholy shake of the head which was just coming upon him, and trotted to her side. As he was stooping to sit down, the Chimes rang.

"Amen!" said Trotty, pulling off his hat and looking up towards them.

"Amen to the Bells, father?" cried Meg.

"They broke in like a grace, my dear," said Trotty, taking his seat. "They'd say a good one, I am sure, if they could. Many's the kind thing they say to me."

"The Bells do, father!" laughed Meg, as she set the basin, and a knife and fork, before him. "Well!"

"Seem to, my Pet," said Trotty, falling to with great vigour. "And where's the difference? If I hear 'em, what does it matter whether they speak it or not? Why bless you, my dear," said Toby, pointing at the tower with his fork, and becoming more animated under the influence of dinner, "how often have I heard them bells say, 'Toby Veck, Toby Veck, keep a good heart, Toby! Toby Veck, Toby Veck, keep a good heart, Toby!' A million times? More!"

"Well, I never!" cried Meg.

She had, though—over and over again. For it was Toby's constant topic.

"When things is very bad," said Trotty; "very bad indeed, I mean; almost at the worst; then it's 'Toby Veck, Toby Veck, job coming soon, Toby! Toby Veck, Toby Veck, job coming soon, Toby!' That way."

"And it comes—at last, father," said Meg, with a touch of sadness in her pleasant voice.

"Always," answered the unconscious Toby. "Never fails."

While this discourse was holding, Trotty made no pause in his attack upon the savoury meat before him, but cut and ate, and cut and drank, and cut and chewed, and dodged about, from tripe to hot potato, and from hot potato back again to tripe, with an unctuous and unflagging relish. But happening now to look all round the street—in case anybody should be beckoning from any door or window, for a porter—his eyes, in coming back again, encountered Meg: sitting opposite to him, with her arms folded: and only busy in watching his progress with a smile of happiness.

"Why, Lord forgive me!" said Trotty, dropping his knife and fork. "My dove! Meg! why didn't you tell me what a beast I was?"

"Father?"

"Sitting here," said Trotty, in penitent explanation, "cramming, and stuffing, and gorging myself; and you before me there, never so much as breaking your precious fast, nor wanting to, when——"

"But I have broken it, father," interposed his daughter, laughing, "all to bits. I have had my dinner."

"Nonsense," said Trotty. "Two dinners in one day! It an't possible! You might as well tell me that two New Year's Days will come together, or that I have had a gold head all my life, and never changed it."

"I have had my dinner, father, for all that," said Meg, coming nearer to him. "And if you'll go on with yours, I'll tell you how and where; and how your dinner came to be brought; and—and something else besides."

Toby still appeared incredulous; but she looked into his face with her clear eyes, and laying her hand upon his shoulder, motioned him to go on while the meat was hot. So Trotty took up his knife and fork again, and went to work. But much more slowly than before, and shaking his head, as if he were not at all pleased with himself.

"I had my dinner, father," said Meg, after a little hesitation, "with— with Richard. His dinner-time was early; and as he brought his dinner with him when he came to see me, we—we had it together, father."

Trotty took a little beer, and smacked his lips. Then he said, "Oh!"—because she waited.

"And Richard says, father—" Meg resumed. Then stopped.

"What does Richard say, Meg?" asked Toby.

"Richard says, father—" Another stoppage.

"Richard's a long time saying it," said Toby.

"He says then, father," Meg continued, lifting up her eyes at last, and speaking in a tremble, but quite plainly; "another year is nearly gone, and where is the use of waiting on from year to year, when it is so unlikely we shall ever be better off than we are now? He says we are poor now, father, and we shall be poor then, but we are young now, and years will make us old before we know it. He says that if we wait: people in our condition: until we see our way quite clearly, the way will be a narrow one indeed—the common way—the Grave, father."

A bolder man than Trotty Veck must needs have drawn upon his boldness largely, to deny it. Trotty held his peace.

"And how hard, father, to grow old, and die, and think we might have cheered and helped each other! How hard in all our lives to love each other; and to grieve, apart, to see each other working, changing, growing old and grey. Even if I got the better of it, and forgot him (which I never could), oh father dear, how hard to have a heart so full as mine is now, and live to have it slowly drained out every drop, without the recollection of one happy moment of a woman's life, to stay behind and comfort me, and make me better!"

Trotty sat quite still. Meg dried her eyes, and said more gaily: that is to say, with here a laugh, and there a sob, and here a laugh and sob together:

"So Richard says, father; as his work was yesterday made certain for some time to come, and as I love him, and have loved him full three years—ah! longer than that, if he knew it!—will I marry him on New Year's Day; the best and happiest day, he says, in the whole year, and one that is almost sure to bring good fortune with it. It's a short notice, father—isn't it?—but I haven't my fortune to be settled, or my wedding dresses to be made, like the great ladies, father, have I? And he said so much, and said it in his way; so strong and earnest, and all the time so kind and gentle; that I said I'd come and talk to you, father. And as they paid the money for that work of mine this morning (unexpectedly, I am sure!) and as you have fared very poorly for a whole week, and as I couldn't help wishing there should be something to make this day a sort of holiday to you as well as a dear and happy day to me, father, I made a little treat and brought it to surprise you."

"And see how he leaves it cooling on the step!" said another voice.

It was the voice of this same Richard, who had come upon them unobserved, and stood before the father and daughter; looking down upon them with a face as glowing as the iron on which his stout sledge—hammer daily rung. A handsome, well—made, powerful youngster he was; with eyes that sparkled like the red—hot droppings from a furnace fire; black hair that curled about his swarthy temples rarely; and a smile—a smile that bore out Meg's eulogium on his style of conversation.

"See how he leaves it cooling on the step!" said Richard. "Meg don't know what he likes. Not she!"

Trotty, all action and enthusiasm, immediately reached up his hand to Richard, and was going to address him in a great hurry, when the house−door opened without any warning, and a footman very nearly put his foot into the tripe.

"Out of the vays here, will you! You must always go and be a− settin on our steps, must you! You can't go and give a turn to none of the neighbours never, can't you! *Will* you clear the road, or won't you?"

Strictly speaking, the last question was irrelevant, as they had already done it.

"What's the matter, what's the matter!" said the gentleman for whom the door was opened; coming out of the house at that kind of light−heavy pace—that peculiar compromise between a walk and a jog−trot—with which a gentleman upon the smooth down−hill of life, wearing creaking boots, a watch−chain, and clean linen, *may* come out of his house: not only without any abatement of his dignity, but with an expression of having important and wealthy engagements elsewhere. "What's the matter! What's the matter!"

"You're always a−being begged, and prayed, upon your bended knees you are," said the footman with great emphasis to Trotty Veck, "to let our door−steps be. Why don't you let 'em be? CAN'T you let 'em be?"

"There! That'll do, that'll do!" said the gentleman. "Halloa there! Porter!" beckoning with his head to Trotty Veck. "Come here. What's that? Your dinner?"

"Yes, sir," said Trotty, leaving it behind him in a corner.

"Don't leave it there," exclaimed the gentleman. "Bring it here, bring it here. So! This is your dinner, is it?"

"Yes, sir," repeated Trotty, looking with a fixed eye and a watery mouth, at the piece of tripe he had reserved for a last delicious tit–bit; which the gentleman was now turning over and over on the end of the fork.

Two other gentlemen had come out with him. One was a low–spirited gentleman of middle age, of a meagre habit, and a disconsolate face; who kept his hands continually in the pockets of his scanty pepper–and–salt trousers, very large and dog's–eared from that custom; and was not particularly well brushed or washed. The other, a full–sized, sleek, well–conditioned gentleman, in a blue coat with bright buttons, and a white cravat. This gentleman had a very red face, as if an undue proportion of the blood in his body were squeezed up into his head; which perhaps accounted for his having also the appearance of being rather cold about the heart.

He who had Toby's meat upon the fork, called to the first one by the name of Filer; and they both drew near together. Mr. Filer being exceedingly short–sighted, was obliged to go so close to the remnant of Toby's dinner before he could make out what it was, that Toby's heart leaped up into his mouth. But Mr. Filer didn't eat it.

"This is a description of animal food, Alderman," said Filer, making little punches in it with a pencil–case, "commonly known to the labouring population of this country, by the name of tripe."

The Alderman laughed, and winked; for he was a merry fellow, Alderman Cute. Oh, and a sly fellow too! A knowing fellow. Up to everything. Not to be imposed upon. Deep in the people's hearts! He knew them, Cute did. I believe you!

"But who eats tripe?" said Mr. Filer, looking round. "Tripe is without an exception the least economical, and the most wasteful article of consumption that the markets of this country can by possibility produce. The loss upon a pound of tripe has been found to be, in the boiling, seven−eights of a fifth more than the loss upon a pound of any other animal substance whatever. Tripe is more expensive, properly understood, than the hothouse pine−apple. Taking into account the number of animals slaughtered yearly within the bills of mortality alone; and forming a low estimate of the quantity of tripe which the carcases of those animals, reasonably well butchered, would yield; I find that the waste on that amount of tripe, if boiled, would victual a garrison of five hundred men for five months of thirty−one days each, and a February over. The Waste, the Waste!"

Trotty stood aghast, and his legs shook under him. He seemed to have starved a garrison of five hundred men with his own hand.

"Who eats tripe?" said Mr. Filer, warmly. "Who eats tripe?"

Trotty made a miserable bow.

"You do, do you?" said Mr. Filer. "Then I'll tell you something. You snatch your tripe, my friend, out of the mouths of widows and orphans."

"I hope not, sir," said Trotty, faintly. "I'd sooner die of want!"

"Divide the amount of tripe before−mentioned, Alderman," said Mr. Filer, "by the estimated number of existing widows and orphans, and the result will be one pennyweight of tripe to each. Not a grain is left for that man. Consequently, he's a robber."

Trotty was so shocked, that it gave him no concern to see the Alderman finish the tripe himself. It was a relief to get rid of it, anyhow.

"And what do you say?" asked the Alderman, jocosely, of the red–faced gentleman in the blue coat. "You have heard friend Filer. What do *you* say?"

"What's it possible to say?" returned the gentleman. "What *is* to be said? Who can take any interest in a fellow like this," meaning Trotty; "in such degen–erate times as these? Look at him. What an object! The good old times, the grand old times, the great old times! *Those* were the times for a bold peasantry, and all that sort of thing. Those were the times for every sort of thing, in fact. There's nothing now–a–days. Ah!" sighed the red–faced gentleman. "The good old times, the good old times!"

The gentleman didn't specify what particular times he alluded to; nor did he say whether he objected to the present times, from a disinterested consciousness that they had done nothing very remarkable in producing himself. "The good old times, the good old times," repeated the gentleman. "What times they were! They were the only times. It's of no use talking about any other times, or discussing what the people are in *these* times. You don't call these, times, do you? I don't. Look into Strutt's Costumes, and see what a Porter used to be, in any of the good old English reigns."

"He hadn't, in his very best circumstances, a shirt to his back, or a stocking to his foot; and there was scarcely a vegetable in all England for him to put into his mouth," said Mr. Filer. "I can prove it, by tables."

But still the red-faced gentleman extolled the good old times, the grand old times, the great old times. No matter what anybody else said, he still went turning round and round in one set form of words concerning them; as a poor squirrel turns and turns in its revolving cage; touching the mechanism, and trick of which, it has probably quite as distinct perceptions, as ever this red-faced gentleman had of his deceased Millennium.

It is possible that poor Trotty's faith in these very vague Old Times was not entirely destroyed, for he felt vague enough, at that moment. One thing, however, was plain to him, in the midst of his distress; to wit, that however these gentlemen might differ in details, his misgivings of that morning, and of many other mornings, were well founded. "No, no. We can't go right or do right," thought Trotty in despair. "There is no good in us. We are born bad!"

But Trotty had a father's heart within him; which had somehow got into his breast in spite of this decree; and he could not bear that Meg, in the blush of her brief joy, should have her fortune read by these wise gentlemen. "God help her," thought poor Trotty. "She will know it soon enough."

He anxiously signed, therefore, to the young smith, to take her away. But he was so busy, talking to her softly at a little distance, that he only became conscious of this desire, simultaneously with Alderman Cute. Now, the Alderman had not yet had his say, but *he* was a philosopher, too — practical, though! Oh, very practical — and, as he had no idea of losing any portion of his audience, he cried "Stop!"

"Now, you know," said the Alderman, addressing his two friends, with a self-complacent smile upon his face which was habitual to him, "I am a plain man, and a practical man; and I go to work in a plain practical way. That's my way. There is not the least mystery or difficulty in dealing with this sort of people if you only understand 'em, and can talk to 'em in their own manner. Now, you Porter! Don't you ever tell me, or anybody else, my friend, that you haven't always enough to eat, and of the best; because I know better. I have tasted your tripe, you know, and you can't 'chaff' me. You understand what 'chaff' means, eh? That's the right word, isn't it? Ha, ha, ha! Lord bless you," said the Alderman, turning to his friends again, "it's the easiest thing on earth to deal with this sort of people, if you understand 'em."

Famous man for the common people, Alderman Cute! Never out of temper with them! Easy, affable, joking, knowing gentleman!

"You see, my friend," pursued the Alderman, "there's a great deal of nonsense talked about Want—'hard up,' you know; that's the phrase, isn't it? ha! ha! ha!—and I intend to Put it Down. There's a certain amount of cant in vogue about Starvation, and I mean to Put it Down. That's all! Lord bless you," said the Alderman, turning to his friends again, "you may Put Down anything among this sort of people, if you only know the way to set about it."

Trotty took Meg's hand and drew it through his arm. He didn't seem to know what he was doing though.

"Your daughter, eh?" said the Alderman, chucking her familiarly under the chin.

Always affable with the working classes, Alderman Cute! Knew what pleased them! Not a bit of pride!

"Where's her mother?" asked that worthy gentleman.

"Dead," said Toby. "Her mother got up linen; and was called to Heaven when She was born."

"Not to get up linen *there*, I suppose," remarked the Alderman pleasantly

Toby might or might not have been able to separate his wife in Heaven from her old pursuits. But query: If Mrs. Alderman Cute had gone to Heaven, would Mr. Alderman Cute have pictured her as holding any state or station there?

"And you're making love to her, are you?" said Cute to the young smith.

"Yes," returned Richard quickly, for he was nettled by the question.

"And we are going to be married on New Year's Day."

"What do you mean!" cried Filer sharply. "Married!"

"Why, yes, we're thinking of it, Master," said Richard. "We're rather in a hurry, you see, in case it should be Put Down first."

"Ah!" cried Filer, with a groan. "Put *that* down indeed, Alderman, and you'll do something. Married! Married!! The ignorance of the first principles of political economy on the part of these people; their improvidence; their wickedness; is, by Heavens! enough to — Now look at that couple, will you!"

Well? They were worth looking at. And marriage seemed as reasonable and fair a deed as they need have in contemplation.

"A man may live to be as old as Methuselah," said Mr. Filer, "and may labour all his life for the benefit of such people as those; and may heap up facts on figures, facts on figures, facts on figures, mountains high and dry; and he can no more hope to persuade 'em that they have no right or business to be married, than he can hope to persuade 'em that they have no earthly right or business to be born. And *that* we know they haven't. We reduced it to a mathematical certainty long ago!"

Alderman Cute was mightily diverted, and laid his right forefinger on the side of his nose, as much as to say to both his friends, "Observe me, will you! Keep your eye on the practical man!" — and called Meg to him.

"Come here, my girl!" said Alderman Cute.

The young blood of her lover had been mounting, wrathfully, within the last few minutes; and he was indisposed to let her come.

But, setting a constraint upon himself, he came forward with a stride as Meg approached, and stood beside her. Trotty kept her hand within his arm still, but looked from face to face as wildly as a sleeper in a dream.

"Now, I'm going to give you a word or two of good advice, my girl," said the Alderman, in his nice easy way. "It's my place to give advice, you know, because I'm a Justice. You know I'm a Justice, don't you?"

Meg timidly said, "Yes." But everybody knew Alderman Cute was a Justice! Oh dear, so active a Justice always! Who such a mote of brightness in the public eye, as Cute!

"You are going to be married, you say," pursued the Alderman. "Very unbecoming and indelicate in one of your sex! But never mind that. After you are married, you'll quarrel with your husband and come to be a distressed wife. You may think not; but you will, because I tell you so. Now, I give you fair warning, that I have made up my mind to Put distressed wives Down. So, don't be brought before me. You'll have children—boys. Those boys will grow up bad, of course, and run wild in the streets, without shoes and stockings. Mind, my young friend! I'll convict 'em summarily, every one, for I am determined to Put boys without shoes and stockings, Down. Perhaps your husband will die young (most likely) and leave you with a baby. Then you'll be turned out of doors, and wander up and down the streets. Now, don't wander near me, my dear, for I am resolved to Put all wandering mothers Down. All young mothers, of all sorts and kinds, it's my determination to Put Down. Don't think to plead illness as an excuse with me; or babies as an excuse with me; for all sick persons and young children (I hope you know the church–service, but I'm afraid not) I am determined to Put Down. And if you attempt, desperately, and ungratefully, and impiously, and fraudulently attempt, to drown yourself, or hang yourself, I'll have no pity for you, for I have made up my mind to Put all suicide Down! If there is one thing," said the Alderman, with his self–satisfied smile, "on which I can be said to have made up my mind more than on another, it is to Put suicide Down. So don't try it on. That's the phrase, isn't it? Ha, ha! now we understand each other."

Toby knew not whether to be agonised or glad, to see that Meg had turned a deadly white, and dropped her lover's hand.

"And as for you, you dull dog," said the Alderman, turning with even increased cheerfulness and urbanity to the young smith, "what are you thinking of being married for? What do you want to be married for, you silly fellow? If I was a fine, young, strapping chap like you, I should be ashamed of being milksop enough to pin myself to a woman's apron–strings! Why, she'll be an old woman before you're a middle–aged man! And a pretty figure you'll cut then, with a draggle–tailed wife and a crowd of squalling children crying after you wherever you go!"

O, he knew how to banter the common people, Alderman Cute!

"There! Go along with you," said the Alderman, "and repent. Don't make such a fool of yourself as to get married on New Year's Day. You'll think very differently of it, long before next New Year's Day: a trim young fellow like you, with all the girls looking after you. There! Go along with you!"

They went along. Not arm in arm, or hand in hand, or interchanging bright glances; but, she in tears; he, gloomy and down-looking. Were these the hearts that had so lately made old Toby's leap up from its faintness? No, no. The Alderman (a blessing on his head!) had Put *them* Down.

"As you happen to be here," said the Alderman to Toby, "you shall carry a letter for me. Can you be quick? You're an old man."

Toby, who had been looking after Meg, quite stupidly, made shift to murmur out that he was very quick, and very strong.

"How old are you?" inquired the Alderman.

"I'm over sixty, sir," said Toby.

"O! This man's a great deal past the average age, you know," cried Mr. Filer, breaking in as if his patience would bear some trying, but this really was carrying matters a little too far.

"I feel I'm intruding, sir," said Toby. "I—I misdoubted it this morning. Oh dear me!"

The Alderman cut him short by giving him the letter from his pocket. Toby would have got a shilling too; but Mr. Filer clearly showing that in that case he would rob a certain given number of persons of ninepence—halfpenny a—piece, he only got sixpence; and thought himself very well off to get that.

Then the Alderman gave an arm to each of his friends, and walked off in high feather; but, he immediately came hurrying back alone, as if he had forgotten something.

"Porter!" said the Alderman.

"Sir!" said Toby.

"Take care of that daughter of yours. She's much too handsome."

"Even her good looks are stolen from somebody or other, I suppose," thought Toby, looking at the sixpence in his hand, and thinking of the tripe. "She's been and robbed five hundred ladies of a bloom a−piece, I shouldn't wonder. It's very dreadful!"

"She's much too handsome, my man," repeated the Alderman. "The chances are, that she'll come to no good, I clearly see. Observe what I say. Take care of her!" With which, he hurried off again.

"Wrong every way. Wrong every way!" said Trotty, clasping his hands. "Born bad. No business here!"

The Chimes came clashing in upon him as he said the words. Full, loud, and sounding—but with no encouragement. No, not a drop.

"The tune's changed," cried the old man, as he listened. "There's not a word of all that fancy in it. Why should there be? I have no business with the New Year nor with the old one neither. Let me die!"

Still the Bells, pealing forth their changes, made the very air spin. Put 'em down, Put 'em down! Good old Times, Good old Times! Facts and Figures, Facts and Figures! Put 'em down, Put 'em down! If they said anything they said this, until the brain of Toby reeled.

He pressed his bewildered head between his hands, as if to keep it from splitting asunder. A well−timed action, as it happened; for finding the letter in one of them, and being by that means reminded of his charge, he fell, mechanically, into his usual trot, and trotted off.

THE SECOND QUARTER.

HE letter Toby had received from Alderman Cute, was addressed to a great man in the great district of the town.

The greatest district of the town. It must have been the greatest district of the town, because it was commonly called "the world" by its inhabitants. The letter positively seemed heavier in Toby's hand, than another letter. Not because the Alderman had sealed it with a very large coat of arms and no end of wax, but because of the weighty name on the superscription, and the ponderous amount of gold and silver with which it was associated.

"How different from us!" thought Toby, in all simplicity and earnestness, as he looked at the direction. "Divide the lively turtles in the bills of mortality, by the number of gentlefolks able to buy 'em; and whose share does he take but his own! As to snatching tripe from anybody's mouth—he'd scorn it!"

With the involuntary homage due to such an exalted character, Toby interposed a corner of his apron between the letter and his fingers.

"His children," said Trotty, and a mist rose before his eyes; "his daughters—Gentlemen may win their hearts and marry them; they may be happy wives and mothers; they may be handsome like my darling M—e—"

He couldn't finish the name. The final letter swelled in his throat, to the size of the whole alphabet.

"Never mind," thought Trotty. "I know what I mean. That's more than enough for me." And with this consolatory rumination, trotted on.

It was a hard frost, that day. The air was bracing, crisp, and clear. The wintry sun, though powerless for warmth, looked brightly down upon the ice it was too weak to melt, and set a radiant glory there. At other times, Trotty might have learned a poor man's lesson from the wintry sun; but, he was past that, now.

The Year was Old, that day. The patient Year had lived through the reproaches and misuses of its slanderers, and faithfully performed its work. Spring, summer, autumn, winter. It had laboured through the destined round, and now laid down its weary head to die. Shut out from hope, high impulse, active happiness, itself, but active messenger of many joys to others, it made appeal in its decline to have its toiling days and patient hours remembered, and to die in peace. Trotty might have read a poor man's allegory in the fading year; but he was past that, now.

And only he? Or has the like appeal been ever made, by seventy years at once upon an English labourer's head, and made in vain!

The streets were full of motion, and the shops were decked out gaily. The New Year, like an Infant Heir to the whole world, was waited for, with welcomes, presents, and rejoicings. There were books and toys for the New Year, glittering trinkets for the New Year, dresses for the New Year, schemes of fortune for the New Year; new inventions to beguile it. Its life was parcelled out in almanacks and pocket−books; the coming of its moons, and stars, and tides, was known beforehand to the moment; all the workings of its seasons in their days and nights, were calculated with as much precision as Mr. Filer could work sums in men and women.

The New Year, the New Year. Everywhere the New Year! The Old Year was already looked upon as dead; and its effects were selling cheap, like some drowned mariner's aboardship. Its patterns were Last Year's, and going at a sacrifice, before its breath was gone.Its treasures were mere dirt, beside the riches of its unborn successor!

Trotty had no portion, to his thinking, in the New Year or the Old.

"Put 'em down, Put 'em down! Facts and Figures, Facts and Figures! Good old Times, Good old Times! Put 'em down, Put 'em down!" — his trot went to that measure, and would fit itself to nothing else.

But, even that one, melancholy as it was, brought him, in due time, to the end of his journey. To the mansion of Sir Joseph Bowley, Member of Parliament.

The door was opened by a Porter. Such a Porter! Not of Toby's order. Quite another thing. His place was the ticket though; not Toby's.

This Porter underwent some hard panting before he could speak; having breathed himself by coming incautiously out of his chair, without first taking time to think about it and compose his mind. When he had found his voice—which it took him a long time to do, for it was a long way off, and hidden under a load of meat—he said in a fat whisper,

"Who's it from?"

Toby told him.

"You're to take it in, yourself," said the Porter, pointing to a room at the end of a long passage, opening from the hall. "Everything goes straight in, on this day of the year. You're not a bit too soon; for the carriage is at the door now, and they have only come to town for a couple of hours, a' purpose."

Toby wiped his feet (which were quite dry already) with great care, and took the way pointed out to him; observing as he went that it was an awfully grand house, but hushed and covered up, as if the family were in the country. Knocking at the room—door, he was told to enter from within; and doing so found himself in a spacious library, where, at a table strewn with files and papers, were a stately lady in a bonnet; and a not very stately gentleman in black who wrote from her dictation; while another, and an older, and a much statelier gentleman, whose hat and cane were on the table, walked up and down, with one hand in his breast, and looked complacently from time to time at his own picture—a full length; a very full length— hanging over the fireplace.

"What is this?" said the last—named gentleman. "Mr. Fish, will you have the goodness to attend?"

Mr. Fish begged par— don, and taking the letter from Toby, handed

it, with great respect.

"From Alderman Cute, Sir Joseph."

"Is this all? Have you nothing else, Porter?" inquired Sir Joseph.

Toby replied in the negative.

"You have no bill or demand upon me—my name is Bowley, Sir Joseph Bowley—of any kind from anybody, have you?" said Sir Joseph. "If you have, present it. There is a cheque—book by the side of Mr. Fish. I allow nothing to be carried into the New Year. Every description of account is settled in this house at the close of the old one. So that if death was to—to—"

"To cut," suggested Mr. Fish.

"To sever, sir," returned Sir Joseph, with great asperity, "the cord of existence—my affairs would be found, I hope, in a state of preparation."

"My dear Sir Joseph!" said the lady, who was greatly younger than the gentleman. "How shocking!"

"My lady Bowley," returned Sir Joseph, floundering now and then, as in the great depth of his observations, "at this season of the year we should think of—of—ourselves. We should look into our—our accounts. We should feel that every return of so eventful a period in human transactions, involves a matter of deep moment between a man and his—and his banker."

Sir Joseph delivered these words as if he felt the full morality of what he was saying; and desired that even Trotty should have an opportunity of being improved by such discourse. Possibly he had this end before him in still forbearing to break the seal of the letter, and in telling Trotty to wait where he was, a minute.

"You were desiring Mr. Fish to say, my lady—" observed Sir Joseph.

"Mr. Fish has said that, I believe," returned his lady, glancing at the letter. "But, upon my word, Sir Joseph, I don't think I can let it go after all. It is so very dear."

"What is dear?" inquired Sir Joseph.

"That Charity, my love. They only allow two votes for a subscription of five pounds. Really monstrous!"

"My lady Bowley," returned Sir Joseph, "you surprise me. Is the luxury of feeling in proportion to the number of votes; or is it, to a rightly constituted mind, in proportion to the number of applicants, and the wholesome state of mind to which their canvassing reduces them? Is there no excitement of the purest kind in having two votes to dispose of among fifty people?"

"Not to me, I acknowledge," replied the lady. "It bores one. Besides, one can't oblige one's acquaintance. But you are the Poor Man's Friend, you know, Sir Joseph. You think otherwise."

"I *am* the Poor Man's Friend," observed Sir Joseph, glancing at the poor man present. "As such I may be taunted. As such I have been taunted. But I ask no other title."

"Bless him for a noble gentleman!" thought Trotty.

"I don't agree with Cute here, for instance," said Sir Joseph, holding out the letter. "I don't agree with the Filer party. I don't agree with any party. My friend the Poor Man, has no business with anything of that sort, and nothing of that sort has any business with him. My friend the Poor Man, in my district, is my business. No man or body of men has any right to interfere between my friend and me. That is the ground I take. I assume a—a paternal character towards my friend. I say, 'My good fellow, I will treat you paternally.' "

Toby listened with great gravity, and began to feel more comfortable.

"Your only business, my good fellow," pursued Sir Joseph, looking abstractedly at Toby; "your only business in life is with me. You needn't trouble yourself to think about anything. I will think for you; I know what is good for you; I am your perpetual parent. Such is the dispensation of an all–wise Providence! Now, the design of your creation is—not that you should swill, and guzzle, and associate your enjoyments, brutally, with food;" Toby thought remorsefully of the tripe; "but that you should feel the Dignity of Labour. Go forth erect into the cheerful morning air, and—and stop there. Live hard and temperately, be respectful, exercise your self–denial, bring up your family on next to nothing, pay your rent as regularly as the clock strikes, be punctual in your dealings (I set you a good example; you will find Mr. Fish, my confidential secretary, with a cash–box before him at all times); and you may trust to me to be your Friend and Father."

"Nice children, indeed, Sir Joseph!" said the lady, with a shudder. "Rheumatisms, and fevers, and crooked legs, and asthmas, and all kinds of horrors!"

"My lady," returned Sir Joseph, with solemnity, "not the less am I the Poor Man's Friend and Father. Not the less shall he receive encouragement at my hands. Every quarter–day he will be put in communication with Mr. Fish. Every New Year's Day, myself and friends will drink his health. Once every year, myself and friends will address him with the deepest feeling. Once in his life, he may even perhaps receive; in public, in the presence of the gentry; a Trifle from a Friend. And when, upheld no more by these stimulants, and the Dignity of Labour, he sinks into his comfortable grave, then, my lady"—here Sir Joseph blew his nose—"I will be a Friend and a Father—on the same terms—to his children."

Toby was greatly moved.

"O! You have a thankful family, Sir Joseph!" cried his wife.

"My lady," said Sir Joseph, quite majestically, "Ingratitude is known to be the sin of that class. I expect no other return."

"Ah! Born bad!" thought Toby. "Nothing melts us."

"What man can do, *I* do," pursued Sir Joseph. "I do my duty as the Poor Man's Friend and Father; and I endeavour to educate his mind, by inculcating on all occasions the one great moral lesson which that class requires. That is, entire Dependence on myself. They have no business whatever with—with themselves. If wicked and designing persons tell them otherwise, and they become impatient and discontented, and are guilty of insubordinate conduct and black-hearted ingratitude; which is undoubtedly the case; I am their Friend and Father still. It is so Ordained. It is in the nature of things."

With that great sentiment, he opened the Alderman's letter; and read it.

"Very polite and attentive, I am sure!" exclaimed Sir Joseph. "My lady, the Alderman is so obliging as to remind me that he has had 'the distinguished honour' —he is very good—of meeting me at the house of our mutual friend Deedles, the banker; and he does me the favour to inquire whether it will be agreeable to me to have Will Fern put down."

"*Most* agreeable!" replied my Lady Bowley. "The worst man among them! He has been committing a robbery, I hope?"

"Why no," said Sir Joseph, referring to the letter. "Not quite. Very near. Not quite. He came up to London, it seems, to look for employment (trying to better himself—that's his story), and being found at night asleep in a shed, was taken into custody, and carried next morning before the Alderman. The Alderman observes (very properly) that he is determined to put this sort of thing down; and that if it will be agreeable to me to have Will Fern put down, he will be happy to begin with him."

"Let him be made an example of, by all means," returned the lady. "Last winter, when I introduced pinking and eyelet–holing among the men and boys in the village, as a nice evening employment, and had the lines,

> O let us love our occupations,
> Bless the squire and his relations,
> Live upon our daily rations,
> And always know our proper stations,

set to music on the new system, for them to sing the while; this very Fern—I see him now—touched that hat of his, and said, 'I humbly ask your pardon, my lady, but *an't* I something different from a great girl?' I expected it, of course; who can expect anything but insolence and ingratitude from that class of people! That is not to the purpose, however. Sir Joseph! Make an example of him!"

"Hem!" coughed Sir Joseph. "Mr. Fish, if you'll have the goodness to attend—"

Mr. Fish immediately seized his pen, and wrote from Sir Joseph's dictation.

"Private. My dear Sir. I am very much indebted to you for your courtesy in the matter of the man William Fern, of whom, I regret to add, I can say nothing favourable. I have uniformly considered myself in the light of his Friend and Father, but have been repaid (a common case, I grieve to say) with ingratitude, and constant opposition to my plans. He is a turbulent and rebellious spirit. His character will not bear investigation. Nothing will persuade him to be happy when he might. Under these circumstances, it appears to me, I own, that when he comes before you again (as you informed me he promised to do to− morrow, pending your inquiries, and I think he may be so far relied upon), his committal for some short term as a Vagabond, would be a service to society, and would be a salutary example in a country where—for the sake of those who are, through good and evil report, the Friends and Fathers of the Poor, as well as with a view to that, generally speaking, misguided class themselves—examples are greatly needed. And I am," and so forth.

"It appears," remarked Sir Joseph when he had signed this letter, and Mr. Fish was sealing it, "as if this were Ordained: really. At the close of the year, I wind up my account and strike my balance, even with William Fern!"

Trotty, who had long ago relapsed, and was very low−spirited, stepped forward with a rueful face to take the letter.

"With my compliments and thanks," said Sir Joseph. "Stop!"

"Stop!" echoed Mr. Fish.

"You have heard, perhaps," said Sir Joseph, oracularly, "certain remarks into which I have been led respecting the solemn period of time at which we have arrived, and the duty imposed upon us of settling our affairs, and being prepared. You have observed that I don't shelter myself behind my superior standing in society, but that Mr. Fish — that gentleman — has a cheque-book at his elbow, and is in fact here, to enable me to turn over a perfectly new leaf, and enter on the epoch before us with a clean account. Now, my friend, can you lay your hand upon your heart, and say, that you also have made preparations for a New Year?"

"I am afraid, sir," stammered Trotty, looking meekly at him, "that I am a — a — little behind-hand with the world."

"Behind-hand with the world!" repeated Sir Joseph Bowley, in a tone of terrible distinctness.

"I am afraid, sir," faltered Trotty, "that there's a matter of ten or twelve shillings owing to Mrs. Chickenstalker."

"To Mrs. Chickenstalker!" repeated Sir Joseph, in the same tone as before.

"A shop, sir," exclaimed Toby, "in the general line. Also a — a little money on account of rent. A very little, sir. It oughtn't to be owing, I know, but we have been hard put to it, indeed!"

Sir Joseph looked at his lady, and at Mr. Fish, and at Trotty, one after another, twice all round. He then made a despondent gesture with both hands at once, as if he gave the thing up altogether.

"How a man, even among this improvident and impracticable race; an old man; a man grown grey; can look a New Year in the face, with his affairs in this condition; how he can lie down on his bed at night, and get up again in the morning, and — There!" he said, turning his back on Trotty. "Take the letter. Take the letter!"

"I heartily wish it was otherwise, sir," said Trotty, anxious to excuse himself. "We have been tried very hard."

Sir Joseph still repeating "Take the letter, take the letter!" and Mr. Fish not only saying the same thing, but giving additional force to the request by motioning the bearer to the door, he had nothing for it but to make his bow and leave the house. And in the street, poor Trotty pulled his worn old hat down on his head, to hide the grief he felt at getting no hold on the New Year, anywhere.

He didn't even lift his hat to look up at the Bell tower when he came to the old church on his return. He halted there a moment, from habit: and knew that it was growing dark, and that the steeple rose above him, indistinct and faint, in the murky air. He knew, too, that the Chimes would ring immediately; and that they sounded to his fancy, at such a time, like voices in the clouds. But he only made the more haste to deliver the Alderman's letter, and get out of the way before they began; for he dreaded to hear them tagging "Friends and Fathers, Friends and Fathers," to the burden they had rung out last.

Toby discharged himself of his commission, therefore, with all possible speed, and set off trotting homeward. But what with his pace, which was at best an awkward one in the street; and what with his hat, which didn't improve it; he trotted against somebody in less than no time, and was sent staggering out into the road.

"I beg your pardon, I'm sure!" said Trotty, pulling up his hat in great confusion, and between the hat and the torn lining, fixing his head into a kind of bee−hive. "I hope I haven't hurt you."

As to hurting anybody, Toby was not such an absolute Samson, but that he was much more likely to be hurt himself: and indeed, he had flown out into the road, like a shuttlecock. He had such an opinion of his own strength, however, that he was in real concern for the other party: and said again,

"I hope I haven't hurt you?"

The man against whom he had run; a sun−browned, sinewy, country−looking man, with grizzled hair, and a rough chin; stared at him for a moment, as if he suspected him to be in jest. But, satisfied of his good faith, he answered:

"No, friend. You have not hurt me."

"Nor the child, I hope?" said Trotty.

"Nor the child," returned the man. "I thank you kindly."

As he said so, he glanced at a little girl he carried in his arms, asleep: and shading her face with the long end of the poor handkerchief he wore about his throat, went slowly on.

The tone in which he said "I thank you kindly," penetrated Trotty's heart. He was so jaded and foot−sore, and so soiled with travel, and looked about him so forlorn and strange, that it was a comfort to him to be able to thank any one: no matter for how little. Toby stood gazing after him as he plodded wearily away, with the child's arm clinging round his neck.

At the figure in the worn shoes—now the very shade and ghost of shoes—rough leather leggings, common frock, and broad slouched hat, Trotty stood gazing, blind to the whole street. And at the child's arm, clinging round its neck.

Before he merged into the darkness the traveller stopped; and looking round, and seeing Trotty standing there yet, seemed undecided whether to return or go on. After doing first the one and then the other, he came back, and Trotty went half—way to meet him.

"You can tell me, perhaps," said the man with a faint smile, "and if you can I am sure you will, and I'd rather ask you than another — where Alderman Cute lives."

"Close at hand," replied Toby. "I'll show you his house with pleasure."

"I was to have gone to him elsewhere to—morrow," said the man, accompanying Toby, "but I'm uneasy under suspicion, and want to clear myself, and to be free to go and seek my bread—I don't know where. So, maybe he'll forgive my going to his house to—night."

"It's impossible," cried Toby with a start, "that your name's Fern!"

"Eh!" cried the other, turning on him in astonishment.

"Fern! Will Fern!" said Trotty.

"That's my name," replied the other.

"Why then," said Trotty, seizing him by the arm, and looking cautiously round, "for Heaven's sake don't go to him! Don't go to him! He'll put you down as sure as ever you were born. Here! come up this alley, and I'll tell you what I mean. Don't go to *him*."

His new acquaintance looked as if he thought him mad; but he bore him company nevertheless. When they were shrouded from observation, Trotty told him what he knew, and what character he had received, and all about it.

The subject of his history listened to it with a calmness that surprised him. He did not contradict or interrupt it, once. He nodded his head now and then — more in corroboration of an old and worn‑out story, it appeared, than in refutation of it; and once or twice threw back his hat, and passed his freckled hand over a brow, where every furrow he had ploughed seemed to have set its image in little. But he did no more.

"It's true enough in the main," he said, "master, I could sift grain from husk here and there, but let it be as 'tis. What odds? I have gone against his plans; to my misfortun'. I can't help it; I should do the like to‑morrow. As to character, them gentlefolks will search and search, and pry and pry, and have it as free from spot or speck in us, afore they'll help us to a dry good word! — Well! I hope they don't lose good opinion as easy as we do, or their lives is strict indeed, and hardly worth the keeping. For myself, master, I never took with that hand" — holding it before him — "what wasn't my own; and never held it back from work, however hard, or poorly paid. Whoever can deny it, let him chop it off! But when work won't maintain me like a human creetur; when my living is so bad, that I am Hungry, out of doors and in; when I see a whole working life begin that way, go on that way, and end that way, without a chance or change; then I say to the gentlefolks 'Keep away from me! Let my cottage be. My doors is dark enough without your darkening of 'em more. Don't look for me to come up into the Park to help the show when there's a Birthday, or a fine Speechmaking, or what not. Act your Plays and Games without me, and be welcome to 'em, and enjoy 'em. We've nowt to do with one another. I'm best let alone!' "

Seeing that the child in his arms had opened her eyes, and was looking about her in wonder, he checked himself to say a word or two of foolish prattle in her ear, and stand her on the ground beside him. Then slowly winding one of her long tresses round and round his rough forefinger like a ring, while she hung about his dusty leg, he said to Trotty:

"I'm not a cross-grained man by natur', I believe; and easy satisfied, I'm sure. I bear no ill-will against none of 'em. I only want to live like one of the Almighty's creeturs. I can't—I don't—and so there's a pit dug between me, and them that can and do. There's others like me. You might tell 'em off by hundreds and by thousands, sooner than by ones."

Trotty knew he spoke the Truth in this, and shook his head to signify as much.

"I've got a bad name this way," said Fern; "and I'm not likely, I'm afeared, to get a better. 'Tan't lawful to be out of sorts, and I AM out of sorts, though God knows I'd sooner bear a cheerful spirit if I could. Well! I don't know as this Alderman could hurt *me* much by sending me to jail; but without a friend to speak a word for me, he might do it; and you see—!" pointing downward with his finger, at the child.

"She has a beautiful face," said Trotty.

"Why yes!" replied the other in a low voice, as he gently turned it up with both his hands towards his own, and looked upon it steadfastly. "I've thought so, many times. I've thought so, when my hearth was very cold, and cupboard very bare. I thought so t'other night, when we were taken like two thieves. But they—they shouldn't try the little face too often, should they, Lilian? That's hardly fair upon a man!"

He sunk his voice so low, and gazed upon her with an air so stern and strange, that Toby, to divert the current of his thoughts, inquired if his wife were living.

"I never had one," he returned, shaking his head. "She's my brother's child: a orphan. Nine year old, though you'd hardly think it; but she's tired and worn out now. They'd have taken care on her, the Union— eight–and–twenty mile away from where we live—between four walls (as they took care of my old father when he couldn't work no more, though he didn't trouble 'em long); but I took her instead, and she's lived with me ever since. Her mother had a friend once, in London here. We are trying to find her, and to find work too; but it's a large place. Never mind. More room for us to walk about in, Lilly!"

Meeting the child's eyes with a smile which melted Toby more than tears, he shook him by the hand.

"I don't so much as know your name," he said, "but I've opened my heart free to you, for I'm thankful to you; with good reason. I'll take your advice, and keep clear of this—"

"Justice," suggested Toby.

"Ah!" he said. "If that's the name they give him. This Justice. And to–morrow will try whether there's better fortun' to be met with, somewheres near London. Good night. A Happy New Year!"

"Stay!" cried Trotty, catching at his hand, as he relaxed his grip. "Stay! The New Year never can be happy to me, if we part like this. The New Year never can be happy to me, if I see the child and you go wandering away, you don't know where, without a shelter for your heads. Come home with me! I'm a poor man, living in a poor place; but I can give you lodging for one night and never miss it. Come home with me! Here! I'll take her!" cried Trotty, lifting up the child. "A pretty one! I'd carry twenty times her weight, and never know I'd got it. Tell me if I go too quick for you. I'm very fast. I always was!" Trotty said this, taking about six of his trotting paces to one stride of his fatigued companion; and with his thin legs quivering again, beneath the load he bore.

"Why, she's as light," said Trotty, trotting in his speech as well as in his gait; for he couldn't bear to be thanked, and dreaded a moment's pause; "as light as a feather. Lighter than a Peacock's feather—a great deal lighter. Here we are and here we go! Round this first turning to the right, Uncle Will, and past the pump, and sharp off up the passage to the left, right opposite the public−house. Here we are and here we go! Cross over, Uncle Will, and mind the kidney pieman at the corner! Here we are and here we go! Down the Mews here, Uncle Will, and stop at the black door, with 'T. Veck, Ticket Porter,' wrote upon a board; and here we are and here we go, and here we are indeed, my precious Meg, surprising you!"

With which words Trotty, in a breathless state, set the child down before his daughter in the middle of the floor. The little visitor looked once at Meg; and doubting nothing in that face, but trusting everything she saw there; ran into her arms.

"Here we are and here we go!" cried Trotty, running round the room, and choking audibly. "Here, Uncle Will, here's a fire you know! Why don't you come to the fire? Oh here we are and here we go! Meg, my precious darling, where's the kettle? Here it is and here it goes, and it'll bile in no time!"

Trotty really had picked up the kettle somewhere or other in the course of his wild career, and now put it on the fire: while Meg, seating the child in a warm corner, knelt down on the ground before her, and pulled off her shoes, and dried her wet feet on a cloth. Ay, and she laughed at Trotty too — so pleasantly, so cheerfully, that Trotty could have blessed her where she kneeled; for he had seen that, when they entered, she was sitting by the fire in tears.

"Why, father!" said Meg. "You're crazy to-night, I think. I don't know what the Bells would say to that. Poor little feet. How cold they are!"

"Oh, they're warmer now!" exclaimed the child. "They're quite warm now!"

"No, no, no," said Meg. "We haven't rubbed 'em half enough. We're so busy. So busy! And when they're done, we'll brush out the damp hair; and when that's done, we'll bring some colour to the poor pale face with fresh water; and when that's done, we'll be so gay, and brisk, and happy — !"

The child, in a burst of sobbing, clasped her round the neck; caressed her fair cheek with its hand; and said, "Oh Meg! oh dear Meg!"

Toby's blessing could have done no more. Who could do more!

"Why, father!" cried Meg, after a pause.

"Here I am and here I go, my dear!" said Trotty.

"Good Gracious me!" cried Meg. "He's crazy! He's put the dear child's bonnet on the kettle, and hung the lid behind the door!"

"I didn't go for to do it, my love," said Trotty, hastily repairing this mistake. "Meg, my dear?"

Meg looked towards him and saw that he had elaborately stationed himself behind the chair of their male visitor, where with many mysterious gestures he was holding up the sixpence he had earned.

"I see, my dear," said Trotty, "as I was coming in, half an ounce of tea lying somewhere on the stairs; and I'm pretty sure there was a bit of bacon too. As I don't remember where it was exactly, I'll go myself and try to find 'em."

With this inscrutable artifice, Toby withdrew to purchase the viands he had spoken of, for ready money, at Mrs. Chickenstalker's; and presently came back, pretending he had not been able to find them, at first, in the dark.

"But here they are at last," said Trotty, setting out the tea-things, "all correct! I was pretty sure it was tea, and a rasher. So it is. Meg, my pet, if you'll just make the tea, while your unworthy father toasts the bacon, we shall be ready, immediate. It's a curious circumstance," said Trotty, proceeding in his cookery, with the assistance of the toasting-fork, "curious, but well known to my friends, that I never care, myself, for rashers, nor for tea. I like to see other people enjoy 'em," said Trotty, speaking very loud, to impress the fact upon his guest, "but to me, as food, they're disagreeable."

Yet Trotty sniffed the savour of the hissing bacon—ah!—as if he liked it; and when he poured the boiling water in the tea-pot, looked lovingly down into the depths of that snug cauldron, and suffered the fragrant steam to curl about his nose, and wreathe his head and face in a thick cloud. However, for all this, he neither ate nor drank, except at the very beginning, a mere morsel for form's sake, which he appeared to eat with infinite relish, but declared was perfectly uninteresting to him.

No. Trotty's occupation was, to see Will Fern and Lilian eat and drink; and so was Meg's. And never did spectators at a city dinner or court banquet find such high delight in seeing others feast: although it were a monarch or a pope: as those two did, in looking on that night. Meg smiled at Trotty, Trotty laughed at Meg. Meg shook her head, and made belief to clap her hands, applauding Trotty; Trotty conveyed, in dumb–show, unintelligible narratives of how and when and where he had found their visitors, to Meg; and they were happy. Very happy.

"Although," thought Trotty, sorrowfully, as he watched Meg's face; "that match is broken off, I see!"

"Now, I'll tell you what," said Trotty after tea. "The little one, she sleeps with Meg, I know."

"With good Meg!" cried the child, caressing her. "With Meg."

"That's right," said Trotty. "And I shouldn't wonder if she kiss Meg's father, won't she? I'm Meg's father."

Mightily delighted Trotty was, when the child went timidly towards him, and having kissed him, fell back upon Meg again.

"She's as sensible as Solomon," said Trotty. "Here we come and here we — no, we don't — I don't mean that — I — what was I saying, Meg, my precious?"

Meg looked towards their guest, who leaned upon her chair, and with his face turned from her, fondled the child's head, half hidden in her lap.

"To be sure," said Toby. "To be sure! I don't know what I'm rambling on about, to-night. My wits are wool-gathering, I think. Will Fern, you come along with me. You're tired to death, and broken down for want of rest. You come along with me."

The man still played with the child's curls, still leaned upon Meg's chair, still turned away his face. He didn't speak, but in his rough coarse fingers, clenching and expanding in the fair hair of the child, there was an eloquence that said enough.

"Yes, yes," said Trotty, answering unconsciously what he saw expressed in his daughter's face. "Take her with you, Meg. Get her to bed. There! Now, Will, I'll show you where you lie. It's not much of a place: only a loft; but, having a loft, I always say, is one of the great conveniences of living in a mews; and till this coach-house and stable gets a better let, we live here cheap. There's plenty of sweet hay up there, belonging to a neighbour; and it's as clean as hands, and Meg, can make it. Cheer up! Don't give way. A new heart for a New Year, always!"

The hand released from the child's hair, had fallen, trembling, into Trotty's hand. So Trotty, talking without intermission, led him out as tenderly and easily as if he had been a child himself.

Returning before Meg, he listened for an instant at the door of her little chamber; an adjoining room. The child was murmuring a simple Prayer before lying down to sleep; and when she had remembered

Meg's name, "Dearly, Dearly"—so her words ran—Trotty heard her stop and ask for his.

It was some short time before the foolish little old fellow could compose himself to mend the fire, and draw his chair to the warm hearth. But, when he had done so, and had trimmed the light, he took his newspaper from his pocket, and began to read. Carelessly at first, and skimming up and down the columns; but with an earnest and a sad attention, very soon.

For this same dreaded paper re−directed Trotty's thoughts into the channel they had taken all that day, and which the day's events had so marked out and shaped. His interest in the two wanderers had set him on another course of thinking, and a happier one, for the time; but being alone again, and reading of the crimes and violences of the people, he relapsed into his former train.

In this mood, he came to an account (and it was not the first he had ever read) of a woman who had laid her desperate hands not only on her own life but on that of her young child. A crime so terrible, and so revolting to his soul, dilated with the love of Meg, that he let the journal drop, and fell back in his chair, appalled!

"Unnatural and cruel!" Toby cried. "Unnatural and cruel! None but people who were bad at heart, born bad, who had no business on the earth, could do such deeds. It's too true, all I've heard to−day; too just, too full of proof. We're Bad!"

The Chimes took up the words so suddenly—burst out so loud, and clear, and sonorous—that the Bells seemed to strike him in his chair.

And what was that, they said?

"Toby Veck, Toby Veck, waiting for you Toby! Toby Veck, Toby Veck, waiting for you Toby! Come and see us, come and see us, Drag him to us, drag him to us, Haunt and hunt him, haunt and hunt him, Break his slumbers, break his slumbers! Toby Veck Toby Veck, door open wide Toby, Toby Veck Toby Veck, door open wide Toby —" then fiercely back to their impetuous strain again, and ringing in the very bricks and plaster on the walls.

Toby listened. Fancy, fancy! His remorse for having run away from them that afternoon! No, no. Nothing of the kind. Again, again, and yet a dozen times again. "Haunt and hunt him, haunt and hunt him, Drag him to us, drag him to us!" Deafening the whole town!

"Meg," said Trotty softly: tapping at her door. "Do you hear anything?"

"I hear the Bells, father. Surely they're very loud to−night."

"Is she asleep?" said Toby, making an excuse for peeping in.

"So peacefully and happily! I can't leave her yet though, father. Look how she holds my hand!"

"Meg," whispered Trotty. "Listen to the Bells!"

She listened, with her face towards him all the time. But it underwent no change. She didn't understand them.

Trotty withdrew, resumed his seat by the fire, and once more listened by himself. He remained here a little time.

It was impossible to bear it; their energy was dreadful.

"If the tower−door is really open," said Toby, hastily laying aside his apron, but never thinking of his hat, "what's to hinder me from going up into the steeple and satisfying myself? If it's shut, I don't want any other satisfaction. That's enough."

He was pretty certain as he slipped out quietly into the street that he should find it shut and locked, for he knew the door well, and had so rarely seen it open, that he couldn't reckon above three times in all. It was a low arched portal, outside the church, in a dark nook behind a column; and had such great iron hinges, and such a monstrous lock, that there was more hinge and lock than door.

But what was his astonishment when, coming bare–headed to the church; and putting his hand into this dark nook, with a certain misgiving that it might be unexpectedly seized, and a shivering propensity to draw it back again; he found that the door, which opened outwards, actually stood ajar!

He thought, on the first surprise, of going back; or of getting a light, or a companion, but his courage aided him immediately, and he determined to ascend alone.

"What have I to fear?" said Trotty. "It's a church! Besides, the ringers may be there, and have forgotten to shut the door."

So he went in, feeling his way as he went, like a blind man; for it was very dark. And very quiet, for the Chimes were silent.

The dust from the street had blown into the recess; and lying there, heaped up, made it so soft and velvet–like to the foot, that there was something startling, even in that. The narrow stair was so close to the door, too, that he stumbled at the very first; and shutting the door upon himself, by striking it with his foot, and causing it to rebound back heavily, he couldn't open it again.

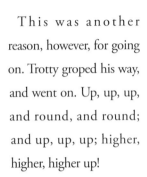

This was another reason, however, for going on. Trotty groped his way, and went on. Up, up, up, and round, and round; and up, up, up; higher, higher, higher up!

It was a disagreeable staircase for that groping work; so low and narrow, that his groping hand was always touching something; and it often felt so like a man or ghostly figure standing up erect and making room for him to pass without discovery, that he would rub the smooth wall upward searching for its face, and downward searching for its feet, while a chill tingling crept all over him. Twice or thrice, a door or niche broke the monotonous surface; and then it seemed a gap as wide as the whole church; and he felt on the brink of an abyss, and going to tumble headlong down, until he found the wall again.

Still up, up, up; and round and round; and up, up, up; higher, higher, higher up!

At length, the dull and stifling atmosphere began to freshen: presently to feel quite windy: presently it blew so strong, that he could hardly keep his legs. But, he got to an arched window in the tower, breast high, and holding tight, looked down upon the house—tops, on the smoking chimneys, on the blur and blotch of lights (towards the place where Meg was wondering where he was and calling to him perhaps), all kneaded up together in a leaven of mist and darkness.

This was the belfry, where the ringers came. He had caught hold of one of the frayed ropes which hung down through apertures in the oaken roof. At first he started, thinking it was hair; then trembled at the very thought of waking the deep Bell. The Bells themselves were higher. Higher, Trotty, in his fascination, or in working out the spell upon him, groped his way. By ladders now, and toilsomely, for it was steep, and not too certain holding for the feet.

Up, up, up; and climb and clamber; up, up, up; higher, higher, higher up!

Until, ascending through the floor, and pausing with his head just raised above its beams, he came among the Bells. It was barely possible to make out their great shapes in the gloom; but there they were. Shadowy, and dark, and dumb.

A heavy sense of dread and loneliness fell instantly upon him, as he climbed into this airy nest of stone and metal. His head went round and round. He listened, and then raised a wild "Holloa!"

Holloa! was mournfully protracted by the echoes.

Giddy, confused, and out of breath, and frightened, Toby looked about him vacantly, and sunk down in a swoon.

THIRD QUARTER.

B LACK are the brooding clouds
and troubled the deep waters,
when the Sea of Thought, first
heaving from a calm, gives up
its Dead. Monsters
uncouth and
wild, arise in
premature,
im-perfect

resurrection; the several parts and shapes of different things are joined
and mixed by chance; and when, and how, and by what wonderful
degrees, each separates from each, and every sense and object of the

mind resumes its usual form and lives again, no man — though every man is every day the casket of this type of the Great Mystery — can tell.

So, when and how the darkness of the night–black steeple changed to shining light; when and how the solitary tower was peopled with a myriad figures; when and how the whispered "Haunt and hunt him," breathing monotonously through his sleep or swoon, became a voice exclaiming in the waking ears of Trotty, "Break his slumbers;" when and how he ceased to have a sluggish and confused idea that such things were, companioning a host of others that were not; there are no dates or means to tell. But, awake and standing on his feet upon the boards where he had lately lain, he saw this Goblin Sight.

He saw the tower, whither his charmed footsteps had brought him, swarming with dwarf phantoms, spirits, elfin creatures of the Bells. He saw them leaping, flying, dropping, pouring from the Bells without a pause. He saw them, round him on the ground; above him, in the air; clambering from him, by the ropes below; looking down upon him, from the massive iron–girded beams; peeping in upon him, through the chinks and loopholes in the walls; spreading away and away from him in enlarging circles, as the water ripples give way to a huge stone that suddenly comes plashing in among them. He saw them, of all aspects and all shapes. He saw them ugly, handsome, crippled, exquisitely formed. He saw them young, he saw them old, he saw them kind, he saw them cruel, he saw them merry, he saw them grim; he saw them dance, and heard them sing; he saw them tear their hair, and heard them howl. He saw the air thick with them. He saw them come and go, incessantly. He saw them riding downward, soaring upward, sailing off afar, perching near at hand, all restless and all violently active. Stone, and brick, and slate, and tile, became transparent to him as to them. He saw them *in* the houses, busy at the sleepers' beds. He saw them soothing people in their dreams; he saw them beating them with knotted whips; he saw them yelling in their ears; he saw them playing softest music on their pillows; he saw them cheering some with the songs of birds and the perfume of flowers; he saw them flashing awful faces on the troubled rest of others, from enchanted mirrors which they carried in their hands.

He saw these creatures, not only among sleeping men but waking also, active in pursuits irreconcilable with one another, and possessing or assuming natures the most opposite. He saw one buckling on innumerable wings to increase his speed; another loading himself with chains and weights, to retard his. He saw some putting the hands of clocks forward, some putting the hands of clocks backward, some endeavouring to stop the clock entirely. He saw them representing, here a marriage ceremony, there a funeral; in this chamber an election, in that a ball; he saw, everywhere, restless and untiring motion.

Bewildered by the host of shifting and extraordinary figures, as well as by the uproar of the Bells, which all this while were ringing, Trotty clung to a wooden pillar for support, and turned his white face here and there, in mute and stunned astonishment.

As he gazed, the Chimes stopped. Instantaneous change! The whole swarm fainted! their forms collapsed, their speed deserted them; they sought to fly, but in the act of falling died and melted into air. No fresh supply succeeded them. One straggler leaped down pretty briskly from the surface of the Great Bell, and alighted on his feet, but he was dead and gone before he could turn round. Some few of the late company who had gambolled in the tower, remained there, spinning over and over a little longer; but these became at every turn more faint, and few, and feeble, and soon went the way of the rest. The last of all was one small hunchback, who had got into an echoing corner, where he twirled and twirled, and floated by himself a long time; showing such perseverance, that at last he dwindled to a leg and even to a foot, before he finally retired; but he vanished in the end, and then the tower was silent.

Then and not before, did Trotty see in every Bell a bearded figure of the bulk and stature of the Bell—incomprehensibly, a figure and the Bell itself. Gigantic, grave, and darkly watchful of him, as he stood rooted to the ground.

Mysterious and awful figures! Resting on nothing; poised in the night air of the tower, with their draped and hooded heads merged in the dim roof; motionless and shadowy. Shadowy and dark, although he saw them by some light belonging to themselves—none else was there—each with its muffled hand upon its goblin mouth.

He could not plunge down wildly through the opening in the floor; for all power of motion had deserted him. Otherwise he would have done so—aye, would have thrown himself, headforemost, from the steeple⬛top, rather than have seen them watching him with eyes that would have waked and watched although the pupils had been taken out.

Again, again, the dread and terror of the lonely place, and of the wild and fearful night that reigned there, touched him like a spectral hand. His distance from all help; the long, dark, winding, ghost—beleaguered way that lay between him and the earth on which men lived; his being high, high, high, up there, where it had made him dizzy to see the birds fly in the day; cut off from all good people, who at such an hour were safe at home and sleeping in their beds; all this struck coldly through him, not as a reflection but a bodily sensation. Meantime his eyes and thoughts and fears, were fixed upon the watchful figures; which, rendered unlike any figures of this world by the deep gloom and shade enwrapping and enfolding them, as well as by their looks and forms and supernatural hovering above the floor, were nevertheless as plainly to be seen as were the stalwart oaken frames, cross—pieces, bars and beams, set up there to support the Bells. These hemmed them, in a very forest of hewn timber; from the entanglements, intricacies, and depths of which, as from among the boughs of a dead wood blighted for their phantom use, they kept their darksome and unwinking watch.

A blast of air—how cold and shrill!—came moaning through the tower. As it died away, the Great Bell, or the Goblin of the Great Bell, spoke.

"What visitor is this!" it said. The voice was low and deep, and Trotty fancied that it sounded in the other figures as well.

"I thought my name was called by the Chimes!" said Trotty, raising his hands in an attitude of supplication. "I hardly know why I am here, or how I came. I have listened to the Chimes these many years.

They have cheered me often."

"And you have thanked them?" said the Bell.

"A thousand times!" cried Trotty.

"How?"

"I am a poor man," faltered Trotty, "and could only thank them in words."

"And always so?" inquired the Goblin of the Bell. "Have you never done us wrong in words?"

"No!" cried Trotty eagerly.

"Never done us foul, and false, and wicked wrong, in words?" pursued the Goblin of the Bell.

Trotty was about to answer, "Never!" But he stopped, and was confused.

"The voice of Time," said the Phantom, "cries to man, Advance! Time is for his advancement and improvement; for his greater worth, his greater happiness, his better life; his progress onward to that goal within its knowledge and its view, and set there, in the period when Time and He began. Ages of darkness, wickedness, and violence, have come and gone—millions uncountable, have suffered, lived, and died—to point the way before him. Who seeks to turn him back, or stay him on his course, arrests a mighty engine which will strike the meddler dead; and be the fiercer and the wilder, ever, for its momentary check!"

"I never did so to my knowledge, sir," said Trotty. "It was quite by accident if I did. I wouldn't go to do it, I'm sure."

"Who puts into the mouth of Time, or of its servants," said the

Goblin of the Bell, "a cry of lamentation for days which have had their trial and their failure, and have left deep traces of it which the blind may see—a cry that only serves the present time, by showing men how much it needs their help when any ears can listen to regrets for such a past—who does this, does a wrong. And you have done that wrong, to us, the Chimes."

Trotty's first excess of fear was gone. But he had felt tenderly and gratefully towards the Bells, as you have seen; and when he heard himself arraigned as one who had offended them so weightily, his heart was touched with penitence and grief.

"If you knew," said Trotty, clasping his hands earnestly—"or perhaps you do know—if you know how often you have kept me company; how often you have cheered me up when I've been low; how you were quite the plaything of my little daughter Meg (almost the only one she ever had) when first her mother died, and she and me were left alone; you won't bear malice for a hasty word!"

"Who hears in us, the Chimes, one note bespeaking disregard, or stern regard, of any hope, or joy, or pain, or sorrow, of the many-sorrowed throng; who hears us make response to any creed that gauges human passions and affections, as it gauges the amount of miserable food on which humanity may pine and wither; does us wrong. That wrong you have done us!" said the Bell.

"I have!" said Trotty. "Oh forgive me!"

"Who hears us echo the dull vermin of the earth: the Putters Down of crushed and broken natures, formed to be raised up higher than such maggots of the time can crawl or can conceive," pursued the

Goblin of the Bell; "who does so, does us wrong. And you have done us wrong!"

"Not meaning it," said Trotty. "In my ignorance. Not meaning it!"

"Lastly, and most of all," pursued the Bell. "Who turns his back upon the fallen and disfigured of his kind; abandons them as vile; and does not trace and track with pitying eyes the unfenced precipice by which they fell from good—grasping in their fall some tufts and shreds of that lost soil, and clinging to them still when bruised and dying in the gulf below; does wrong to Heaven and man, to time and to eternity. And you have done that wrong!"

"Spare me," cried Trotty, falling on his knees; "for Mercy's sake!"

"Listen!" said the Shadow.

"Listen!" cried the other Shadows.

"Listen!" said a clear and childlike voice, which Trotty thought he recognised as having heard before.

The organ sounded faintly in the church below. Swelling by degrees, the melody ascended to the roof, and filled the choir and nave. Expanding more and more, it rose up, up; up, up; higher, higher, higher up; awakening agitated hearts within the burly piles of oak, the hollow bells, the iron–bound doors, the stairs of solid stone; until the tower walls were insufficient to contain it, and it soared into the sky.

No wonder that an old man's breast could not contain a sound so vast and mighty. It broke from that weak prison in a rush of tears; and Trotty put his hands before his face.

"Listen!" said the Shadow.

"Listen!" said the other Shadows.

"Listen!" said the child's voice.

A solemn strain of blended voices, rose into the tower.

It was a very low and mournful strain—a Dirge—and as he listened, Trotty heard his child among the singers.

"She is dead!" exclaimed the old man. "Meg is dead! Her Spirit calls to me. I hear it!"

"The Spirit of your child bewails the dead, and mingles with the dead—dead hopes, dead fancies, dead imaginings of youth," returned the Bell, "but she is living. Learn from her life, a living truth. Learn from the creature dearest to your heart, how bad the bad are born. See every bud and leaf plucked one by one from off the fairest stem, and know how bare and wretched it may be. Follow her! To desperation!"

Each of the shadowy figures stretched its right arm forth, and pointed downward.

"The Spirit of the Chimes is your companion," said the figure. "Go! It stands behind you!"

Trotty turned, and saw—the child! The child Will Fern had carried in the street; the child whom Meg had watched, but now, asleep!

"I carried her myself, to-night," said Trotty. "In these arms!"

"Show him what he calls himself," said the dark figures, one and all.

The tower opened at his feet. He looked down, and beheld his own form, lying at the bottom, on the outside: crushed and motionless.

"No more a living man!" cried Trotty. "Dead!"

"Dead!" said the figures all together.

"Gracious Heaven! And the New Year—"

"Past," said the figures.

"What!" he cried, shuddering. "I missed my way, and coming on the outside of this tower in the dark, fell down—a year ago?"

"Nine years ago!" replied the figures.

As they gave the answer, they recalled their outstretched hands; and where their figures had been, there the Bells were.

And they rung; their time being come again. And once again, vast multitudes of phantoms sprung into existence; once again, were incoherently engaged, as they had been before; once again, faded on the stopping of the Chimes; and dwindled into nothing.

"What are these?" he asked his guide. "If I am not mad, what are these?"

"Spirits of the Bells. Their sound upon the air," returned the child. "They take such shapes and occupations as the hopes and thoughts of mortals, and the recollections they have stored up, give them."

"And you," said Trotty wildly. "What are you?"

"Hush, hush!" returned the child. "Look here!"

In a poor, mean room; working at the same kind of embroidery which he had often, often seen before her; Meg, his own dear daughter, was presented to his view. He made no effort to imprint his kisses on her face; he did not strive to clasp her to his loving heart; he knew that such endearments were, for him, no more. But, he held his trembling breath, and brushed away the blinding tears, that he might look upon her; that he might only see her.

Ah! Changed. Changed. The light of the clear eye, how dimmed. The bloom, how faded from the cheek. Beautiful she was, as she had ever been, but Hope, Hope, Hope, oh where was the fresh Hope that had spoken to him like a voice!

She looked up from her work, at a companion. Following her eyes, the old man started back.

In the woman grown, he recognised her at a glance. In the long silken hair, he saw the self—same curls; around the lips, the child's expression lingering still. See! In the eyes, now turned inquiringly on Meg, there shone the very look that scanned those features when he brought her home!

Then what was this, beside him!

Looking with awe into its face, he saw a something reigning there: a lofty something, undefined and indistinct, which made it hardly more than a remembrance of that child—as yonder figure might be—yet it was the same: the same: and wore the dress.

Hark. They were speaking!

"Meg," said Lilian, hesitating. "How often you raise your head from your work to look at me!"

"Are my looks so altered, that they frighten you?" asked Meg.

"Nay, dear! But you smile at that, yourself! Why not smile, when you look at me, Meg?"

"I do so. Do I not?" she answered: smiling on her.

"Now you do," said Lilian, "but not usually. When you think I'm busy, and don't see you, you look so anxious and so doubtful, that I hardly like to raise my eyes. There is little cause for smiling in this hard and toilsome life, but you were once so cheerful."

"Am I not now!" cried Meg, speaking in a tone of strange alarm, and rising to embrace her. "Do *I* make our weary life more weary to you, Lilian!"

"You have been the only thing that made it life," said Lilian, fervently kissing her; "sometimes the only thing that made me care to live so, Meg. Such work, such work! So many hours, so many days, so many long, long nights of hopeless, cheerless, never-ending work— not to heap up riches, not to live grandly or gaily, not to live upon enough, however coarse; but to earn bare bread; to scrape together just enough to toil upon, and want upon, and keep alive in us the consciousness of our hard fate! Oh Meg, Meg!" she raised her voice and twined her arms about her as she spoke, like one in pain. "How can the cruel world go round, and bear to look upon such lives!"

"Lilly!" said Meg, soothing her, and putting back her hair from her wet face. "Why, Lilly! You! So pretty and so young!"

"Oh Meg!" she interrupted, holding her at arm's-length, and looking in her face imploringly. "The worst of all, the worst of all! Strike me old, Meg! Wither me, and shrivel me, and free me from the dreadful thoughts that tempt me in my youth!"

Trotty turned to look upon his guide. But the Spirit of the child had taken flight. Was gone.

Neither did he himself remain in the same place; for, Sir Joseph Bowley, Friend and Father of the Poor, held a great festivity at Bowley Hall, in honour of the natal day of Lady Bowley. And as Lady Bowley had been born on New Year's Day (which the local newspapers considered an especial pointing of the finger of Providence to number One, as Lady Bowley's destined figure in Creation), it was on a New Year's Day that this festivity took place.

Bowley Hall was full of visitors. The red-faced gentleman was there, Mr. Filer was there, the great Alderman Cute was there— Alderman Cute had a sympathetic feeling with great people, and had considerably improved his acquaintance with Sir Joseph Bowley on the strength of his attentive letter: indeed had become quite a friend of the family since then—and many guests were there. Trotty's ghost was there, wandering about, poor phantom, drearily; and looking for its guide.

There was to be a great dinner in the Great Hall. At which Sir Joseph Bowley, in his celebrated character of Friend and Father of the Poor, was to make his great speech. Certain plum-puddings were to be eaten by his Friends and Children in another Hall first; and, at a given signal, Friends and Children flocking in among their Friends and Fathers, were to form a family assemblage, with not one manly eye therein unmoistened by emotion.

But, there was more than this to happen. Even more than this. Sir Joseph Bowley, Baronet and Member of Parliament, was to play a match at skittles—real skittles—with his tenants!

"Which quite reminds me," said Alderman Cute, "of the days of old King Hal, stout King Hal, bluff King Hal. Ah. Fine character!"

"Very," said Mr. Filer, dryly. "For marrying women and murdering 'em. Considerably more than the average number of wives by the bye."

"You'll marry the beautiful ladies, and not murder 'em, eh?" said Alderman Cute to the heir of Bowley, aged twelve. "Sweet boy! We shall have this little gentleman in Parliament now," said the Alderman, holding him by the shoulders, and looking as reflective as he could, "before we know where we are. We shall hear of his successes at the poll; his speeches in the House; his overtures from Governments; his brilliant achievements of all kinds; ah! we shall make our little orations about him in the Common Council, I'll be bound; before we have time to look about us!"

"Oh, the difference of shoes and stockings!" Trotty thought. But his heart yearned towards the child, for the love of those same shoeless and stockingless boys, predestined (by the Alderman) to turn out bad, who might have been the children of poor Meg.

"Richard," moaned Trotty, roaming among the company, to and fro; "where is he? I can't find Richard! Where is Richard?"

Not likely to be there, if still alive! But Trotty's grief and solitude confused him; and he still went wandering among the gallant company, looking for his guide, and saying, "Where is Richard? Show me Richard!"

He was wandering thus, when he encountered Mr. Fish, the confidential Secretary: in great agitation.

"Bless my heart and soul!" cried Mr. Fish. "Where's Alderman Cute? Has anybody seen the Alderman?"

Seen the Alderman? Oh dear! Who could ever help seeing the Alderman? He was so considerate, so affable, he bore so much in mind the natural desires of folks to see him, that if he had a fault, it was the being constantly On View. And wherever the great people were, there, to be sure, attracted by the kindred sympathy between great souls, was Cute.

Several voices cried that he was in the circle round Sir Joseph. Mr. Fish made way there; found him; and took him secretly into a window near at hand. Trotty joined them. Not of his own accord. He felt that his steps were led in that direction.

"My dear Alderman Cute," said Mr. Fish. "A little more this way. The most dreadful circumstance has occurred. I have this moment received the intelligence. I think it will be best not to acquaint Sir Joseph with it till the day is over. You understand Sir Joseph, and will give me your opinion. The most frightful and deplorable event!"

"Fish!" returned the Alderman. "Fish! My good fellow, what is the matter? Nothing revolutionary, I hope! No — no attempted interference with the magistrates?"

"Deedles, the banker," gasped the Secretary. "Deedles Brothers — who was to have been here to−day — high in office in the Goldsmiths' Company — "

"Not stopped!" exclaimed the Alderman, "It can't be!"

"Shot himself."

"Good God!"

"Put a double−barrelled pistol to his mouth, in his own counting house," said Mr. Fish, "and blew his brains out. No motive. Princely circumstances!"

"Circumstances!" exclaimed the Alderman. "A man of noble fortune. One of the most respectable of men. Suicide, Mr. Fish! By his own hand!"

"This very morning," returned Mr. Fish.

"Oh the brain, the brain!" exclaimed the pious Alderman, lifting up his hands. "Oh the nerves, the nerves; the mysteries of this machine called Man! Oh the little that unhinges it: poor creatures that we are! Perhaps a dinner, Mr. Fish. Perhaps the conduct of his son, who, I have heard, ran very wild, and was in the habit of drawing bills upon him without the least authority! A most respectable man. One of the most respectable men I ever knew! A lamentable instance, Mr. Fish. A public calamity! I shall make a point of wearing the deepest mourning. A most respectable man! But there is One above. We must submit, Mr. Fish. We must submit!"

What, Alderman! No word of Putting Down? Remember, Justice, your high moral boast and pride. Come, Alderman! Balance those scales. Throw me into this, the empty one, no dinner, and Nature's founts in some poor woman, dried by starving misery and rendered obdurate to claims for which her offspring *has* authority in holy mother Eve. Weigh me the two, you Daniel, going to judgment, when your day shall come! Weigh them, in the eyes of suffering thousands, audience (not unmindful) of the grim farce you play. Or supposing that you strayed from your five wits — it's not so far to go, but that it might be — and laid hands upon that throat of yours, warning your fellows (if you have a fellow) how they croak their comfortable wickedness to raving heads and stricken hearts. What then?

The words rose up in Trotty's breast, as if they had been spoken by some other voice within him. Alderman Cute pledged himself to Mr. Fish that he would assist him in breaking the melancholy catastrophe to Sir Joseph when the day was over. Then, before they parted, wringing Mr. Fish's hand in bitterness of soul, he said, "The most respectable of men!" And added that he hardly knew (not even he), why such afflictions were allowed on earth.

"It's almost enough to make one think, if one didn't know better," said Alderman Cute, "that at times some motion of a capsizing nature was going on in things, which affected the general economy of the social fabric. Deedles Brothers!"

The skittle—playing came off with immense success. Sir Joseph knocked the pins about quite skilfully; Master Bowley took an innings at a shorter distance also; and everybody said that now, when a Baronet and the Son of a Baronet played at skittles, the country was coming round again, as fast as it could come.

At its proper time, the Banquet was served up. Trotty involuntarily repaired to the Hall with the rest, for he felt himself conducted thither by some stronger impulse than his own free will. The sight was gay in the extreme; the ladies were very handsome; the visitors delighted, cheerful, and good—tempered. When the lower doors were opened, and the people flocked in, in their rustic dresses, the beauty of the spectacle was at its height; but Trotty only murmured more and more, "Where is Richard! He should help and comfort her! I can't see Richard!"

There had been some speeches made; and Lady Bowley's health had been proposed; and Sir Joseph Bowley had returned thanks, and had made his great speech, showing by various pieces of evidence that he was the born Friend and Father, and so forth; and had given as a Toast, his Friends and Children, and the Dignity of Labour; when a slight disturbance at the bottom of the Hall attracted Toby's notice. After some confusion, noise, and opposition, one man broke through the rest, and stood forward by himself.

Not Richard. No. But one whom he had thought of, and had looked for, many times. In a scantier supply of light, he might have doubted the identity of that worn man, so old, and grey, and bent; but with a blaze of lamps upon his gnarled and knotted head, he knew Will Fern as soon as he stepped forth.

"What is this!" exclaimed Sir Joseph, rising. "Who gave this man admittance? This is a criminal from prison! Mr. Fish, sir, *will* you have the goodness—"

"A minute!" said Will Fern. "A minute! My Lady, you was born on this day along with a New Year. Get me a minute's leave to speak."

She made some intercession for him. Sir Joseph took his seat again, with native dignity.

The ragged visitor—for he was miserably dressed—looked round upon the company, and made his homage to them with a humble bow.

"Gentlefolks!" he said. "You've drunk the Labourer. Look at me!"

"Just come from jail," said Mr. Fish.

"Just come from jail," said Will. "And neither for the first time, nor the second, nor the third, nor yet the fourth."

Mr. Filer was heard to remark testily, that four times was over the average; and he ought to be ashamed of himself.

"Gentlefolks!" repeated Will Fern. "Look at me! You see I'm at the worst. Beyond all hurt or harm; beyond your help; for the time when your kind words or kind actions could have done ME good,"— he struck his hand upon his breast, and shook his head, "is gone, with the scent of last year's beans or clover on the air. Let me say a word for these," pointing to the labouring people in the Hall; "and when you're met together, hear the real Truth spoke out for once."

"There's not a man here," said the host, "who would have him for a spokesman."

"Like enough, Sir Joseph. I believe it. Not the less true, perhaps, is what I say. Perhaps that's a proof on it. Gentlefolks, I've lived many a year in this place. You may see the cottage from the sunk fence over yonder. I've seen the ladies draw it in their books, a hundred times. It looks well in a picter, I've heerd say; but there an't weather in picters, and maybe 'tis fitter for that, than for a place to live in. Well! I lived there. How hard—how bitter hard, I lived there, I won't say. Any day in the year, and every day, you can judge for your own selves."

He spoke as he had spoken on the night when Trotty found him in the street. His voice was deeper and more husky, and had a trembling in it now and then; but he never raised it passionately, and seldom lifted it above the firm stern level of the homely facts he stated.

" 'Tis harder than you think for, gentlefolks, to grow up decent, commonly decent, in such a place. That I growed up a man and not a brute, says something for me—as I was then. As I am now, there's nothing can be said for me or done for me. I'm past it."

"I am glad this man has entered," observed Sir Joseph, looking round serenely. "Don't disturb him. It appears to be Ordained. He is an example: a living example. I hope and trust, and confidently expect, that it will not be lost upon my Friends here."

"I dragged on," said Fern, after a moment's silence, "somehow. Neither me nor any other man knows how; but so heavy, that I couldn't put a cheerful face upon it, or make believe that I was anything but what I was. Now, gentlemen—you gentlemen that sits at Sessions—when you see a man with discontent writ on his face, you says to one another, 'He's suspicious. I has my doubts,' says you, 'about Will Fern. Watch that fellow!' I don't say, gentlemen, it ain't quite nat'ral, but I say 'tis so; and from that hour, whatever Will Fern does, or lets alone—all one—it goes against him."

Alderman Cute stuck his thumbs in his waistcoat−pockets, and leaning back in his chair, and smiling, winked at a neighbouring chandelier. As much as to say, "Of course! I told you so. The common cry! Lord bless you, we are up to all this sort of thing—myself and human nature."

"Now, gentlemen," said Will Fern, holding out his hands, and flushing for an instant in his haggard face, "see how your laws are made to trap and hunt us when we're brought to this. I tries to live elsewhere. And I'm a vagabond. To jail with him! I comes back here. I goes a—nutting in your woods, and breaks—who don't?—a limber branch or two. To jail with him! One of your keepers sees me in the broad day, near my own patch of garden, with a gun. To jail with him! I has a nat'ral angry word with that man, when I'm free again. To jail with him! I cuts a stick. To jail with him! I eats a rotten apple or a turnip. To jail with him! It's twenty mile away; and coming back I begs a trifle on the road. To jail with him! At last, the constable, the keeper—anybody—finds me anywhere, a—doing anything. To jail with him, for he's a vagrant, and a jail—bird known; and jail's the only home he's got."

The Alderman nodded sagaciously, as who should say, "A very good home too!"

"Do I say this to serve MY cause!" cried Fern. "Who can give me back my liberty, who can give me back my good name, who can give me back my innocent niece? Not all the Lords and Ladies in wide England. But, gentlemen, gentlemen, dealing with other men like me, begin at the right end. Give us, in mercy, better homes when we're a—lying in our cradles; give us better food when we're a—working for our lives; give us kinder laws to bring us back when we're a—going wrong; and don't set Jail, Jail, Jail, afore us, everywhere we turn. There an't a condescension you can show the Labourer then, that he won't take, as ready and as grateful as a man can be; for, he has a patient, peaceful, willing heart. But you must put his rightful spirit in him first; for, whether he's a wreck and ruin such as me, or is like one of them that stand here now, his spirit is divided from you at this time. Bring it back, gentlefolks, bring it back! Bring it back, afore the day comes when even his Bible changes in his altered mind, and the words seem to him to read, as they have sometimes read in my own eyes— in Jail: 'Whither thou goest, I can Not go; where thou lodgest, I do Not lodge; thy people are Not my people; Nor thy God my God!' "

A sudden stir and agitation took place in the Hall. Trotty thought at first, that several had risen to eject the man; and hence this change in its appear—ance.

But, another moment showed him that the room and all the company had vanished from his sight, and that his daughter was again before him, seated at her work. But in a poorer, meaner garret than before; and with no Lilian by her side.

The frame at which she had worked, was put away upon a shelf and covered up. The chair in which she had sat, was turned against the wall. A history was written in these little things, and in Meg's grief—worn face. Oh! who could fail to read it!

Meg strained her eyes upon her work until it was too dark to see the threads; and when the night closed in, she lighted her feeble candle and worked on. Still her old father was invisible about her; looking down upon her; loving her—how dearly loving her!—and talking to her in a tender voice about the old times, and the Bells. Though he knew, poor Trotty, though he knew she could not hear him.

A great part of the evening had worn away, when a knock came at her door. She opened it. A man was on the threshold. A slouching, moody, drunken sloven, wasted by intemperance and vice, and with his matted hair and unshorn beard in wild disorder; but, with some traces on him, too, of having been a man of good proportion and good features in his youth.

He stopped until he had her leave to enter; and she, retiring a pace of two from the open door, silently and sorrowfully looked upon him. Trotty had his wish. He saw Richard.

"May I come in, Margaret?"

"Yes! Come in. Come in!"

It was well that Trotty knew him before he spoke; for with any doubt remaining on his mind, the harsh discordant voice would have persuaded him that it was not Richard but some other man.

There were but two chairs in the room. She gave him hers, and stood at some short distance from him, waiting to hear what he had to say.

He sat, however, staring vacantly at the floor; with a lustreless and stupid smile. A spectacle of such deep degradation, of such abject hopelessness, of such a miserable downfall, that she put her hands before her face and turned away, lest he should see how much it moved her.

Roused by the rustling of her dress, or some such trifling sound, he lifted his head, and began to speak as if there had been no pause since he entered.

"Still at work, Margaret? You work late."

"I generally do."

"And early?"

"And early."

"So she said. She said you never tired; or never owned that you tired. Not all the time you lived together. Not even when you fainted, between work and fasting. But I told you that, the last time I came."

"You did," she answered. "And I implored you to tell me nothing more; and you made me a solemn promise, Richard, that you never would."

"A solemn promise," he repeated, with a drivelling laugh and vacant stare. "A solemn promise. To be sure. A solemn promise!" Awakening, as it were, after a time; in the same manner as before; he said with sudden animation:

"How can I help it, Margaret? What am I to do? She has been to me again!"

"Again!" cried Meg, clasping her hands. "O, does she think of me so often! Has she been again!"

"Twenty times again," said Richard. "Margaret, she haunts me. She comes behind me in the street, and thrusts it in my hand. I hear her foot upon the ashes when I'm at my work (ha, ha! that an't often), and before I can turn my head, her voice is in my ear, saying, 'Richard, don't look round. For Heaven's love, give her this!' She brings it where I live: she sends it in letters; she taps at the window and lays it on the sill. What *can* I do? Look at it!"

He held out in his hand a little purse, and chinked the money it enclosed.

"Hide it," said Meg. "Hide it! When she comes again, tell her, Richard, that I love her in my soul. That I never lie down to sleep, but I bless her, and pray for her. That, in my solitary work, I never cease to have her in my thoughts. That she is with me, night and day. That if I died to-morrow, I would remember her with my last breath. But, that I cannot look upon it!"

He slowly recalled his hand, and crushing the purse together, said with a kind of drowsy thoughtfulness:

"I told her so. I told her so, as plain as words could speak. I've taken this gift back and left it at her door, a dozen times since then. But when she came at last, and stood before me, face to face, what could I do?"

"You saw her!" exclaimed Meg. "You saw her! O, Lilian, my sweet girl! O, Lilian, Lilian!"

"I saw her," he went on to say, not answering, but engaged in the same slow pursuit of his own thoughts. "There she stood: trembling! 'How does she look, Richard? Does she ever speak of me? Is she thinner? My old place at the table: what's in my old place? And the frame she taught me our old work on—has she burnt it, Richard!'

There she was. I heard her say it."

Meg checked her sobs, and with the tears streaming from her eyes, bent over him to listen. Not to lose a breath.

With his arms resting on his knees; and stooping forward in his chair, as if what he said were written on the ground in some half legible character, which it was his occupation to decipher and connect; he went on.

" 'Richard, I have fallen very low; and you may guess how much I have suffered in having this sent back, when I can bear to bring it in my hand to you. But you loved her once, even in my memory, dearly. Others stepped in between you; fears, and jealousies, and doubts, and vanities, estranged you from her; but you did love her, even in my memory!' I suppose I did," he said, interrupting himself for a moment. "I did! That's neither here nor there. 'O Richard, if you ever did; if you have any memory for what is gone and lost, take it to her once more. Once more! Tell her how I laid my head upon your shoulder, where her own head might have lain, and was so humble to you, Richard. Tell her that you looked into my face, and saw the beauty which she used to praise, all gone: all gone: and in its place, a poor, wan, hollow cheek, that she would weep to see. Tell her everything, and take it back, and she will not refuse again. She will not have the heart!' "

So he sat musing, and repeating the last words, until he woke again, and rose.

"You won't take it, Margaret?"

She shook her head, and motioned an entreaty to him to leave her.

"Good night, Margaret."

"Good night!"

He turned to look upon her; struck by her sorrow, and perhaps by the pity for himself which trembled in her voice. It was a quick and rapid action; and for the moment some flash of his old bearing kindled in his form. In the next he went as he had come. Nor did this glimmer of a quenched fire seem to light him to a quicker sense of his debasement.

In any mood, in any grief, in any torture of the mind or body, Meg's work must be done. She sat down to her task, and plied it. Night, midnight. Still she worked.

She had a meagre fire, the night being very cold; and rose at intervals to mend it. The Chimes rang half-past twelve while she was thus engaged; and when they ceased she heard a gentle knocking at the door. Before she could so much as wonder who was there, at that unusual hour, it opened.

O Youth and Beauty, happy as ye should be, look at this. O Youth and Beauty, blest and blessing all within your reach, and working out the ends of your Beneficent Creator, look at this!

She saw the entering figure; screamed its name; cried "Lilian!"

It was swift, and fell upon its knees before her: clinging to her dress.

"Up, dear! Up! Lilian! My own dearest!"

"Never more, Meg; never more! Here! Here! Close to you, holding to you, feeling your dear breath upon my face!"

"Sweet Lilian! Darling Lilian! Child of my heart—no mother's love can be more tender—lay your head upon my breast!"

"Never more, Meg. Never more! When I first looked into your face, you knelt before me. On my knees before you, let me die. Let it be here!"

"You have come back. My Treasure! We will live together, work together, hope together, die together!"

"Ah! Kiss my lips, Meg; fold your arms about me; press me to your bosom; look kindly on me; but don't raise me. Let it be here. Let me see the last of your dear face upon my knees!"

O Youth and Beauty, happy as ye should be, look at this! O Youth and Beauty, working out the ends of your Beneficent Creator, look at this!

"Forgive me, Meg! So dear, so dear! Forgive me! I know you do, I see you do, but say so, Meg!"

She said so, with her lips on Lilian's cheek. And with her arms twined round—she knew it now—a broken heart.

"His blessing on you, dearest love. Kiss me once more! He suffered her to sit beside His feet, and dry them with her hair. O Meg, what Mercy and Compassion!"

As she died, the Spirit of the child returning, innocent and radiant, touched the old man with its hand, and beckoned him away.

OME new remembrance of the ghostly figures in the Bells; some faint impression of the ringing of the Chimes; some giddy consciousness of having seen the swarm of phantoms reproduced and reproduced until the recollection of them lost itself in the confusion of their numbers; some hurried knowledge, how conveyed to him he knew not, that more years had passed; and Trotty, with the Spirit of the child attending him, stood looking on at mortal company.

Fat company, rosy—cheeked com—pany, comfortable company. They were but two, but they were red enough for ten. They sat before a bright fire, with a small low table between them; and unless the fragrance of hot tea and muffins lingered longer in that room than in most others, the table had seen service very lately. But all the cups and saucers being clean, and in their proper places in the corner-cupboard; and the brass toasting-fork hanging in its usual nook and spreading its four idle fingers out as if it wanted to be measured for a glove; there remained no other visible tokens of the meal just finished, than such as purred and washed their whiskers in the person of the basking cat, and glistened in the gracious, not to say the greasy, faces of her patrons.

This cosy couple (married, evidently) had made a fair division of the fire between them, and sat looking at the glowing sparks that dropped into the grate; now nodding off into a doze; now waking up again when some hot fragment, larger than the rest, came rattling down, as if the fire were coming with it.

It was in no danger of sudden extinction, however; for it gleamed not only in the little room, and on the panes of window-glass in the door, and on the curtain half drawn across them, but in the little shop beyond. A little shop, quite crammed and choked with the abundance of its stock; a perfectly voracious little shop, with a maw as accommodating and full as any shark's. Cheese, butter, firewood, soap, pickles, matches, bacon, table-beer, peg-tops, sweetmeats, boys' kites, bird-seed, cold ham, birch brooms, hearth-stones, salt, vinegar, blacking, red-herrings, stationery, lard, mushroom-ketchup, staylaces, loaves of bread, shuttlecocks, eggs, and slate pencil; everything was fish that came to the net of this greedy little shop, and all articles were in its net. How many other kinds of petty merchandise were there, it would be difficult to say; but balls of packthread, ropes of onions, pounds of candles, cabbage–nets, and brushes, hung in bunches from the ceiling, like extraordinary fruit; while various odd canisters emitting aromatic smells, established the veracity of the inscription over the outer door, which informed the public that the keeper of this little shop was a licensed dealer in tea, coffee, tobacco, pepper, and snuff.

Glancing at such of these articles as were visible in the shining of the blaze, and the less cheerful radiance of two smoky lamps which burnt but dimly in the shop itself, as though its plethora sat heavy on their lungs; and glancing, then, at one of the two faces by the parlour– fire; Trotty had small difficulty in recognising in the stout old lady, Mrs. Chickenstalker: always inclined to corpulency, even in the days when he had known her as established in the general line, and having a small balance against him in her books.

The features of her companion were less easy to him. The great broad chin, with creases in it large enough to hide a finger in; the astonished eyes, that seemed to expostulate with themselves for sinking deeper and deeper into the yielding fat of the soft face; the nose afflicted with that disordered action of its functions which is generally termed The Snuffles; the short thick throat and labouring chest, with other beauties of the like description; though calculated to impress the memory, Trotty could at first allot to nobody he had ever known: and yet he had some recollection of them too. At length, in Mrs. Chickenstalker's partner in the general line, and in the crooked and eccentric line of life, he recognised the former porter of Sir Joseph

Bowley; an apoplectic innocent, who had connected himself in Trotty's mind with Mrs. Chickenstalker years ago, by giving him admission to the mansion where he had confessed his obligations to that lady, and drawn on his unlucky head such grave reproach.

Trotty had little interest in a change like this, after the changes he had seen; but association is very strong sometimes; and he looked involuntarily behind the parlour−door, where the accounts of credit customers were usually kept in chalk. There was no record of his name. Some names were there, but they were strange to him, and infinitely fewer than of old; from which he argued that the porter was an advocate of ready−money transactions, and on coming into the business had looked pretty sharp after the Chickenstalker defaulters.

So desolate was Trotty, and so mournful for the youth and promise of his blighted child, that it was a sorrow to him, even to have no place in Mrs. Chickenstalker's ledger.

"What sort of a night is it, Anne?" inquired the former porter of Sir Joseph Bowley, stretching out his legs before the fire, and rubbing as much of them as his short arms could reach; with an air that added, "Here I am if it's bad, and I don't want to go out if it's good."

"Blowing and sleeting hard," returned his wife; "and threatening snow. Dark. And very cold."

"I'm glad to think we had muffins," said the former porter, in the tone of one who had set his conscience at rest. "It's a sort of night that's meant for muffins. Likewise crumpets. Also Sally Lunns."

The former porter mentioned each successive kind of eatable, as if he were musingly summing up his good actions. After which he rubbed his fat legs as before, and jerking them at the knees to get the fire upon the yet unroasted parts, laughed as if somebody had tickled him.

"You're in spirits, Tugby, my dear," observed his wife.

The firm was Tugby, late Chickenstalker.

"No," said Tugby. "No. Not particular. I'm a little elewated. The muffins came so pat!"

With that he chuckled until he was black in the face; and had so much ado to become any other colour, that his fat legs took the strangest excursions into the air. Nor were they reduced to anything like decorum until Mrs. Tugby had thumped him violently on the back, and shaken him as if he were a great bottle.

"Good gracious, goodness, lord—a—mercy bless and save the man!" cried Mrs. Tugby, in great terror. "What's he doing?"

Mr. Tugby wiped his eyes, and faintly repeated that he found himself a little elewated.

"Then don't be so again, that's a dear good soul," said Mrs. Tugby, "if you don't want to frighten me to death, with your struggling and fighting!"

Mr. Tugby said he wouldn't; but, his whole existence was a fight, in which, if any judgment might be founded on the constantly—increasing shortness of his breath, and the deepening purple of his face, he was always getting the worst of it.

"So it's blowing, and sleeting, and threatening snow; and it's dark, and very cold, is it, my dear?" said Mr. Tugby, looking at the fire, and reverting to the cream and marrow of his temporary elevation.

"Hard weather indeed," returned his wife, shaking her head.

"Aye, aye! Years," said Mr. Tugby, "are like Christians in that respect. Some of 'em die hard; some of 'em die easy. This one hasn't many days to run, and is making a fight for it. I like him all the better. There's a customer, my love!"

Attentive to the rattling door, Mrs. Tugby had already risen.

"Now then!" said that lady, passing out into the little shop. "What's wanted? Oh! I beg your pardon, sir, I'm sure. I didn't think it was you."

She made this apology to a gentleman in black, who, with his wristbands tucked up, and his hat cocked loungingly on one side, and his hands in his pockets, sat down astride on the table—beer barrel, and nodded in return.

"This is a bad business up—stairs, Mrs. Tugby," said the gentleman. "The man can't live."

"Not the back—attic can't!" cried Tugby, coming out into the shop to join the conference.

"The back—attic, Mr. Tugby," said the gentleman, "is coming down—stairs fast, and will be below the basement very soon."

Looking by turns at Tugby and his wife, he sounded the barrel with his knuckles for the depth of beer, and having found it, played a tune upon the empty part.

"The back—attic, Mr. Tugby," said the gentleman: Tugby having stood in silent consternation for some time: "is Going."

"Then," said Tugby, turning to his wife, "he must Go, you know, before he's Gone."

"I don't think you can move him," said the gentleman, shaking his head. "I wouldn't take the responsibility of saying it could be done, myself. You had better leave him where he is. He can't live long."

"It's the only subject," said Tugby, bringing the butter-scale down upon the counter with a crash, by weighing his fist on it, "that we've ever had a word upon; she and me; and look what it comes to! He's going to die here, after all. Going to die upon the premises. Going to die in our house!"

"And where should he have died, Tugby?" cried his wife.

"In the workhouse," he returned. "What are workhouses made for?"

"Not for that," said Mrs. Tugby, with great energy. "Not for that! Neither did I marry you for that. Don't think it, Tugby. I won't have it. I won't allow it. I'd be separated first, and never see your face again. When my widow's name stood over that door, as it did for many years: this house being known as Mrs. Chickenstalker's far and wide, and never known but to its honest credit and its good report: when my widow's name stood over that door, Tugby, I knew him as a handsome, steady, manly, independent youth; I knew her as the sweetest-looking, sweetest-tempered girl, eyes ever saw; I knew her father (poor old creetur, he fell down from the steeple walking in his sleep, and killed himself), for the simplest, hardest-working, childest- hearted man, that ever drew the breath of life; and when I turn them out of house and home, may angels turn me out of Heaven. As they would! And serve me right!"

Her old face, which had been a plump and dimpled one before the changes which had come to pass, seemed to shine out of her as she said these words; and when she dried her eyes, and shook her head and her handkerchief at Tugby, with an expression of firmness which it was quite clear was not to be easily resisted, Trotty said, "Bless her! Bless her!"

Then he listened, with a panting heart, for what should follow. Knowing nothing yet, but that they spoke of Meg.

If Tugby had been a little elevated in the parlour, he more than balanced that account by being not a little depressed in the shop, where he now stood staring at his wife, without attempting a reply; secretly conveying, however — either in a fit of abstraction or as a precautionary measure — all the money from the till into his own pockets, as he looked at her.

The gentleman upon the table−beer cask, who appeared to be some authorised medical attendant upon the poor, was far too well accustomed, evidently, to little differences of opinion between man and wife, to interpose any remark in this instance. He sat softly whistling, and turning little drops of beer out of the tap upon the ground, until there was a perfect calm: when he raised his head, and said to Mrs. Tugby, late Chickenstalker:

"There's something interesting about the woman, even now. How did she come to marry him?"

"Why that," said Mrs. Tugby, taking a seat near him, "is not the least cruel part of her story, sir. You see they kept company, she and Richard, many years ago. When they were a young and beautiful couple, everything was settled, and they were to have been married on a New Year's Day. But, somehow, Richard got it into his head, through what the gentlemen told him, that he might do better, and that he'd soon repent it, and that she wasn't good enough for him, and that a young man of spirit had no business to be married. And the gentlemen frightened her, and made her melancholy, and timid of his deserting her, and of her children coming to the gallows, and of its being wicked to be man and wife, and a good deal more of it. And in short, they lingered and lingered, and their trust in one another was broken, and so at last was the match. But the fault was his. She would have married him, sir, joyfully. I've seen her heart swell many times afterwards, when he passed her in a proud and careless way; and never did a woman grieve more truly for a man, than she for Richard when he first went wrong."

"Oh! he went wrong, did he?" said the gentleman, pulling out the vent—peg of the table—beer, and trying to peep down into the barrel through the hole.

"Well, sir, I don't know that he rightly understood himself, you see. I think his mind was troubled by their having broke with one another; and that but for being ashamed before the gentlemen, and perhaps for being uncertain too, how she might take it, he'd have gone through any suffering or trial to have had Meg's promise and Meg's hand again. That's my belief. He never said so; more's the pity! He took to drinking, idling, bad companions: all the fine resources that were to be so much better for him than the Home he might have had. He lost his looks, his character, his health, his strength, his friends, his work: everything!"

"He didn't lose everything, Mrs. Tugby," returned the gentleman, "because he gained a wife; and I want to know how he gained her."

"I'm coming to it, sir, in a moment. This went on for years and years; he sinking lower and lower; she enduring, poor thing, miseries enough to wear her life away. At last, he was so cast down, and cast out, that no one would employ or notice him; and doors were shut upon him, go where he would. Applying from place to place, and door to door; and coming for the hundredth time to one gentleman who had often and often tried him (he was a good workman to the very end); that gentleman, who knew his history, said, 'I believe you are incorrigible; there is only one person in the world who has a chance of reclaiming you; ask me to trust you no more, until she tries to do it.' Something like that, in his anger and vexation."

"Ah!" said the gentleman. "Well?"

"Well, sir, he went to her, and kneeled to her; said it was so; said it ever had been so; and made a prayer to her to save him."

"And she? — Don't distress yourself, Mrs. Tugby."

"She came to me that night to ask me about living here. 'What he was once to me,' she said, 'is buried in a grave, side by side with what I was to him. But I have thought of this; and I will make the trial. In the hope of saving him; for the love of the light-hearted girl (you remember her) who was to have been married on a New Year's Day; and for the love of her Richard.' And she said he had come to her from Lilian, and Lilian had trusted to him, and she never could forget that. So they were married; and when they came home here, and I saw them, I hoped that such prophecies as parted them when they were young, may not often fulfil themselves as they did in this case, or I wouldn't be the makers of them for a Mine of Gold."

The gentleman got off the cask, and stretched himself, observing:

"I suppose he used her ill, as soon as they were married?"

"I don't think he ever did that," said Mrs. Tugby, shaking her head, and wiping her eyes. "He went on better for a short time; but, his habits were too old and strong to be got rid of; he soon fell back a little; and was falling fast back, when his illness came so strong upon him. I think he has always felt for her. I am sure he has. I have seen him, in his crying fits and tremblings, try to kiss her hand; and I have heard him call her 'Meg,' and say it was her nineteenth birthday. There he has been lying, now, these weeks and months. Between him and her baby, she has not been able to do her old work; and by not being able to be regular, she has lost it, even if she could have done it. How they have lived, I hardly know!"

"*I* know," muttered Mr. Tugby; looking at the till, and round the shop, and at his wife; and rolling his head with immense intelligence. "Like Fighting Cocks!"

He was interrupted by a cry—a sound of lamentation—from the upper story of the house. The gentleman moved hurriedly to the door.

"My friend," he said, looking back, "you needn't discuss whether he shall be removed or not. He has spared you that trouble, I believe."

Saying so, he ran up—stairs, followed by Mrs. Tugby; while Mr. Tugby panted and grumbled after them at leisure: being rendered more than commonly short—winded by the weight of the till, in which there had been an inconvenient quantity of copper. Trotty, with the child beside him, floated up the staircase like mere air.

"Follow her! Follow her! Follow her!" He heard the ghostly voices in the Bells repeat their words as he ascended. "Learn it, from the creature dearest to your heart!"

It was over. It was over. And this was she, her father's pride and joy! This haggard, wretched woman, weeping by the bed, if it deserved that name, and pressing to her breast, and hanging down her head upon, an infant. Who can tell how spare, how sickly, and how poor an infant! Who can tell how dear!

"Thank God!" cried Trotty, holding up his folded hands. "O, God be thanked! She loves her child!"

The gentleman, not otherwise hard–hearted or indifferent to such scenes, than that he saw them every day, and knew that they were figures of no moment in the Filer sums — mere scratches in the working of these calculations — laid his hand upon the heart that beat no more, and listened for the breath, and said, "His pain is over. It's better as it is!" Mrs. Tugby tried to comfort her with kindness. Mr. Tugby tried philosophy.

"Come, come!" he said, with his hands in his pockets, "you mustn't give way, you know. That won't do. You must fight up. What would have become of me if *I* had given way when I was porter, and we had as many as six runaway carriage–doubles at our door in one night! But, I fell back upon my strength of mind, and didn't open it!"

Again Trotty heard the voices saying, "Follow her!" He turned towards his guide, and saw it rising from him, passing through the air. "Follow her!" it said. And vanished.

He hovered round her; sat down at her feet; looked up into her face for one trace of her old self; listened for one note of her old pleasant voice. He flitted round the child: so wan, so prematurely old, so dreadful in its gravity, so plaintive in its feeble, mournful, miserable wail. He almost worshipped it. He clung to it as her only safeguard; as the last unbroken link that bound her to endurance. He set his father's hope and trust on the frail baby; watched her every look upon it as she held it in her arms; and cried a thousand times, "She loves it! God be thanked, she loves it!"

He saw the woman tend her in the night; return to her when her grudging husband was asleep, and all was still; encourage her, shed tears with her, set nourishment before her. He saw the day come, and the night again; the day, the night; the time go by; the house of death relieved of death; the room left to herself and to the child; he heard it moan and cry; he saw it harass her, and tire her out, and when she slumbered in exhaustion, drag her back to consciousness, and hold her with its little hands upon the rack; but she was constant to it, gentle with it, patient with it. Patient! Was its loving mother in her inmost heart and soul, and had its Being knitted up with hers as when she carried it unborn.

All this time, she was in want: languishing away, in dire and pining want. With the baby in her arms, she wandered here and there, in quest of occupation; and with its thin face lying in her lap, and looking up in hers, did any work for any wretched sum; a day and night of labour for as many farthings as there were figures on the dial. If she had quarrelled with it; if she had neglected it; if she had looked upon it with a moment's hate; if, in the frenzy of an instant, she had struck it! No. His comfort was, She loved it always.

She told no one of her extremity, and wandered abroad in the day lest she should be questioned by her only friend: for any help she received from her hands, occasioned fresh disputes between the good woman and her husband; and it was new bitterness to be the daily cause of strife and discord, where she owed so much.

She loved it still. She loved it more and more. But a change fell on the aspect of her love. One night.

She was singing faintly to it in its sleep, and walking to and fro to hush it, when her door was softly opened, and a man looked in.

"For the last time," he said.

"William Fern!"

"For the last time."

He listened like a man pursued: and spoke in whispers.

"Margaret, my race is nearly run. I couldn't finish it, without a parting word with you. Without one grateful word."

"What have you done?" she asked: regarding him with terror.

He looked at her, but gave no answer.

After a short silence, he made a gesture with his hand, as if he set her question by; as if he brushed it aside; and said:

"It's long ago, Margaret, now: but that night is as fresh in my memory as ever 'twas. We little thought, then," he added, looking round, "that we should ever meet like this. Your child, Margaret? Let me have it in my arms. Let me hold your child."

He put his hat upon the floor, and took it. And he trembled as he took it, from head to foot.

"Is it a girl?"

"Yes."

He put his hand before its little face.

"See how weak I'm grown, Margaret, when I want the courage to look at it! Let her be, a moment. I won't hurt her. It's long ago, but— What's her name?"

"Margaret," she answered, quickly.

"I'm glad of that," he said. "I'm glad of that!"

He seemed to breathe more freely; and after pausing for an instant, took away his hand, and looked upon the infant's face. But covered it again, immediately.

"Margaret!" he said; and gave her back the child. "It's Lilian's."

"Lilian's!"

"I held the same face in my arms when Lilian's mother died and left her."

"When Lilian's mother died and left her!" she repeated, wildly.

"How shrill you speak! Why do you fix your eyes upon me so? Margaret!"

She sunk down in a chair, and pressed the infant to her breast, and wept over it. Sometimes, she released it from her embrace, to look anxiously in its face: then strained it to her bosom again. At those times, when she gazed upon it, then it was that something fierce and terrible began to mingle with her love. Then it was that her old father quailed.

"Follow her!" was sounded through the house. "Learn it, from the creature dearest to your heart!"

"Margaret," said Fern, bending over her, and kissing her upon the brow: "I thank you for the last time. Good night. Good bye! Put your hand in mine, and tell me you'll forget me from this hour, and try to think the end of me was here."

"What have you done?" she asked again.

"There'll be a Fire to–night," he said, removing from her. "There'll be Fires this winter–time, to light the dark nights, East, West, North, and South. When you see the distant sky red, they'll be blazing. When you see the distant sky red, think of me no more; or, if you do, remember what a Hell was lighted up inside of me, and think you see its flames reflected in the clouds. Good night. Good bye!"

She called to him; but he was gone. She sat down stupefied, until her infant roused her to a sense of hunger, cold, and darkness. She paced the room with it the livelong night, hushing it and soothing it. She said at intervals, "Like Lilian, when her mother died and left her!" Why was her step so quick, her eye so wild, her love so fierce and terrible, whenever she repeated those words?

"But, it is Love," said Trotty. "It is Love. She'll never cease to love it. My poor Meg!"

She dressed the child next morning with unusual care—ah, vain expenditure of care upon such squalid robes!—and once more tried to find some means of life. It was the last day of the Old Year. She tried till night, and never broke her fast. She tried in vain.

She mingled with an abject crowd, who tarried in the snow, until it pleased some officer appointed to dispense the public charity (the lawful charity; not that once preached upon a Mount), to call them in, and question them, and say to this one, "Go to such a place," to that one, "Come next week;" to make a football of another wretch, and pass him here and there, from hand to hand, from house to house, until he wearied and lay down to die; or started up and robbed, and so became a higher sort of criminal, whose claims allowed of no delay. Here, too, she failed.

She loved her child, and wished to have it lying on her breast. And that was quite enough.

It was night: a bleak, dark, cutting night: when, pressing the child close to her for warmth, she arrived outside the house she called her home. She was so faint and giddy, that she saw no one standing in the doorway until she was close upon it, and about to enter. Then, she recognised the master of the house, who had so disposed himself— with his person it was not difficult—as to fill up the whole entry.

"O!" he said softly. "You have come back?"

She looked at the child, and shook her head.

"Don't you think you have lived here long enough without paying any rent? Don't you think that, without any money, you've been a pretty constant customer at this shop, now?" said Mr. Tugby.

She repeated the same mute appeal.

"Suppose you try and deal somewhere else," he said. "And suppose you provide yourself with another lodging. Come! Don't you think you could manage it?"

She said in a low voice, that it was very late. To—morrow.

"Now I see what you want," said Tugby; "and what you mean. You know there are two parties in this house about you, and you delight in setting 'em by the ears. I don't want any quarrels; I'm speaking softly to avoid a quarrel; but if you don't go away, I'll speak out loud, and you shall cause words high enough to please you. But you shan't come in. That I am determined."

She put her hair back with her hand, and looked in a sudden manner at the sky, and the dark lowering distance.

"This is the last night of an Old Year, and I won't carry ill–blood and quarrellings and disturbances into a New One, to please you nor anybody else," said Tugby, who was quite a retail Friend and Father. "I wonder you an't ashamed of yourself, to carry such practices into a New Year. If you haven't any business in the world, but to be always giving way, and always making disturbances between man and wife, you'd be better out of it. Go along with you."

"Follow her! To desperation!"

Again the old man heard the voices. Looking up, he saw the figures hovering in the air, and pointing where she went, down the dark street.

"She loves it!" he exclaimed, in agonised entreaty for her. "Chimes! she loves it still!"

"Follow her!" The shadow swept upon the track she had taken, like a cloud.

He joined in the pursuit; he kept close to her; he looked into her face. He saw the same fierce and terrible expression mingling with her love, and kindling in her eyes. He heard her say, "Like Lilian! To be changed like Lilian!" and her speed redoubled.

O, for something to awaken her! For any sight, or sound, or scent, to call up tender recollections in a brain on fire! For any gentle image of the Past, to rise before her!

"I was her father! I was her father!" cried the old man, stretching out his hands to the dark shadows flying on above. "Have mercy on her, and on me! Where does she go? Turn her back! I was her father!"

But they only pointed to her, as she hurried on; and said, "To desperation! Learn it from the creature dearest to your heart!"

A hundred voices echoed it. The air was made of breath expended in those words. He seemed to take them in, at every gasp he drew. They were everywhere, and not to be escaped. And still she hurried on; the same light in her eyes, the same words in her mouth, "Like Lilian! To be changed like Lilian!"

All at once she stopped.

"Now, turn her back!" exclaimed the old man, tearing his white hair. "My child! Meg! Turn her back! Great Father, turn her back!"

In her own scanty shawl, she wrapped the baby warm. With her fevered hands, she smoothed its limbs, composed its face, arranged its mean attire. In her wasted arms she folded it, as though she never would resign it more. And with her dry lips, kissed it in a final pang, and last long agony of Love.

Putting its tiny hand up to her neck, and holding it there, within her dress, next to her distracted heart, she set its sleeping face against her: closely, steadily, against her: and sped onward to the River.

To the rolling River, swift and dim, where Winter Night sat brooding like the last dark thoughts of many who had sought a refuge there before her. Where scattered lights upon the banks gleamed sullen, red, and dull, as torches that were burning there, to show the way to Death. Where no abode of living people cast its shadow, on the deep, impenetrable, melancholy shade.

To the River! To that portal of Eternity, her desperate footsteps tended with the swiftness of its rapid waters running to the sea. He tried to touch her as she passed him, going down to its dark level: but, the wild distempered form, the fierce and terrible love, the desperation that had left all human check or hold behind, swept by him like the wind.

He followed her. She paused a moment on the brink, before the dreadful plunge. He fell down on his knees, and in a shriek addressed the figures in the Bells now hovering above them.

"I have learnt it!" cried the old man. "From the creature dearest to my heart! O, save her, save her!"

He could wind his fingers in her dress; could hold it! As the words escaped his lips, he felt his sense of touch return, and knew that he detained her.

The figures looked down steadfastly upon him.

"I have learnt it!" cried the old man. "O, have mercy on me in this hour, if, in my love for her, so young and good, I slandered Nature in the breasts of mothers rendered desperate! Pity my presumption, wickedness, and ignorance, and save her."

He felt his hold relaxing. They were silent still.

"Have mercy on her!" he exclaimed, "as one in whom this dreadful crime has sprung from Love perverted; from the strongest, deepest Love we fallen creatures know! Think what her misery must have been, when such seed bears such fruit! Heaven meant her to be good. There is no loving mother on the earth who might not come to this, if such a life had gone before. O, have mercy on my child, who, even at this pass, means mercy to her own, and dies herself, and perils her immortal soul, to save it!"

She was in his arms. He held her now. His strength was like a giant's.

"I see the Spirit of the Chimes among you!" cried the old man, singling out the child, and speaking in some inspiration, which their looks conveyed to him. "I know that our inheritance is held in store for us by Time. I know there is a sea of Time to rise one day, before which all who wrong us or oppress us will be swept away like leaves. I see it, on the flow! I know that we must trust and hope, and neither doubt ourselves, nor doubt the good in one another. I have learnt it from the creature dearest to my heart. I clasp her in my arms again. O Spirits, merciful and good, I take your lesson to my breast along with her! O Spirits, merciful and good, I am grateful!"

He might have said more; but, the Bells, the old familiar Bells, his own dear, constant, steady friends, the Chimes, began to ring the joy−peals for a New Year: so lustily, so merrily, so happily, so gaily, that he leapt upon his feet, and broke the spell that bound him.

"And whatever you do, father," said Meg, "don't eat tripe again, without asking some doctor whether it's likely to agree with you; for how you *have* been going on, Good gracious!"

She was working with her needle, at the little table by the fire; dressing her simple gown with ribbons for her wedding. So quietly happy, so blooming and youthful, so full of beautiful promise, that he uttered a great cry as if it were an Angel in his house; then flew to clasp her in his arms.

But, he caught his feet in the newspaper, which had fallen on the hearth; and somebody came rushing in between them.

"No!" cried the voice of this same somebody; a generous and jolly voice it was! "Not even you. Not even you. The first kiss of Meg in the New Year is mine. Mine! I have been waiting outside the house, this hour, to hear the Bells and claim it. Meg, my precious prize, a happy year! A life of happy years, my darling wife!"

And Richard smothered her with kisses.

You never in all your life saw anything like Trotty after this. I don't care where you have lived or what you have seen; you never in all your life saw anything at all approaching him! He sat down in his chair and beat his knees and cried; he sat down in his chair and beat his knees and laughed; he sat down in his chair and beat his knees and laughed and cried together; he got out of his chair and hugged Meg; he got out of his chair and hugged Richard; he got out of his chair and hugged them both at once; he kept running up to Meg, and squeezing her fresh face between his hands and kissing it, going from her backwards not to lose sight of it, and running up again like a figure in a magic lantern; and whatever he did, he was constantly sitting himself down in his chair, and never stopping in it for one single moment; being — that's the truth — beside himself with joy.

"And to—morrow's your wedding—day, my pet!" cried Trotty. "Your real, happy wedding—day!"

"To—day!" cried Richard, shaking hands with him. "To—day. The Chimes are ringing in the New Year. Hear them!"

They WERE ringing! Bless their sturdy hearts, they WERE ringing! Great Bells as they were; melodious, deep—mouthed, noble Bells; cast in no common metal; made by no common founder; when had they ever chimed like that, before!

"But, to—day, my pet," said Trotty. "You and Richard had some words to—day."

"Because he's such a bad fellow, father," said Meg. "An't you, Richard? Such a headstrong, violent man! He'd have made no more of speaking his mind to that great Alderman, and putting *him* down I don't know where, than he would of——"

"—Kissing Meg," suggested Richard. Doing it too!

"No. Not a bit more," said Meg. "But I wouldn't let him, father. Where would have been the use!"

"Richard my boy!" cried Trotty. "You was turned up Trumps originally; and Trumps you must be, till you die! But, you were crying by the fire to—night, my pet, when I came home! Why did you cry by the fire?"

"I was thinking of the years we've passed together, father. Only that. And thinking that you might miss me, and be lonely."

Trotty was backing off to that extraordinary chair again, when the child, who had been awakened by the noise, came running in half—dressed.

"Why, here she is!" cried Trotty, catching her up. "Here's little Lilian! Ha ha ha! Here we are and here we go! O here we are and here we go again! And here we are and here we go! and Uncle Will too!" Stopping in his trot to greet him heartily. "O, Uncle Will, the vision that I've had to−night, through lodging you! O, Uncle Will, the obligations that you've laid me under, by your coming, my good friend!"

Before Will Fern could make the least reply, a band of music burst into the room, attended by a lot of neighbours, screaming "A Happy New Year, Meg!" "A Happy Wedding!" "Many of 'em!" and other fragmentary good wishes of that sort. The Drum (who was a private friend of Trotty's) then stepped forward, and said:

"Trotty Veck, my boy! It's got about, that your daughter is going to be married to−morrow. There an't a soul that knows you that don't wish you well, or that knows her and don't wish her well. Or that knows you both, and don't wish you both all the happiness the New Year can bring. And here we are, to play it in and dance it in, accordingly."

Which was received with a general shout. The Drum was rather drunk, by−the−bye; but, never mind.

"What a happiness it is, I'm sure," said Trotty, "to be so esteemed! How kind and neighbourly you are! It's all along of my dear daughter. She deserves it!"

They were ready for a dance in half a second (Meg and Richard at the top); and the Drum was on the very brink of leathering away with all his power; when a combination of prodigious sounds was heard outside, and a good−humoured comely woman of some fifty years of age, or thereabouts, came running in, attended by a man bearing a stone pitcher of terrific size, and closely followed by the marrow−

bones and cleavers, and the bells; not *the* Bells, but a portable collection on a frame.

Trotty said, "It's Mrs. Chickenstalker!" And sat down and beat his knees again.

"Married, and not tell me, Meg!" cried the good woman. "Never! I couldn't rest on the last night of the Old Year without coming to wish you joy. I couldn't have done it, Meg. Not if I had been bed—ridden. So here I am; and as it's New Year's Eve, and the Eve of your wedding too, my dear, I had a little flip made, and brought it with me."

Mrs. Chickenstalker's notion of a little flip did honour to her character. The pitcher steamed and smoked and reeked like a volcano; and the man who had carried it, was faint.

"Mrs. Tugby!" said Trotty, who had been going round and round her, in an ecstasy. — "I *should* say, Chickenstalker— Bless your heart and soul! A Happy New Year, and many of 'em! Mrs. Tugby," said Trotty when he had saluted her; — "I *should* say, Chickenstalker—This is William Fern and Lilian."

The worthy dame, to his surprise, turned very pale and very red.

"Not Lilian Fern whose mother died in Dorsetshire!" said she.

Her uncle answered "Yes," and meeting hastily, they exchanged some hurried words together; of which the upshot was, that Mrs. Chickenstalker shook him by both hands; saluted Trotty on his cheek again of her own free will; and took the child to her capacious breast.

"Will Fern!" said Trotty, pulling on his right–hand muffler. "Not the friend you was hoping to find?"

"Ay!" returned Will, putting a hand on each of Trotty's shoulders. "And like to prove a'most as good a friend, if that can be, as one I found."

"O!" said Trotty. "Please to play up there. Will you have the goodness!"

To the music of the band, the bells, the marrow–bones and cleavers, all at once; and while the Chimes were yet in lusty operation out of doors; Trotty, making Meg and Richard, second couple, led off Mrs. Chickenstalker down the dance, and danced it in a step unknown before or since; founded on his own peculiar trot.

Had Trotty dreamed? Or, are his joys and sorrows, and the actors in them, but a dream; himself a dream; the teller of this tale a dreamer, waking but now? If it be so, O listener, dear to him in all his visions, try to bear in mind the stern realities from which these shadows come;

and in your sphere—none is too wide, and none too limited for such
an end—endeavour to correct, improve, and soften them. So may the
New Year be a happy one to you, happy to many more whose
happiness depends on you! So may each year be happier than the last,
and not the meanest of our brethren or sisterhood debarred their
rightful share, in what our Great Creator formed them to enjoy.

『크리스마스 캐럴』에 이은 새해맞이 캐럴
— 꾸짖음과 각성, 희망의 『종소리』

여국현

I

찰스 디킨스의 『종소리』는 『크리스마스 캐럴(*A Christmas Carol*)』(1843)에 이어 1844년 발표한 크리스마스 연작소설 중 두 번째 작품이다. 원제는 『종소리: 가는 해를 보내고 새해를 맞는 종들의 유령 이야기(*The Chimes, a Goblin Story of Some Bells That Rang an Old Year Out and a New Year In*)』이다. 두 작품 외에 나머지 크리스마스 연작 세 작품으로 『벽난로 위의 귀뚜라미(*The Cricket on the Hearth*)』(1845), 『힘겨운 인생(*The Battle of Life*)』(1846), 『귀신 들린 사람과 유령의 거래(*The Haunted Man and the Ghost's Bargain*)』(1848)가 있다.

중편소설인 이 작품의 제목인 '종소리'는 이탈리아를 여행하던 디킨스가 가족들과 머물렀던 제노바에서 들었던 종소리에서 영감을 받은 것으로, 디킨스가 전기 작가인 포스터(John Forster)에게 보낸 서한에서 밝혔듯이 셰익스피어의 『헨리 4세』에 나오는 폴스타프(Falstaff)의 대사를 인용한 것이기도 하다. "우리는 한밤에 종소리를 들었다네, 샐로 판사.(We have heard THE CHIMES at midnight. Master Shallow.)" (3막 2장)

『종소리』는 4개의 장으로 구성되어 있는데, 각 장의 제목은 'Quarters' 이다. 이것은 15분마다 울리는 타종 소리와 관련된 것으로 내용과 형식을 일치시키기 위한 디킨스의 의도적인 장치라고 할 수 있다. 같은 이유로 『크리스마스 캐럴』은 각 장을 'Stave' 로, 『벽난로 위의 귀뚜라미』는 'Chirps' 로 구분하고 있다. 하지만, 『종소리』의 시계 타종 간격을 의미하는 'Quarters' 는 두 작품과는 달리 더 상징적인 의미를 품고 있다. 15분마다 울리는 시계의 타종 간격을 의미하는 'quarters' 를 통해 디킨스는 작품에서 다루고자 하는 사회문제의 긴급성을 강조하는 것은 물론 그 문제들이 시간, 곧 역사라는 더 큰 흐름에 결국 종속되어 있다는 것을 상징적으로 보여준다.[1]

최근까지 『크리스마스 캐럴』의 인기에 가려진 경향이 있지만,[2] 이 작품을 썼을 때 디킨스 자신은 굉장한 기대와 자신감을 내비쳤다고 한다. 그는 『종소리』가 "가난한 이들을 위한 엄청난 타종(a great blow for the poor)" 이 될 것이며, "『크리스마스 캐럴』도 물리칠 대단한 작품" 이라고 확신에 찬 어조로 말했다. 『크리스마스 캐럴』에 이어 크리스마스 시즌을 위한 이야기를 구상하던 디킨스가 이 작품에 대해 어떤 생각을 하고 있었는지는 다음 인용을 통해 확인할 수 있다.

그는 다음 작품은 가난한 이들을 위해 호소하는 작품이 되어야 한

---

1   Jacqueline P. Banerjee, "Dickens's The Times: A Literary evaluation", April 10, 1981, https://core.ac.uk/download/pdf/229135496.pdf.

2   우리나라에서도 이 책이 첫 번째 번역이다.

다고 결심했다. (…) 디킨스는 (이전 작품에서) 스크루지를 변화시켰던 것처럼 사회를 변화시키고자 했다. 변화를 위한 방법으로 그가 제시한 것은 사회의 행복은 개인의 행복과 마찬가지로 정의 못지않게 자비심과 박애정신에 토대한다는 것이었다.[3]

초판 2만 부가 나가는 성공을 거둔 것 외에도 소설에 표현된 내용을 두고 의견이 나뉘면서 활발한 논쟁이 벌어진 것도 이 작품의 의미와 중요성을 짐작하게 한다. 한편에서는 사회의 불평등 상황과 비극적인 인물들에 대한 묘사나 과격한 태도 등에서 너무 급진적인 부분이 있다고 비판하는가 하면 작품에 담긴 메시지에 크게 공감하는 이들도 많았다.[4]

II

『종소리』와 『크리스마스 캐럴』의 공통점으로는 유령이 등장한다는 점이나 불평등한 당시 영국의 상황을 비판하면서 보다 나은 사회를 위해 대중들의 관심과 의식을 불러일으키고자 하는 점, 특히 가난한 사람들에 대한 관심과 애정을 호소한다는 점 등을 꼽을 수 있다. 『크리스마스 캐럴』의 스크루지와 마찬가지로 『종소리』의 토비도 유령과의 여행

---

3 Forster, John, "Chapter V", *The Life of Charles Dickens*, vol.4. https://en.wikipedia.org/wiki/The_Chimes에서 재인용.

4 『노던 리뷰(*The Northern Review*)』는 디킨스야말로 '가난한 이들의 투사(the champion of the poor)'라 한 반면, 작품에서 지나치게 노골적인 박애정신을 표현하는 것에 반대하는 이들도 있었다.

을 통해 자신의 고립된 생각에서 벗어나 이웃들과 공감, 공존, 호혜를 나누는 인물로 변화했다.

『종소리』와 『크리스마스 캐럴』은 몇 가지 다른 점도 보인다. 『크리스마스 캐럴』에서는 개인의 변화 가능성이 부각되었다면, 『종소리』에서는 역사는 발전하고 시간은 인간에게 우호적이라는 디킨스의 확고한 낙관주의가 작품 전체를 관통하고 있다. 『크리스마스 캐럴』의 주인공 스크루지는 중산계층의 자본가였던 반면, 『종소리』의 주인공인 토비 벡은 하류계층의 가난한 심부름꾼이다. 『크리스마스 캐럴』이 스크루지 개인의 주변을 보여주면서 그 자신의 변화를 통해 개인적 차원의 선의를 부각시켰다면, 『종소리』는 상류계층과 하류계층의 다양한 인물들을 통해 당시 영국의 사회적 불평등 문제를 보다 직접적이고 현실적으로 다루고 있다. 사회의 빈곤 문제는 단순히 개인적 차원의 문제가 아니라 사회 구성원들 전체의 문제임을 직시하고 있는 것이다. 『크리스마스 캐럴』의 유령이 스크루지 개인의 과거와 현재, 미래를 보여주는 역할을 하는 데 그치는 반면, 『종소리』에 등장하는 종의 유령은 역사의 발전에 대한 희망과 믿음, 그리고 사회 구성원, 특히 가난한 사람들 서로 간의 유대를 강력하게 촉구하는 계몽적 목소리를 내고 있다. 뿐만 아니라 『종소리』에는 『크리스마스 캐럴』보다 당대의 실제 현실과 연관된 사건과 인물들이 직접적인 모티브로 작용하고 있다.

소설이 출간되던 당시 영국은 '굶주린 40년대(The Hungry Forties)'라 불리던 시기로, 하층계급의 빈곤이 극에 달한 것은 물론이고, '차티스트 운동(The Chartist Movement)'[5], 노동자들의 집회와 폭동에 가까운 데

---

5 1838년부터 1857년까지 영국에서 벌어진 노동자들의 참정권 쟁취 운동. 의

모, 곡물법[6]에 반대하는 농부들의 '건초 방화(the rick-burnings)', 도시 지역의 매춘 심화 등 사회의 거의 모든 영역에서 불평등이 심화되고 그에 따른 불만들이 표출되던 때였다. 이러한 빈곤한 사회 상황은 하층계급들에게는 특히 가혹한 삶의 조건을 부과했는데, 이 작품에서 그런 모습들이 그대로 드러나 있다.

눈비가 몰아치는 추운 길 위에서 떨며 일거리를 기다릴 수밖에 없고 끼니도 겨우 때우는 것이 일상화된 토비, 밤늦은 시간까지 쉼 없이 노동하지 않으면 안 되는 멕, 가난 때문에 결혼도 할 수 없는 리처드와 멕의 모습은 바로 그런 당대 하층계급의 일상이었다. 나중에 릴리언이 거리의 여인이 되고, 리처드가 알코올 중독으로 타락해가고, 윌 펀이 점점 범죄자로 내몰리다가 마침내 테러리스트가 되는 것이나 멕이 아이를 안고 자살 직전까지 갈 수밖에 없는 소설 속 상황들은 당시의 신문에 흔하게 오르내리던 기사 내용이었다.

작품 속의 등장인물들도 실제 인물들이 호명되고 있다. 토비의 딸인 멕은 어린 나이에 세상을 떠난 애정 넘치고 순수한 영혼의 처제 메리 호가스(Mary Horgarth)를 염두에 두었다고 한다. 주인공 멕이 아기와 함께 자살을 시도하는 장면 또한 당시 신문에 기사로 난 실제 사건이다. 1844년 4월에 메리 펄리(Mary Furley)라는 여성이 아기와 함께 자살

회에 노동자들의 참정권 입법을 요구하는 탄원서를 제출하는 등 다양한 활동을 통해 영국 노동, 인권 운동의 발전에 핵심적인 기여를 했다.

6 1815년부터 1846년 사이에 영국이 외국산 곡물 수입을 제한하고 관세를 높인 법률로 토지를 소유한 지주 및 귀족층의 이익을 보호하기 위한 것이었다. 과도한 관세로 인해 수입 곡물류의 가격이 상승하고 수입 자체가 어려워짐으로써 영국 내 지주들의 수입을 보장해주는 효과가 있었다.

을 시도했으나 아기는 익사하고 자신은 구조되었다. 재판에서 펼리는 사형선고를 받았지만 많은 대중적 논쟁이 제기된 끝에 유배형으로 감형되었는데, 디킨스도 이때 사형 반대 입장에 참여하여 자기 주장을 개진했다.

똑똑이 의원은 런던의 치안판사였고 나중에 런던 시장까지 역임한 피터 로리 경(Sir Peter Laurie)을 모델로 했는데, 가난 때문에 자살을 시도했던 이에게 가혹한 처벌을 내리고, 마찬가지 이유로 자살을 시도했던 여성을 유배형에 처한 판결을 포함해 이 작품 속 똑똑이 의원의 "깔아뭉갠다"는 표현도 그의 주장과 그대로 일치한다.

철저하게 효율성과 수치와 통계로 사회를 바라보는 서류 담당은 효율성과 통계 수치만을 강조하는 공리주의와 맬서스의 인구론에 입각한 당대의 냉정한 지식인을 풍자하고 있으며, 바울리 경은 노동계급 구성원들은 물론 인간에 대한 공감이 부족하고 자기 중심적인 이기주의에 물든 당시 상류 귀족계층의 전형적인 모습이다. 이처럼 충분히 유추할 수 있는 당대의 실제 사건, 인물들을 등장시킴으로써 작품의 현실성을 더욱 뚜렷하게 하는 효과를 얻고 있다.

『종소리』 이야기 속의 인물들은 대조적인 두 부류의 인물군으로 나뉜다. 우선 하층계급의 주체들을 반영하는 인물들로, 주인공인 가난한 심부름꾼 토비, 그의 딸 마거릿(멕), 마거릿의 약혼자인 대장장이 리처드, 상점 주인 치킨스토커 부인, 시골에서 올라온 노동자 윌 펀과 그의 조카딸 릴리언 등이 있다. 이들은 대체로 순박하지만 빈곤으로 인한 고통을 겪는다. 이들과 대비되는 상류계층의 인물들에는 시의원이자 치안판사인 보수주의자 똑똑이 의원, 기술주의 공리주의자인 냉소적인 통계 전문가 서류 담당, 똑똑이 의원의 일행인 얼굴 붉은 사내, 귀족이

자 부유한 국회의원인 바울리 경과 부인이 그들이다.

디킨스는 대비되는 이 두 인물군을 통하여 한편으로는 1840년대 '굶주린 영국'의 비참한 사회상과 가난한 하류계층을 대하는 상류계층 사람들의 몰인정하고 비도덕적인 태도를 비판하는 한편, 그러한 사회체제에 순응하며 복종하는 하층계급의 어쩔 수 없는 태도를 보여주기도 한다. 그러나 다른 한편, 하층계급의 인물들이 굴종적 자세를 극복하고 사회에 만연한 비도덕적 자세와 태도를 물리치는 모습과 함께 시간이 흘러감에 따라 긴 역사 속에서 결국 도덕과 정의가 승리한다는 디킨스 자신의 낙관론을 보여주고 있다.

예외적인 인물이 한 명 존재한다. 토비의 환상 속에서 치킨스토커 부인의 남편이 된 바울리의 심부름꾼이다. 이 인물은 계층적으로는 토비와 같은 가난한 집단의 인물이지만 생각이나 하는 행동은 정반대로 상류계층의 태도를 보인다. 그는 멕과 리처드에게 못되게 굴며 자신의 이익만을 추구한다. 하지만 그는 온전히 자신의 뜻대로 하지는 못하고 치킨스토커 부인의 뜻을 따르면서 그저 소소한 자기 이익을 취하는 변변찮은 인물로 그려진다. 이 인물은 하류계층의 인물들 가운데에는 자기와 같은 계층의 가난한 사람들에게 공감하지 못하고 허위의식을 지닌 채 살아가는 인물들이 있다는 현실을 지적하는 디킨스의 장치로 이해할 수 있다.

한편, 상류계층의 인물들도 가난한 사람들을 대하는 데 있어서 차이를 보인다는 점을 디킨스는 놓치지 않는다. 같은 상류계층인 똑똑이 의원과 바울리 경은 가난한 사람들을 억압하는 방식이 다르다. 똑똑이는 직접적인 강압의 방식을 사용한다. 그는 결혼을 하겠다는 리처드와 멕에게 조언이라고 하면서 마음에 들지 않는 가난한 이들의 아이들이 어떻게 자라건 "깔아뭉개버리겠다"고 으박지른다. 반면 조지프 바울리경은 스스로 '가난한 이들의 친구이자 아버지'라고 부르며, 노골적인 협박('깔아뭉개기')이 아니라 회유와 억압을 통해 가난한 사람들이 현상태를 당연하게 받아들이며 자신에게 의지하게 만들고자 한다. 그는 일종의 이데올로기를 통한 억압을 행하고 있는 것이다.

> 이보게 친구, 자네의 유일한 일은, 자네 평생의 유일한 일은 말이야, 나와 함께하는 것이라네. 뭔가를 생각하느라 괜한 고생을 할 필요가 없어. 내가 자네를 위해 대신 생각해줄 거니까. 어떻게 하는 것이 자네에게 좋은 일인지는 내가 알지. 나는 자네의 영원한 부모라네. 전지전능하신 신의 섭리가 명하신 것이 바로 그거야! 과음하고 게걸스럽게 먹어대며 짐승처럼 먹는 데만 탐닉하라는 것이 자네를 창조하신 신의 섭리가 아니야. (…) 자네는 노동의 존엄성을 느껴야만 해. 저 상쾌한 아침 공기 속으로 곧장 걸어 들어가 멈춰보게. 열심히 절제하며 살고, 존경할 줄 알고, 금욕하며, 근근이 가족을 보살피고, 시계처럼 정확하게 소작료를 지불하고, 거래에 있어서는 시간을 철석같이 지켜야하지. (…) 그리고 무엇보다 자네는 나를 친구이자 아버지 같은 존재로 믿고 따라야만 해.

그러나 바울리의 이러한 태도의 바탕을 이루는 것은 가난한 이들의 요구나 필요가 아니라 자기 자신의 이익과 목표를 추구하려는 욕구라는 점은 똑똑이와 동일하다.

서류 담당은 직접적인 행동을 통해 가난한 인물들에게 억압을 행하지는 않지만 '사실과 수치들'을 통해 그가 말하는 내용은 어떤 면에서는 훨씬 더 비극적인 결과를 가져온다. 그는 "가난한 이들은 결혼할 권리도 이유도 없다"고 단언하는데, 이는 리처드와 멕이 결국 결혼하지 못하는 결과와도 무관하지 않다.

　사실에 숫자를 산만큼이나 높게 쌓고 쌓고 또 쌓아가면서 보여줘도 저들에게 이 세상에 태어날 하등의 권리나 이유가 없는 것과 마찬가지로 저들에게는 결혼할 어떤 이유와 권리도 없다는 사실을 납득시키지 못할 겁니다. 저들에겐 그런 권리가 없다는 걸 우리는 알고 있지요. 이미 오래전에 수학적으로 확실하게 증명도 했고 말입니다!

　한편, 서류 담당의 이런 이데올로기는 맬서스(Thomas R. Malthus)의 『인구론(An Essay on the Principal of Population)』을 기반으로 하고 있다. 맬서스는 식량 부족의 문제가 하층계급에만 해당되는 것으로, 특히 결혼이 하층계급들에게는 식량 부족의 문제를 심화시킨다고 지적하면서 가능하면 결혼을 하지 않는 것이 하층계급의 식량 부족과 굶주림을 막을 수 있는 방법이라고 제시했다.[7]

　이름 대신 '얼굴 붉은 신사'로 언급되는 인물은 '좋았던 옛 시절'을 그리워하고 있는데, 이는 젊은 영국 운동(Young England Movement)을 상기시킨다. 이 운동은 벤저민 디즈레일리(Benjamin Disraeli)가 이끌던 사회주의 토리당의 보수적이고 낭만적인 분파가 주도한 것으로 절대적 군주제와 강력한 교권에 기반한 이상적인 봉건주의를 토대로 노블리스 오블리제의 박애주의와 자선을 온정주의적 사회구조의 기반으로 삼고자 했다.[8] 그러나 디킨스는 토지 재산을 소유한 귀족의 입장에 선

7　이주영, 「찰스 디킨스의 『종소리』 연구: 사회비판적 특징을 중심으로」. 국민대학교 석사학위 논문, 2016, 18~19쪽.

8　https://en.wikipedia.org/wiki/Young_England.

이들과는 달리 곡물법 폐지를 통해 실질적으로 가난한 대중들의 삶에 도움을 주자는 입장을 취하고 있었다. '얼굴 붉은 신사'는 바로 이런 젊은 영국 운동에 대한 디킨스의 비판을 보여주는 인물이다.

Ⅲ

『종소리』에는 칼라일(Thomas Carlyle)식의 '정의론'도 적용되고 있다. 칼라일은 『과거와 현재(*Past and Present*)』에서 "인간 영혼은 서로서로 적대해서는 안 된다. 서로 하나가 되어 오직 악한 것, 불의에 저항해야 한다."(22)고 썼다. 소설 속에서 윌 펀이 바울리 부인의 생일 축하 연회장에 난입하여 행하는 연설 장면이나 마지막에 방화를 암시하는 장면이 불의에 대한 가난한 인물의 저항의 모습을 형상화한 것이라면 소설의 마지막 장면에서 멕과 리처드의 결혼식에 참석한 인물들의 묘사는 가난한 인물들의 유대를 형상화한 것이라 할 수 있다. 디킨스는 마지막에 독자들에게 전하는 작가 자신의 말을 통해 이러한 생각을 더욱 명확하게 전하고 있다.

> 오, 독자들이여, 그의 모든 환영들이 그에게는 너무도 소중하니 이 유령들이 나온 엄혹한 현실들을 명심하시기를. 그리고 당신이 사는 세상에서, 그 같은 엄혹한 현실을 바로잡고, 향상시키고 누그러뜨리도록 노력하시기를. 그런 목적을 이루는 데 세상은 너무 넓지도 너무 좁지도 않으니. 그리하여 당신에게도 행복한 새해가 되고, 당신에게 기대는 더 많은 사람들에게도 행복한 새해가 되기를!

디킨스가 원하는 것은 "가장 가난한 이들조차도" 한 인간으로서, 사회 내의 구성원으로서 "정당한 몫을 누리는" 것이다. 아울러 토비가 자신의 운명을 감내하면서 받아들이는 자세를 보이다가 변화에 대한 희망과 믿음을 갖게 되는 인물로 변화하는 것이 디킨스가 전하고 싶은 이 소설의 중요한 메시지를 대변한다. 그러나 이 희망과 믿음은 폭력을 통해서 오는 것이 아니다. 토비의 환영 속에서 윌 펀이 마지막으로 멕에게 하는 말을 보자.

> "오늘 밤에 화재가 있을 거요." 그녀로부터 멀어지며 그가 말했다. "올 겨울에는 화재가 많이 일어날 거요. 어두운 밤을 밝히는 화재들이 동, 서, 남, 북에서 모두. 먼 하늘이 붉게 변한다면 거기 불이 활활 타오르는 거요. 먼 하늘이 붉게 변하는 걸 보면 더 이상 내 생각을 하지 말아요. 먼 하늘이 붉게 변하는 걸 보면, 내 마음속에 어떤 지옥불이 활활 타고 있었는지를 기억하고 그 불길이 구름 속에 비치는 걸 보는 거라고 생각해요. 잘 자요. 안녕히!"

'건초 방화'를 떠올리게 하는 이 장면을 끝으로 윌 펀은 사라진다. 디킨스가 보기에 이런 해결은 서로의 파괴만을 초래할 뿐이다. 그가 꿈꾸는 것은 다른 유형의 혁명이다.

> 디킨스에게 이 혁명은 친절함의 혁명이다. 그가 보기에 비통한 폭력은 자기 파괴일 뿐이며, 어떤 경우도 성공하기 힘들다. 그 대신 사람들은 서로 도와야 한다. 그렇다고 그것이 충동적이고 생각 없는 것이어서는 안 된다. 적극적인 믿음, 즉 현재 벌어지고 있는 현상은 잘못되었다는 믿음, 잘못을 바로잡아야 한다는 믿음, 그리고 언젠가는 모든 잘못된 행동들을 쓸어버릴 수 있다는 믿음을 수반해야 한다. 그러한

믿음이야말로 잘못된 행동을 쓸어버릴 수 있는 것이다. 그런 믿음들이 없다면 개인적 친절은 가능하겠지만 시스템에 대한 전반적인 거부에 힘을 보태지 못할 것이다.[9]

한편, 가난한 사람들의 상호 유대감과 관련하여 종의 유령이 토비를 비판하는 장면은 가장 인상적이다. 토비는 똑똑이 의원과 바울리 경을 만나 자신과 같은 처지의 하층계급 사람들은 사회에서 쓸모가 없는 존재라며 비하하고 비난하는 이야기를 들은 뒤 그에 동조하는 비관적 패배주의자의 태도를 갖게 되고 신문에 난 여성의 자살 소식을 보며 더욱 그런 생각을 굳히게 된다. 이러한 그의 변화는 힘들 때 자신에게 위로와 격려를 하던 종소리가 다르게 들리는 것으로 나타난다. 그와 종 사이에 존재하던 유대감이 사라진 것이다. 똑똑이 의원과 서류 담당의 결혼에 대한 위협에 가까운 이야기를 듣고 결국 포기하는 듯하는 모습을 보이는 멕과 리처드도 자신들에 대한 믿음을 갖지 못하고 상류계층의 이데올로기에 순종하는 태도를 보여주기는 마찬가지다. 종의 유령은 토비에게 하는 꾸짖음을 통해 이러한 태도를 가장 신랄하게 비판한다.

마지막으로, 가장 중요한 것이 남았다. 누가 쓰러져 볼품없이 된 제 동료에게 등을 돌리고, 비열하게 그들을 포기하더냐. 누가 기댈 곳 하나 없는 위기—그들을 나락으로 떨어뜨린 바로 그 위기—에 처한 이들을 연민의 시선으로 좇아가면서 봐주지 않고 무시하더냐! 쓰러지면서도 잃어버린 땅의 덤불과 조각들을 움켜쥔 채, 그 나라의 심연에서 상

---

9 from Rich Puchalsky, http://rpuchalsky.blogspot.com/2008/12/dickens-chimes. html

처 입고 죽어가면서도 그것들을 붙들고 있던 그들을 말이다.

한편, 이 소설에서 디킨스의 낙관론을 보여줄 수 있는 것은 시간이 진보와 발전을 가져온다고 확고하게 믿고 있다는 점이다. 이는 종의 유령의 말을 통해 확인된다.

> 시간의 소리는 인간에게 외친다, 나아가라! 시간은 인간의 발전과 향상을 위해 있는 것이다. 더 나은 가치와, 더 나은 행복과 더 나은 삶을 위해 말이다. 시간이 부여하는 지식과 시간이 전해주는 견해 속에서 그 목표를 향해 나아가는 것, 그리하여 시간과 인간이 시작된 바로 그때에 자리 잡는 것, 그것이 시간이 존재하는 이유다. 인간 앞에 놓인 그 길을 알려주려고 어둠과 사악함과 폭력의 시대가 오고 갔다. 셀 수도 없이 많은 인간들이 고통스럽게 살다가 죽어갔다.

종의 유령들이 보여주는 미래를 통해 토비는 바로 이런 시간, 역사에 대한 희망과 가난한 사람들 사이의 공감과 희망의 가능성을 안고 꿈에서 깨어난다. 깨어난 그 앞에 펼쳐지는 멕과 리처드의 결혼은 결국 이런 꿈과 희망의 실현 가능성에 대한 믿음으로 이해할 수 있다. 스크루지에게 그랬던 것처럼 토비에게도 유령과 함께한 꿈은 자신과 같은 처지의 가난한 이들에게 공감하지 못하고 비관적인 생각을 지녔던 것에 대한 일종의 벌이자 교훈을 주기 위한 악몽이었던 것이다. 마침내 토비가 깨달은 것은 바로 이와 같은 시간의 교훈이다.

> 시간이 우리를 위해 우리의 유산을 저장해주는 것을 안다. 무수한 시간이 어느 날 솟아오른다는 것을 알아. 그 시간 앞에서 우리에게 악행을 저질렀던 이들과 우리를 억압했던 이들이 낙엽처럼 쓸려가버릴

것이라는 것도 알아. 시간이 흐른다는 것을 알아! 우리는 우리 자신을 믿고 희망을 품고 의심하지도 말고 서로서로의 선의를 의심해서는 안 된다는 것도 알아. 내게 가장 소중한 존재를 통해 그걸 배웠어. 그녀가 지금 다시 내 팔에 꼭 안겨 있어. 오, 자애롭고 선한 영혼들이여, 그대들이 내게 전한 그 교훈을 이 아이와 함께 내 가슴에 안고 가겠소. 오, 자애롭고 선한 영혼들이여! 고맙소!

토비가 꿈을 통해 깨달은 것 가운데 특히 중요한 사실은 가난한 이들이 불행에 빠지는 것은 그렇게 타고났거나 천성이 악하기 때문이 아니라 부조리하고 부주의하며 악하기까지 한 사회가 그들을 그토록 절망적인 상황으로 몰아가기 때문이라는 것이다. 이는 개인의 빈곤과 타락이 단순히 한 개인의 문제가 아니라 사회 전체의 구조의 문제라는 디킨스의 생각을 보여주는 것이다. 이러한 모든 점들을 감안할 때 『종소리』는 "급진적 자유무역주의를 표방하던 1850년대, 디킨스의 위대한 사회소설들의 전조를 이루는"[10] 중요한 의미를 지닌 작품이라고 할 수 있다.

---

10 Micheal Shelden, "Dickens, *The Chimes*, and the Anti-Corn Law League", *Victorian Studies*, 25, 1982, p.330.

역사 발전을 알리는 종소리

맹문재

　　찰스 디킨스의 명작인 『크리스마스 캐럴』
에 이어 『종소리』를 우리나라 독자들에게 소개한다. 디킨스는 크리스
마스 날만큼은 사람들이, 특히 가난한 노동자들이, 식구들과 난롯가에
모여 앉아 자신이 쓴 소설을 휴식을 취하며 읽기를 희망했다. 산업혁명
이후 국가는 부자가 되는 데 비해 기회를 갖지 못한 하층민들은 사회에
서 철저하게 소외되고 있었는데, 디킨스는 그들과 함께하고자 한 것이
었다. 거리는 활기로 넘치고 상점들마다 화려한 물건들이 진열되어 있
을 정도로 디킨스가 살아가던 시대의 런던은 풍요로웠지만, 하층민들
은 빈곤의 고통으로부터 벗어날 수가 없었다. 『종소리』에서 묘사되고
있듯이 끼니를 거른 채 일거리를 찾는 사람들, 하루 종일 일을 해도 끼
니 해결이 어려운 사람들, 가난과 무지로 결혼조차 포기하는 사람들,
알코올 중독으로 무너지는 사람들, 사회의 범죄자로 낙인 찍히는 사람
들, 심지어 거리에서 몸을 파는 사람들이 그 모습이었다.
　디킨스는 하층민들의 편에 서서 그들을 위로하고 고통을 나누고자
했다. 『종소리』에서 "아무리 일을 해도 사람답게 살 수 없을 때, 생활

이 너무나 형편없어서 안에서나 밖에서나 배고픔이 가시지 않을 때, 노동하며 살아가는 삶이 그렇게 시작해서 그렇게 가다가 아무런 기회도 변화도 없이 그렇게 끝장나고 마는 것을 볼 때, 그 신분 높은 사람들에게 가서 말하지요. '제발 나 좀 내버려둬요! 내 집은 좀 내버려둬요. 당신이 더 비참하게 하지 않아도 이미 내 집 문은 충분히 비참하니까."(62~63쪽)라고 발언한 것이 그 모습이다.

이와 같이 디킨스는 하층민들과 연대해 지배계층에 맞섰다. 계급적인 인식을 토대로 "저와 같은 사람들을 다루는 신사분들, 신사분들이 처음부터 제대로 해야 합니다. 우리가 요람에 누워 있을 때부터 더 나은 가정을 주는 자비를 베풀어주십시오. 우리가 우리 자신을 위해 일할 때 더 좋은 음식을 주십시오. 우리가 잘못을 범할 때 다시 돌아갈 수 있도록 더 친절한 법을 만들어주십시오."(101~102쪽)라고 요구한 것이다. 지배계층이 노동자들을 제대로 대우해주면 자신들은 인내심이 있고 평화를 사랑하고 자발성이 있는 본래의 모습을 보여주겠다고 한 것이다. 신분 계층이 여전히 견고했던 시대에 디킨스가 이와 같은 노동자 의식을 나타낸 것은 대단한 용기라고 볼 수 있다. 그만큼 디킨스는 역사 발전에 대해 확고한 신념을 가졌던 것이다.

내가 처음 디킨스의 『크리스마스 책』에 들어 있는 소설들을 번역한 의도는 1997년 외환위기에 처한 사람들을 위로하기 위해서였다. 우리나라가 국제통화기금(IMF)에 구제금융을 신청한 소위 아이엠에프 사태는 시대인들에게 이루 말할 수 없는 충격과 고통을 주었다. 가난한 사람일수록 그 고통이 심한 것은 말할 필요도 없다. 직장에서 하루아침에 해고된 노동자들이 길거리에 넘쳐났는데, 나는 디킨스의 소설들을 통해 미약하게나마 그들을 껴안고 싶었던 것이다.

『크리스마스 캐럴』과 마찬가지로 이번에도 영문학 박사인 여국현 시인이 번역 전체를 함께하며 감수했고 작품 해설도 달았다. 여국현 시인과 함께하지 않았으면 『종소리』는 우리나라에 소개되지 못했을 것이다. 또한 꼼꼼하게 교정을 도와준 박현숙 씨와 강독에 참여해준 아홉 분의 수강생 ─ 김은경, 김진식, 김진호, 김혜숙, 박중혁, 신현희, 이병순, 조성일, 최경진 ─ 께도 고마움을 전한다.

『크리스마스 책』에 들어 있는 디킨스의 다음 작품은 『난로 위의 귀뚜라미』이다. 좀 더 좋은 번역이 될 수 있도록 힘써보겠다. 『종소리』에는 다음과 같은 구절이 나온다. 내가 지향하는 인생관이자 역사관이기에 끝인사로 대신 소개해본다.

> 시간의 소리는 인간에게 외친다, 나아가라! 시간은 인간의 발전과 향상을 위해 있는 것이다.

▪▪ 1812년 2월 7일 영국 포츠머스(Portsmouth)에서 존과 엘리자베스 디킨스 (John & Elizabeth Dickens)의 둘째 아들로 태어났다. 본명은 찰스 존 허팸 디킨스(Charles John Huffam Dickens). 부친을 따라 몇몇 곳을 이사 다니다 가 1816년부터 채텀(Chatham)에 정착해 어린 시절을 보낸다.

▪▪ 1822년 부친이 런던 해군본부로 발령을 받으면서 런던에 정착했다. 아홉 살 되던 1821년부터 학업을 시작하지만 2년 뒤 부친이 안게 된 과도한 부채로 인해 학업은 중단된다.

▪▪ 1824년 2월 디킨스의 부친이 부채를 변제하지 않았다는 죄목으로 3개월 간 감옥에 가게 되면서 가족은 더욱 어려움을 겪는다. 그동안 디킨스는 구두약 제조공장에서 주급 6실링을 받으며 하루 10시간씩 일을 한다. 같 은 해 6월 웰링턴 하우스 아카데미(Wellington House Academy)에서 학업 을 재개하여 1827년 3월까지 다닌다. 같은 해 5월 법률사무소의 사환으 로 일을 하면서 틈틈이 속기를 배운다.

▪▪ 1828년부터 리포터였던 먼 친척 토머스 찰턴(Thomas Charlton)의 영향으 로 런던의 몇몇 신문사에 기사를 송고하는 프리랜서 리포터 생활을 경험 한다.

- 1830년 마리아 비드넬(Maria Beadnell)이라는 여성과 사랑에 빠진다. 그러나 디킨스를 탐탁하게 여기지 않은 그녀의 부모는 딸을 파리의 학교로 보내 디킨스로부터 떼어놓는다. 1833년 4월 세 편의 아마추어 연극을 연출하면서 연출가로서 활동을 시작하지만, 마리아와는 결국 헤어진다.

- 1832년 스무 살이 된 디킨스는 코벤트 가든(Covent Garden)의 배우 오디션에 참가하지만 감기 때문에 오디션을 놓친다.

- 1833년 12월 첫 단편소설인 「포플러 산책길에서의 만찬(A Dinner at Poplar Walk)」을 『올드 먼슬리 매거진(*Old Monthly Magazine*)』에 익명으로 게재한 뒤 몇몇 잡지에 단편들을 발표하면서 본격적으로 소설가의 길을 걷기 시작한다.

- 1834년 9월 『더 모닝 크로니클(*the Morning Chronicles*)』 편집진의 추천으로 짧은 관찰 글인 「거리 스케치(Street Sketches)」를 집필한다. 1836년 2월 『보즈의 스케치(*Sketches by Boz*)』와 『피크위크 문서(*The Pickwick Papers*)』를 출간한다.

- 1836년 4월 2일 『더 모닝 크로니클』지에서 함께 일하던 동료의 딸인 캐서린 호가스(Catherine Hogarth)와 결혼한다.

- 1837년 2월 첫 연재소설인 『올리버 트위스트(*Oliver Twist*)』를 『벤틀리 문집(*Bentley's Miscellany*)』에 게재하기 시작한다. 2년 동안 집필한 뒤 1838년 단행본으로 출간한다.

- 1838년 『니콜라스 니클비(*Nicholas Nickleby*)』의 연재를 시작하고 1839년 단행본으로 출간한다.

- 1840년 『옛 골동품 가게(*The Old Curiosity Shop*)』와 『바너비 러지(*Barnaby Rudge*)』를 자신이 편집자로 있던 『험프리 경의 시계(*Master Humphrey's Clock*)』에 연재한 후 1841년 단행본으로 출간한다.

- 1842년 아내와 함께 미국과 캐나다 여행을 다녀온다. 이때의 인상을 담은 여행기 『미국 여행 노트(*American Notes for General Circulation*)』를 발표한다.

- 1843년 『크리스마스 캐럴(*A Christmas Carol*)』을 출간하고,『마틴 처즐위트의 생애와 모험(*The Life and Adventures of Martin Chuzzlewit*)』을 연재한 후 1844년 출간한다.

- 1844년 이탈리아를 여행하고, 1845년 진보 신문인 『데일리 뉴스(*Daily News*)』의 편집장을 맡지만 10주 뒤 사임한다.

- 1846년 스위스를 여행하고 파리에서 지내다가 돌아온다. 스위스 여행 중 『돔베이와 아들(*Dombey and Son*)』을 연재하기 시작한다.

- 1847년 불우한 여성들을 위한 쉼터인 '우라니아의 집(Urania Cottage)'을 설립하여 10년 동안 운영한다.

- 1849년 5월 자서전적인 소설이자 대표작 가운데 한 편인 『데이비드 카퍼필드(*David Copperfield*)』를 연재하기 시작하여 1850년 단행본으로 출간한다.

- 1850년부터 1859년까지 『하우스홀드 워즈(*Households Words*)』의 출판인이자 편집자, 기고자로 활동한다.

- 1851년 11월 타비스톡 하우스로 이사한다. 그곳에서 『황량한 집(*Bleak House*)』, 『어려운 시절(*Hard Times*)』, 『리틀 도릿(*Little Dorrit*)』 등의 작품을 쓴다.

- 1854년 대표작 가운데 한 편인 『어려운 시절(*Hard Times*)』을 연재 후 출간한다.

- 1857년 자신과 윌키 콜린스의 공동 극작인 〈얼어붙은 대양(*The Frozen Deep*)〉에 출연한 여배우 엘렌 넬리 터난(Ellen Nelly Ternan)과 사랑에 빠진

다. 당시 열여덟 살이었던 그녀와 디킨스는 이후 평생 동안 연인 관계를 유지한다. 그로 인해 아내인 캐서린과 이듬해부터 별거에 들어간다.

- 1857년 12월 『리틀 도릿(*Little Dorrit*)』을 연재한다. 1859년 4월 『두 도시 이야기(*A Tale of Two Cities*)』를 자신이 편집자로 있던 『한 해 내내(*All the Year Round*)』에 연재하고 출간한다. 1858년부터 1870년까지 『한 해 내내』의 발행인을 맡는다.

- 1860년 대표작 가운데 한 편이자 널리 알려진 작품인 『위대한 유산(*Great Expectations*)』을 쓰기 시작하여 1861년 출간한다.

- 1865년 7월 파리 여행에서 돌아오던 중 열차 사고를 당한다. 이 사고를 제재로 단편 유령 이야기인 「신호수(The Signal Man)」를 쓴다. 11월 마지막 장편소설인 『우리 서로의 친구(*Our Mutual Friend*)』를 완성하고 출간한다.

- 1867년 11월 두 번째 미국 여행을 떠나 에머슨(R.W. Emerson), 롱펠로 (H.W. Longfellow), 그리고 자신의 작품 편집인이었던 제임스 필즈(James Thomas Fields)를 만난다. 이 방문 동안 건강이 좋지 않음에도 불구하고 보스턴과 뉴욕을 오가며 76회의 낭독회를 갖는다.

- 1868년부터 1869년 사이 디킨스는 잉글랜드, 스코틀랜드, 아일랜드를 순회하며 90여 회에 가까운 '고별 낭독회'를 갖는다.

- 1870년 6월 8일 12편으로 기획한 『에드윈 드루드의 미스터리(*The Mystery of Edwin Drood*)』의 원고를 쓰던 중 심장마비로 숨을 거둔다. 이 작품은 6편만 완성되고 나머지는 미완으로 남게 된다. 런던의 웨스트민스터 대성당에 안장된다. 그의 나이 58세였다.